Karl Gutzkow · Briefe eines Narren an eine Närrin

Karl Gutzkow

Briefe eines Narren an eine Närrin

Herausgegeben von
Herbert Kaiser

Kulturverlag Kadmos Berlin

Grundlage des hier vorliegenden Buches ist die 1832 bei Hoffmann und Campe in Hamburg erschienene Ausgabe der »Briefe eines Narren an eine Närrin«. Der Text der Briefe wird ungekürzt und in unveränderter sprachlicher Form wiedergegeben. Die teilweise uneinheitliche Orthographie, die Interpunktion und der Stil der Briefe sind beibehalten, offenkundige Versehen und Rechtschreibfehler aber stillschweigend korrigiert worden.

Die Deutsche Bibliothek – CIP-Einheitsaufnahme

Gutzkow, Karl:
Briefes eines Narren an eine Närrin / Karl Gutzkow.
Hrsg. von Herbert Kaiser. – Berlin : Kulturverl. Kadmos
Berlin, 2001
ISBN 3-931659-19-4

Kulturverlag Kadmos Berlin
www.kv-kadmos.com
Info@kv-kadmos.com

Umschlaggestaltung: Readymade, Berlin
Satz: Readymade, Berlin
Druck: Print Factory AG, Berlin
Printed in Germany
ISBN 3-931659-19-4

Inhalt

Vorwort

Den nachfolgenden Briefwechsel – von dem, wie vom Monde nur eine Seite sichtbar ist – fand der Unterzeichnete bei einem unruhigen Kopfe, der selbst in seinem Tode die Narrheiten noch nicht lassen konnte.

Nächtlich ward ich aus meinem Schlafe durch ein ungewöhnliches Lärmen und Poltern aufgeschreckt, und vor einigen Monaten gelang es mir in einer mondhellen Stunde zwei Schädel über die Gräber des Friedhofes tollen zu sehen, die sich bald zu necken, bald zu küssen, erst zu verfolgen, dann wieder sich zu nähern schienen. Ich trat heran, und bemerkte an beiden silberweißen Schädeln einen seltsamen Schmuck, die Augen- und Ohrhöhlen waren mit Blumen besteckt, der eine trug zwischen seinen Zähnen eine Rose, der andere eine Lilie.

Ich mochte aber den Spuk nicht länger ertragen, und schlug nach §. 7 meiner Bestallung, die mir erlaubt, jeden Ruhestörer von der mir anvertrauten Stätte mit den gerade zu Gebote stehenden Mitteln zu vertreiben, dem Rosenritter mit meinem Spaten die Hirnschale von einander, die Lilie entsprang, und in meinem scharfen Eisen saßen die nachstehenden Briefe, hier und da durch den Hieb verletzt, was der Kenner an seinem Orte finden und meinem Eifer zu Gute halten wird. Doch sind diese Briefe nach dem Urtheile sachkundiger Männer – es besuchen mich deren, um ihren Sinn fürs Schauerliche bei mir zu üben – nicht so merkwürdig, als ein Rechtsstreit, den sie veranlaßt haben. Ich konnte nämlich nicht umhin, den nächtlichen Vorfall meinen Vorständen zu melden, ja es fanden sich sogar Proceßlustige, die mich des Todtschlags angeklagt hätten, wenn nur über den Mord eines erweislich Todten ein Gesetz vorhanden gewesen wäre. Es handelte sich nun aber um die Herausgabe dieser Briefe, und der Arzt unseres welthistorischen Instituts stritt mit dem Prädicanten desselben, wem das Recht der Vorrede gebühre.

Jener wollte das unläugbare Factum der Seelenstörung an unserem Briefsteller durch seine Vorliebe für Verhältnisse des Lebens, die mit dem Materiellen alle Verbindung aufgehoben hätten, erklären, und freuete sich über diese passende Gelegenheit zu einer psychologischen Dissertation so ausnehmend, daß ich mir seine Erbitterung denken kann, als das Recht der Vorrede von unserem Magister reclamirt wurde.

Er habe – darauf stützten sich des Letztern Behauptungen – über diesen merkwürdigen Fall schon mehrmal vor seiner Bedlamitischen Gemeinde gepredigt, habe nachgewiesen, wie hier die Verrückung ihren Erklärungsgrund in Nichts Anderem fände, als in dem von ihm bemerkten geringen Grade christlicher Gesinnung, in dem gänzlichen Mangel an Sinn für das Ewige und Unsterbliche, und er müsse die Vorrede als eine Art Belohnung ansprechen, da er durch seine Reden über dies Thema schon viele Glieder der Gemeinde veranlaßt habe, sich ähnliche Briefe, aber voller Salbung und Hingebung an die bestehenden Formen der Erde und des Himmels zu schreiben.

Ich hab's schon gesagt, daß aus diesen vermeinten Rechtsansprüchen ein Proceß von größter Bedeutung entstanden ist, und da die Theilnahme des Publicums sich schon so lebhaft für ihn ausgesprochen hat, so werden hiermit diese Briefe als *corpus delicti* bekannt gemacht. Dies bescheidene Vorwort wird vor dem künftigen Siegen durch eine tiefere und gehaltvollere Vor- oder vielmehr Nachrede ersetzt werden.

Ich selbst wage über den streitigen Punkt nur die schwache Vermuthung, daß vielleicht die Kirche ihr Recht wird geltend machen. Durch Veränderung eines einzigen flüssigen Buchstaben wird jedes Lazareth zu einem Nazareth, so wie Bedlam zu Ehren Bethlehems, der Kleinsten in Juda, gegründet ist.

Den freundlichen Gruß an den Leser behalte ich zurück. Er könnte ihn für Beleidigung halten; nicht des Todes wegen, weil die Behauptung, wir müßten Alle sterben, viel Wahrscheinlichkeit für sich hat; wer möchte aber auf meinem Kirchhofe ruhen wollen?

Jonathan *Kennedy*, Todtengräber zur St. Bethlehemskirche des Bedlam in London.

Erster Brief

Wenn ich von meiner Freundin schriftliche Ergüsse ihrer Liebe erhalte, so sollte sie billig selbst nicht ausbleiben, um Zeuge der Aufnahme zu sein, die ich ihnen angedeihen lasse.

Wie die Flammen mir zur Seite aufprasseln! wie die Düfte des wohlgefälligen Brandopfers in die blaue Ferne des Himmels wirbeln! Mit andächtigem Entzücken kniee ich an den Stufen des Altars, auf dessen Oetahöhen sich Dein gesammelter Briefwechsel dem Herculischen Opfertode weiht, um wie der entfesselte Gott am Mahle der Unsterblichen Theil zu haben.

Hörst zu denn nicht in dem Resonanzboden Deiner Thäler das siebenfache Echo meiner Gesänge, wenn ich durch die dunkeln Laubengänge ziehe, die Urne mit Deiner epistolarischen Phönixasche in der Hand, wie ich des Augenblicks lausche, da sich der Vasendeckel – ein Sargdeckel zum Leben – hebe, und der Wundervogel seine goldenen Schwingen ausbreite?

Noch ist Alles, was Du denkst, für mich Traum; in dem Zauber Deines Geistes schlaf' ich wie im Kelche einer Lotosblume. Schon senkt sich auf mein dunkles Auge Dämmerung nieder, nicht Dämmerung zur Nacht, sondern Morgengrauen.

Jeden Deiner Briefe ehr' ich dadurch, daß ich ihn für die Liebe halte, die sich an meinem Grabe opfert. Wie eine Glokke häng' ich dann im brennenden Stuhle des Thurms, und läute fort in meinen bangen, pochenden Herzensschlägen, immer leiser und dumpfer, bis ich schmelzend verstumme.

Mit dem Aschenkruge Deiner Briefe, Geliebte, will ich die Alpenhöhen erklimmen, und hoch über den Wolken die Wimpel meiner Gedanken lustig flaggen lassen. Der kleine Kreis dieser Grotte beengt mich. Ein Glühwurm leuchtet wie aufs weiße Papier. Ein Schmetterling setzt sich wie ein Wetterhahn auf die Fahne meiner Schreibfeder. Eine Nachtigall muthet meinem Sinnen gar zu, daß ich ihre Sangesweise zum Thema, und meine Empfindungen zu diesen Variationen mache.

Du hast mir ein Boot geschickt, auf dem wir eine ferne Insel suchen wollten. Aber warum ist der Mast auf ihm nicht so hoch, daß ich die Welt im verjüngten Maßstabe sehe? daß ich einen Punkt habe, von dem ich Alles und Alles zugleich sähe? warum ist überhaupt kein Mast darauf?

Du wirst mich ungeduldig nennen, Deine Liebe wird mich tadeln wollen, aber ich bin ein Kind meiner Zeit, und heut' einmal gerade stolz darauf. Gegen die Wind- und Wetterhosen, in denen die Jahrhunderte über die Erde schreiten, gehen wir ewig in den Kinderröcken, und treten die ersten Schuhe nicht aus. Die größten Ideen, die die Geschichte aufweisen kann, waren für die, die in ihnen lebten, nur Spielzeug. Ich werde die Wahrheit nie lieben, ohne auch an ihr meine Freude zu haben. Und da das Letztere in unsern heißen Tagen unmöglich ist, so wird die Wahrheit, wenn nicht gehaßt, doch nicht gesucht. Es fehlt unserer Zeit ein Ideenhanswurst, ich vermag die Tage, die einen solchen besaßen, zu preisen, und bin mit der Gegenwart doch zufrieden.

Du sprachst die Wahrheit. Es lebten einst Völker, die jedes Wort aus dem Munde ihres Richters, jede begeisterte Rede des Propheten auf die unmittelbare Eingebung eines göttlichen Geistes zurückführten. In die Schatten geweihter Höhlen legten sich die Völker mit allen ihren Schmerzen und Freuden hin, und im Traume nahte sich ihnen der Gott, der die Leiden linderte, und die Glücklichen nur an den Wankelmuth des Glückes, nie an das geringere Verdienst, so glücklich zu sein, erinnerte. Für eine verhüllte Sage aus dem verachteten Judäa, für ein über Länder und Meere nur dämmerndes Licht himmlischer Hoffnungen legten einst Tausende im fernen Occident ihre Häupter auf den blutigen Henkersblock. Für die Erlaubniß, mit seinem Munde ein geweihtes Brod berühren zu dürfen, stieg ein Kaiser von seinem Throne, warf ein härenes Gewand um, und litt Tage lang büßend den harten Frost des Winters. Wenn ich von solchen Betrachtungen mein Auge aufschlug, so nahm ich ein Licht, und suchte in der Welt vergebens einen Gedanken, für den noch einige Hundert zu sterben bereit wären. Ein Anderer, Du z.B., würdest das Licht ausgelöscht, und Dich in die tiefe Nacht Deines Schmerzes begraben haben, mich erfüllte diese Täuschung nur mit Entzücken; denn ich liebe diese Zeit, weil ich Ungebundenheit, Zerstörung, Auflösung liebe.

Du hast mir ein Boot gesandt, um mit mir aus der Welt zu fliehen. Aber man muß ein Ruder haben, mit dem man durch die Wogen steuert. Man muß ein Segel aufziehen können, um dem Winde eine solche Richtung zu geben, daß man dabei sein Fortkommen hat.

Die allgemeine Verwirrung der Gegenwart läßt sich darum so leicht verstehen, weil überhaupt kein Gesetz herrscht, weil Jeder das Bedürfniß fühlt, sich verständlich zu machen. Jetzt, da kein Gedanke mehr an der Spitze steht, vor dem die Völker sich in den Staub würfen und anbeteten, hat eine jede Meinung das factische Recht ihrer Gültigkeit. Kein geheimnißvoller Spruch wird jetzt noch Tausende zu Handlungen verleiten, die sie hinterher meist immer bereut haben; und wenn es heilige Gräber wieder zu erobern gibt, so liegen sie in dem gelobten Lande der eigenen Brust. Kreuzzüge unternehmen jetzt nur Skeptiker, und selbst die sind schon aus der Mode gekommen. In den Processen der Gährung und Zersetzung ist der befriedigendste Standpunkt die völlige Unbefangenheit. Wer über einen Abgrund einen Unglücklichen schweben sieht, den er doch nicht retten kann, macht seinen Fall nur um so fürchterlicher, je länger er ihn an dem Zipfel seines Rockschooßes zurückhält; der Fallende sammelt so eine größere Schwere als er im ersten Augenblicke seines Sturzes gehabt hätte.

Ich zweifle sehr, ob Du ein Recht hast, Dich so bestimmt gegen alle Mode zu erklären. Bald trägst Du Dich nach antiker, bald nach orientalischer Sitte, trägst abwechselt einen spanischen Mantel mit Barett und fliegender Feder, dann wohl wieder einen Reifrock, Tituskopf und Fächer. So bist zu, ohne es zu wollen, eine Sklavin der Mode, nur daß Du sie nicht auf die Putzläden der Galanteriehändler, sondern auf die Garderobe des Theatercostümiers begründest. Ich trage meine Kleider und meine Meinungen immer nach dem neuesten Schnitt. Denn je länger ich *Nein* sage, desto öfter werd' ich künftig *Ja* sagen müssen. Je mehr ich mir meine Anhänglichkeit an die alte Sitte gestände, desto schwerer wird mir die Annahme der neuen werden. Ich wohne schon lange nicht mehr im ersten oder zweiten Stockwerk meines Hauses, sondern auf dem Dache, und werde mich, wenn einst der Sturm losbricht, wohl hüten, noch hinunter zu steigen und meine Habseligkeiten zu holen.

Du hast mir einen Nachen gesandt, um mit mir eine neue Welt zu entdecken. Aber mein fröhlicher Ton muß Dich wohl belehren, daß ich nicht zu den Mißvergnügten gehöre; ich bleibe gern in diesem Chor von hunderttausend Narren, weil ich in ihm zu leben weiß. An einer abgeküßten Zehe einer Christusstatue kann ich Dir die Geschichte nicht nur des Christenthums, sondern aller Religion und Kirche demonstriren. Ich mache mich anheischig, an die Bandschleife Deines Hutes alle Tendenzen unserer Zeit anzuknüpfen. In dem Augenblick verstand ich die Wahrheit dieses Jahrhunderts, als sie *Paganini* vor einer bezaubernden Menge auf der *G*-Saite geigte.

Willst Du aber doch noch mit den eilenden Wolken, den Seglern der Lüfte, davonziehen, so wird Dich meine Liebe begleiten, nur laß uns jene *G*-Saite als Mast unseres Entdeckungsschiffs aufziehen. Wenn die Gräfin Rossi noch Rossignol wäre, so müßten die Luftwirbel vor ihrem süßen Munde wie erwünschter Wind uns forttrillern. Ich kenn' einen deutschen Gelehrten, der jedes Lied in die Melodie des Dessauer Marsches zu zwingen verstand, auf unserer Fahrt wirst Du mir erlauben, eine Chronik des neunzehnten Jahrhunderts nach der Melodie der Barcarole zu singen.

Aber ich will dem Kleinode meines Herzens Nichts verschweigen, ich habe Deinen Plan errathen, und nicht umsonst bin ich auf das neapolitanische Fischerlied gekommen. Einen Eroberungszug wolltest Du mit mir unternehmen nach den Gewässern des Mittelmeeres; jenes neue Eiland, die Ferdinands- oder Grahamsinsel, im Namen der deutschen Freiheit in Besitz nehmen, und alle Deine Brüder und Schwestern einladen auf dies großartige Zeugniß ewig dauernder Schöpfung auszuwandern. Doch gewiß ist Dir nicht unbekannt geblieben, daß jener insularische Säugling der Natur vor Kurzem an den Folgen des Besitzergreifungsstreites zwischen England und Neapel, entweder an dem *mal de Naples* oder an der englischen Krankheit verstorben ist. Dieser Fall hat mich so in Erstaunen versetzt, daß ich mich nicht eher trösten konnte, bis ich Deine Absicht mit mir zu fliehen erfuhr. Da konnt' ich Gottes gütige und weise Vorsicht nicht genug erheben: denn ich gestehe Dir, noch weil' ich gern unter meinen Brüdern. Aber ich weiß nicht, war es das meinem Herzen entstammende Gefühl der Dankbarkeit für seine wunderbare Einmischung, für den bekannten Finger Gottes, oder war es Wehmuth über die geringe Dauer des menschlichen Lebens – ich stand auf und hielt folgende Leichenrede an dem Sarge einer früh gestorbenen Insel:

Ihr Berge und Thäler alle, all' Ihr großen Vehikel der Naturgeister, die Ihr jetzt leidtragend an dem kühlen Grabe dieser zur Gruft gesenkten Leiche stehet, hemmet nicht den Lauf Eurer Thränen: denn sie sind Eurer und der Verstorbenen gleich würdig!

Noch ruhen unsere sehnsüchtigen Blicke auf dem tiefen Abgrunde, der die Hülle der geliebten Schwester aufgenommen, das Meer zieht mit seinen Wogen auf und nieder, aber Sie, Sie, die Dahingegangene, kommt nicht zurück.

Habt Ihr wohl je einen größern Schmerz empfunden, als den, wenn ein junges Herz schon dann gebrochen wird von den Stürmen dieses Lebens, noch eh' es dies selbst gekannt hat? Ihr Alle habt sie gesehen, diese unschuldigen Blicke, mit denen die junge Weltbürgerin diese blauen Räume hienieden begrüßte; ach! und kaum sich ahnend und fühlend muß sie schon demselben Gesetz anheim fallen, dem wir Alle verkauft sind. Ohne durch irgend eine Uebertretung der Sittengesetze_den Tod verwirkt zu haben, mußte sie schon seinen herben Stachel empfinden.

Wenn es schon die schmerzlichsten Gefühle weckt, mitten unter den schaffenden und wirkenden Kräften des Lebens so viel verborgene, unentdeckte Anlagen und Talente, deren Benutzung die erstaunenswerthesten Resultate zu Tage fördern müßte, zu bemerken – um wie viel trauriger ist es, schon in der ersten aufkeimenden Lebensregung das Opfer eines unerbittlichen Schicksals zu werden! Wenn das Ungewitter in einem Walde wüthet, so mögen die alten, hundertjährigen Stämme sinken; denn sie haben Sonnenschein genug gesehen, Früchte genug getragen; aber wenn schon das erste Hälmchen, die erste Knospe vom Sturme geknickt wird, ach! dann weint der Menschenfreund über die Hinfälligkeit dieses Lebens leise Thränen. Ja! Du Ceder aus Libanon, Du Veilchen am Bache, lasse den Strom Deiner Thränen rinnen, Sie schmücken Dich wie köstliches Geschmeide!

Du befürchtest vielleicht, ich hätte über meine politischen Studien die Gesetze der Homiletik vergessen? Ich weiß noch gar wohl aus dem Cursus, den ich in Jena bei Schott in der Theorie der Beredsamkeit gemacht habe, daß nichts der Rede mehr Lebendigkeit gibt, als Einwürfe, die man sich selbst macht, und daß in keinem Schlusse die Hindeutung auf einen höhern Trost fehlen darf. Ich fuhr also fort:

Doch, wollen wir murren gegen Gottes weise Fügung? Seine milde Vaterhand auch da, wo er uns prüfen und unsere Treue erforschen will, verkennen? Nein, meine Freunde. Es gibt ein höheres Dasein. Ja! wir werden uns wiedersehen, wenn einst die Stimme in die Gräber ruft und die Todten zu neuem Leben auferstehen werden. Wenn uns hienieden alle Hoffnungen täuschen, wenn selbst der kleinste Halm, an dem eine untergehende Seele sich retten möchte, zurückweicht, dann bleibt uns noch jener felsenfeste Trost eines schönern Jenseits, einer Zukunft, wo unsere Thränen getrocknet, unsere Leiden in Freuden verwandelt werden.

So schlummre auch Du, Geliebte Seele, in kühler Grabesruh! Schlummre jenem Ostermorgen entgegen, wo Du in schönerer Gestalt, wie der Schmetterling aus seiner Hülle, Dich verklären wirst! wo Du unter die Zahl der lilientragenden Unschuldsengel wirst aufgenommen werden!

Ach! wenn ich dann das weiße Sternengewand meiner unvergeßlichen Freundin werde küssen können, wenn wir in seliger Umarmung uns wieder finden an den Stufen des göttlichen Thrones – o! daß ich die ganze Wonne dieses Gedankens fassen könnte!

Beten will ich, daß mir der Vater seinen Todesengel sende. Eine umgestürzte Fackel – und wir sind auf ewig vereint. Bange nicht, Geliebte, ich komme! Ja! ich komme, Geliebte!

Zweiter Brief

Theure, daß Du ein so weites Herz hättest, die Größe meines Schmerzes zu fassen!

Dort die Nebel auf den kahlen Bergen werden nie mehr sinken, die weißen Bäume, die sich mit ihren tausend Armen so ängstlich nach den rothen Wolken strecken, wird kein junges Laub mehr schmücken, kein Veilchen der Ankunft des Frühlings mehr entgegen duften.

Man ist dahinter gekommen, daß die schönste Pracht der Lenzesfeier in nichts Anderem besteht, als in den blühenden Pfirsichbäumen, wenn sie über Hecken und Gartenzäune uns mit ihren weißen carmoisingesprenkelten Blüthendolden grüßen. Der Frühling hat sich für die polnische Sache entschieden, und die Nationalfarben des Landes zu den seinen gemacht, darum soll er nun in keinem deutschen Bundesstaat eingeführt werden. Man will das Erwachen jeder Leidenschaft vermeiden, vielleicht setzt man auch voraus, daß zwar die Blindheit der Menschen diesen wunderbaren Fingerzeig des Gottes in der Natur wie alles Tiefe und Ahnungsreiche nicht finden wird, doch fürchtet man, daß die Vögel auf den Zweigen von den Farben verlockt und an schönere Hoffnungen und Träume erinnert, von der gehässigen Sache singen könnten. Man weiß es, daß die Deutschen auf diesem Wege der Dichtung immer zur Wahrheit kommen. Das will vermieden sein, daher diese Maßregel.

Die Bibel lehrt, daß der letzte König kein Mensch ist, die Thatsache, daß zum Haß, zur Rache immer zwei Personen gehören, beweist, daß der letzte Mensch kein König sein kann. Daraus lernt man einerseits, daß die Monarchie nicht ewig sein wird, andrerseits, daß die Völker nur ein Gedächtnis für empfangene Wohlthaten, die Herrscher nur eines für erlittene Beleidigungen haben. Von Alexander an, der Theben zerstörte, weil er dort den besten Theil seiner Jugend zubringen mußte, bis auf Karl X. haben Könige nicht vergessen und verzeihen können. Darum wird auch Rußland nie aufhören, Polen, dieses in der Reihe der europäischen Staaten jetzt anerkannte Reich, doch immer noch mit seinem verderblichen Einflusse zu verfolgen. Preußen verleitet die andern deutschen Staaten, den Befehlen des russischen Cabinets auch hierin Folge zu leisten. Und doch hat Polen seine Selbstständigkeit errungen, die heldenmüthigen Anstrengungen mußten von diesem glücklichen Erfolge gekrönt werden, es hat sogar einen Prinzen aus dem Hause Oestreich zu seinem Herrscher gewählt.

In alten Geschichten erzählt man von ruchlosen Kindern, die ihre Väter in die Wildniß führen, oder in tief verborgene Kerker, um nur desto früher in den Besitz ihres Erbes zu kommen. Von ihrer Schuld getrieben, lauschen sie ängstlich an den eisernen Gitterstäben, die das Opfer ihres Verbrechens verschlossen halten. Wie erschraken sie, als der gefesselt Geglaubte in voller Mannesschönheit neben ihnen stand. So feiert jetzt Polen das Fest seiner Wiedergeburt. Das noch rauchende Blut der erschlagenen Tyrannen wischen die Helden jetzt von ihren schartigen Säbeln, und wie sich in ihren Mienen dabei die Erhebung des Selbstgefühls und die Freude über den errungenen Sieg zu einem leisen, fast spottenden Lächeln mischt – das ist ein in der Geschichte nie gesehener Anblick! Die Freunde der Freiheit waren zwar bestürzt, als die Mehrheit des Reichstages für die Wohlthat des Friedens selbst die würdige Erfüllung besserer Hoffnungen zum Preise setzte, aber auf dem Grund dieses bestehenden Verhältnisses haben nun auch dieselben Freunde das Recht, zu fragen, warum Polen nicht ein Glück genießen soll, zu dessen Erreichung es dem Willen der Mächte das verlangte, bedungene Opfer, die Wahl eines fremden Prinzen, so großmüthig gebracht hat? Das Wiener Cabinet hat wohl nie geahnt, daß es mit dem Liberalismus einmal ein so gleiches Interesse haben werde. Die Geschichte ist reich an Beispielen, wie eine solche Noth des Augenblicks erst zur Gewöhnung, zuletzt zur Quelle der segenvollsten Folgen wird. In der That kann einmal Oestreichs auf so naturgesunden Grundlagen beruhender Einfluß für Deutschlands politische Gestaltung heilsamer wirken, als die Apathie und leidende Kraft, die in allen Entschlüssen der preußischen Regierung bis jetzt sichtbar geworden ist.

Ich gründe meine Ansichten der Zeit nie auf die Auslegung meiner Wünsche, sondern nur auf erklärte Thatsachen. Ich wage keine Behauptung für die Zukunft, selbst für die nächste nicht, aber das scheint unwiderleglich, daß die drei Personen der Allianz sich gegen einander zu rectificiren und ihre Einigkeit aufzulösen suchen.

Ich weiß, meine Theure, du liebst jene Kühnheit, die in dieser nur auf die materiellsten Dinge gerichteten Zeit noch auf Heiligkeit, auf höhere Weihe ihrer Handlungen zu provociren wagt. Du gestehst die Irrthümer, die einem solchen Muthe zugesellt zu sein pflegen, gern ein, willst aber das Erhabene, die Richtung auf das Ewige in jeder Form geehrt wissen. Wenn ich Dir aber die Inquisition in allen ihren Schrecken geschildert habe, fandest Du mich da nicht auch bereitwillig, die Mahnung der Liebe und Freundschaft, die freundliche Zurechtweisung des Irrenden, die Lehre des Erfahrnen und Weisen als die herrlichste Frucht eines frommen Lebens zu erheben? Wenn ich namentlich in Deiner Gegenwart die Thorheit des Cölibats lächerlich machte, bin ich da der Keuschheit, Deinem schönsten Schmucke je zu nahe getreten? Wenn ich die Irrthümer der Hierarchie aufdeckte, und von ihren die Geschichte der Menschheit unauslöschlich befleckenden Folgen sprach, hab' ich dabei je geläugnet, daß ein gottseliger Sinn auch die äußeren Formen unseres Lebens durchdringen soll? –

Ich ehre die Ansicht eines Jeden, wenn ich weiß, daß sie das Erzeugniß seiner Ueberlegung, oder ein Bedürfniß seines Herzens ist. Sie wird in meinen Augen verlieren, wenn sie auch für Andere eine Vorschrift sein will. Noch mehr! man paart mit der Zumuthung, seinen Beifall nicht versagen zu wollen, die Gefälligkeit, eine meist so lästige Tugend der

Menschen. Man macht sich anheischig, für Andere das sein zu wollen, wozu ein Jeder sein eigenes Herz und seinen eigenen Kopf braucht.

Wenn die Monarchen, wie sie da alle Drei in Paris einzogen, das Bedürfniß fühlten, alte Sünden hintennach und neue im Voraus zu büßen, so werden sich ihre Biographen darnach zu richten haben. Für ihre Zeitgenossen aber durften sie nicht annehmen, daß sich die Richtung der religiösen Einsicht bei einem Jeden unter ihnen gerade so gestaltet habe, wie die ihrige. Wie thöricht für Andere fromm sein zu wollen! Und was nennt Ihr Frömmigkeit? bleibt die erste Frage in einer Sache, wo die stille Kammer des Herzens entscheidet, nicht ein Dekret vom Throne.

Ueberhaupt soll ein Fürst von einem Dinge weder annehmen, daß es gut, noch daß es schlecht sei. Er soll weder Kirchen nach seinem Geschmack, noch Pinakotheken und dergleichen bauen lassen, hinterher von seinen Ständen die Deckung der Kosten verlangen, er höre die Wünsche seines Volkes, und sei bei der Ausführung die rechte Hand.

Seine Meinung durch die That zu verwirklichen, kann das Zeichen eines ungewöhnlichen, eines kräftigen Geistes sein, sie auch dann zu verwirklichen, wenn eine Gegenansicht vorhanden, ist Kühnheit, und mehr als Kraft. Der Gegenansicht die Gelegenheit nehmen, sich gleichfalls geltend zu machen, ist die strafbarste Tyrannei, und in den letzten Fall kommen die Fürsten immer. Darum konnte aus der Consequenz eines Systems, das die Frömmigkeit oder was weiß ich, und die Aussicht auf den ewigen Frieden in die Schicksale der Völker spielen ließ, nur jene Kette von Ungerechtigkeiten sich entwickeln, die den wahren Frieden und das wahre Glück der Nationen noch in die Aussicht einer wild bewegten, wirren Zukunft verwiesen haben.

Schon seit einiger Zeit – zu erinnerst Dich wohl noch der Juliustage – wollte man an die Stelle der antiquirten Allianz das Princip der Nichteinmischung stellen. Wozu dient aber ein Princip, das von seinen Verehrern nicht beobachtet wird, noch mehr, das von denen befolgt wird, die es *in thesi* niemals anerkennen werden? Ist es Preußens Glücksstern oder die Besonnenheit seiner Diplomaten gewesen, daß es den Franzosen nicht fremd, den Russen nicht neu erschien, und durch dieselben Maßregeln, die jene und diese in die gespanntesten Verhältnisse versetzte, beiden Theilen Genüge that? Die Kunst des Temporisirens ist alt. Die erste Lehre des Diplomaten bleibt die: Werde Meister des Augenblicks! Es gibt nun aber bekanntlich keinen Augenblick, und wenn ich ihn gedacht habe, ist er schon zur Vergangenheit geworden, es gibt aber Politik und Minister. Nichts naturgemäßer, als daß diese aufhören, und ich glaube wirklich, das Bedürfniß, ohne Rücksicht und mit Offenheit zu handeln, Treue und Glauben an die Spitze aller öffentlichen Verhandlungen gestellt zu sehen, wird immer allgemeiner. Es ist leicht, sich selbst zu betrügen, aber immer schwerer wird es, Andere zu hintergehen.

Nun Oestreich Galizien, Preußen Posen, und Rußland sogar Litthauen an das neue polnische Königreich abgetreten haben, find' ich Deine Theilnahme, die Du bei diesem Zugeständniß für die Verlegenheit der europäischen Opposition empfindest, allerdings begründet. Man weiß, daß alle drei Mächte zwar nicht den Zustand ihrer Finanzen, aber den Kern ihres Heeres geschwächt haben. Sie haben sogar die Bibel citirt, und von der Sühne aller Frevel gesprochen. Welcher Edelmuth! Welches großartige Beispiel! Bestände die Opposition nur aus deutschen Elementen, vor Rührung und Sentimentalität würde sie sich jetzt auflösen. Wir können nun einmal, wie Kinder und Hunde, Niemanden weinen hören, ohne mit einzufallen. Doch wir Andern, durch Erfahrung gewitzigt, die wir wissen, daß gerade der sentimentalste Schlingel der Satan ist, haben nicht einmal nöthig, an die in Spanien, Italien und Deutschland selbst noch nicht geheilten Wunden, die zuletzt dem europäischen Fechter ans Leben gehen müssen, zu erinnern; die Zukunft wird zeigen, daß die neue Dynastie in Polen nur darum den Thron bestiegen hat, um dem Lande, wie in alten Zeiten unseligen Andenkens durch allerhand Ränke zu zeigen, daß es im Grunde unfähig sey, ein Volk, noch unfähiger, ein constituirtes Reich mit eigener Autonomie zu sein. Wir wissen es, Polen wird noch einmal aufstehen, den trügerischen Tyrannen verjagen, und die Möglichkeit seiner Existenz mit Sense und Schwert demonstriren.

Allein ich vergesse, daß selbst bei der gegenwärtigen Lage der Krieg nicht ausbleiben kann. Die polnischen Damen verlangen von dem Reichstage die Ringe zurück, die sie einst zum Schmelzen der künftigen Krone bestimmt haben. Der Insignienschmuck und die Reichskleinodien, die in den tiefsten Schluchten der litthauischen Wälder von einem hütenden Drachen bewahrt wurden, sind richtig gefunden und dem Drachen abgerungen worden. Die Ringe aber haben sich beim Friedensschlusse zur Aufmunterung für die deutschen Publicisten die drei alliirten Mächte ausbedungen. Die Wiedererlangung dieser Ringe ist nun für die jungen Polen Ehrensache, und der eigentliche Grund, warum unzählige Schaaren in Deutschland herumschwärmen. Die Zeitungsschreiber, denen ihr böses Gewissen schlägt, nennen sie Flüchtlinge, als wenn sie nicht wüßten, wo ihre Heimath wäre!

In solch böser Zeit sehnt sich mein krankes Herz nach Deiner heilenden Nähe. Du bist der Blumenkelch, in dem ich meine Thränen ausweine.

Aber, Theuerste! Du hast es vergessen, mir in Deinem letzten Briefe den Ort Deines Aufenthaltes zu bezeichnen. Bist Du in Wien, oder in Frankfurt oder gar in Berlin? Nach dem letzten Orte will auch ich reisen, um mich mit eigenem Aug' und Ohre zu überzeugen, wie sie die Stumme von Portici, die jetzt laut Cabinetsordre wieder gesungen werden kann, aufnehmen werden.

Man will den Todesgöttern nach überstandener Cholera einen stummen Dank darbringen. Ist doch die Cholera selbst von dem berüchtigten Göthe ein furchtbares Geheimnis genannt worden, worin man einen neuen Beweis für die Tiefe der Objecivität dieses Mannes sehen kann: mein Nachbar zur Rechten denkt darüber gerade eben so, und der zur Linken auch so.

Sollte meine Speculation, den von Hegel verlassenen Lehrstuhl besteigen zu dürfen, gelingen, so blieb ich dann auf immer bei Dir.

Aber diesen Brief wirst Du schon erhalten. Ich lege ihn des Abends ans Fenster, und die Geister der Liebe werden es wissen, wo Dein fühlend Herz jetzt für mich schlägt. Lebe wohl! alle meine Affecten wetteifern in Liebe und Verehrung für Dich!

Dritter Brief

Deutschen Gruß und Handschlag zuvor, edle Biederfrau! Ich schätze in Dir mehr, als man an Wesen Deines Geschlechts zu schätzen gewohnt ist. Du bist nicht unbekannt mit den Grazien, und doch ein Frauenzimmer von der ernsthaften Gattung. Du gleichst dem chinesischen Glockentempel, wenn er den Ernst bedeuten soll, eben so sehr wie der Maiblume, wenn ich darunter die Freude verstehe; nur daß die letzte duftende Glocke oben im Wipfel sich den Strahlen der Sonne öffnet, und ich schmeichle mir, diese Sonne immer für Dich gewesen zu sein.

Du sendest mir eine Haarlocke, mit einem rosaseidenen Bande geziert. Sie muß auf der Reise schlecht gelegen haben, das sonst so dunkle Haar war ausgebleicht, und schien sehr grau. Das Gräuliche hat auch mich angesteckt, mein dunkelblonder Haarwuchs ist seither so weiß geworden, wie die schneebedeckten Fluren, die sich dort drüben vor meinen Augen ausbreiten.

Ich weiß nicht, ob Dir auch so ist. Mein Leben ist mir schon so alt, und doch fühl' ich mich zuweilen jung, als lebt' ich noch immer, obschon ich gewiß weiß, daß ich wenigstens einmal gestorben bin.

Glaubst auch Du nicht daran, daß ich im Grunde nur ein Mährchen bin? Mit dem Greisenhaupte meines Januskopfes seh' ich in die dunkeln Nebenpforten fernster Vergangenheit, und mit dem Jünglingsblicke auf die Wiege, als wär' ich erst gestern geboren. Da hab' ich ein altes Buch voller wundersamer Geschichten, ich spiel' in ihnen immer die Hauptrolle, die verzauberten Prinzen. Jetzt in einen schwarzen Käfer, dann in eine glühende Kröte, oder auch in ein todtes Marmorbild verwandelt, harr' ich auf Liebe und Unschuld, die meinen Zauber lösen können.

Deine Liebe und Unschuld hören gewiß meine Klagen, die jetzt einsam durch die Nacht tönen, und von den Vögeln in Musik, von den Blumen in Duft gesetzt werden. Liebste! erinnerst Du Dich wohl noch jener Zeit, als ich die Anatomie Deiner Blicke studierte, als ich bei Deinem Herzen ansprach um einen gefälligen Beitrag zu der Collecte, die ich nach dem großen, von Deinen Augen in mir angerichteten Brande bei allen himmlischen Wesen sammeln ging? Oder wie war das? Man vergißt seine Freuden leichter, als seine Leiden. Ich habe so viel vergessen, waren das Alles Freuden?

Nun aber theil' ich Dir ein Geheimniß mit, das Du Dir gewiß nicht hast träumen lassen; fürs Erste mußt Du aber noch reinen Mund halten.

Der Sultan hat mich als Redacteur des konstantinopolitanischen Moniteurs berufen. Findest Du das ungereimt? Und auch auf Dich, Du herrliches Weib, hat er sein gnadenreiches Auge geworfen. Du sollst mit mir ziehen, und die Stelle der Frau von Hübsch vertreten.

Du fragst nach den nähern Umständen dieses Rufes? Nun so höre, wem ich den Rang abgelaufen habe! Mein Mitbewerber war der berühmte Bibliothekar Dr. Ernst Münch, ein Lichtfreund, den Ignoranten ein Wetterblitz, der den freimüthigen Hutten, wenn nicht nachgeahmt, so doch herausgegeben hat. Er hatte zwar gegen die Osmanen, oder richtiger die Feldzüge gegen die Osmanen geschrieben, aber die sultanische Majestät war auf diplomatischem Wege unterrichtet worden, daß der Bezeichnete zur Classe der Desultoren, denen jeder Sattel gerecht ist, gehörte, überdies daß er das Haager Doppelkreuz wäre. Es kam zu einem Examen, das ich Dir schildern will.

Der westöstliche Divan hatte sich versammelt. Der Großherr saß in einer Loge, die mit goldgestickten Sammtvorhängen zum Theil bedeckt war. Ihm zur Seite seine Gemahlin: in Reichsangelegenheiten hält er streng auf Monogamie. Die hoffnungsvollen Prinzen übten sich an hölzernen Puppen im Kopfabschlagen.

Wir Candidaten traten ein. Ein blondhaariger, blauäugiger junger Mann - Du kennst mich ja, Liebe, das war ich. Mein Rival nicht minder anziehend, nur etwas stark und wohlgenährt; seine Brille empfahl ihn. Zum Zeichen unserer russischen Gesinnungen schlugen wir mit unsern Armen dreimal ein Andreaskreuz über die Brust. Mein Gegner nahm das Wort, Folgendes sprach er:

»Geist und Talente stehen über den Interessen der Machthaber und Völker. Das ist der Vorzug unseres erleuchteten Zeitalters. In den barbarischen Zeiten des Mittelalters trugen Söldner den am meisten Zahlenden ihre körperlichen Kräfte an, ja die Schweizer, denen ich entsprossen zu sein eingestehe, setzen diese Gewohnheit noch heute fort. Ich glaubte das geistige Pfund, das in mir vergraben liegt, nicht besser anwenden zu können, als es unabhängig zu machen von all meinen Jugendträumen und Idealen, und den Bedürftigen es zuzuwenden. Ich bin stolz auf den Kosmopolitismus meines Volkes, und seien Sie außerdem bei meiner Wahl der Beistimmung des großmüthigen Nikolaus gewiß. Ich habe viel zum Untergange der polnischen Sache beigetragen. Wir Deutsche sind überhaupt weder Polen, noch Philopolen, sondern nur Bibliopolen.«

Der Divan lachte um ein wenig schwächer, als der Bibliopole selbst.

Es kam zu einigen Fragen. Mein Gegner vermied zu antworten. Er kramte und berief sich auf seine Documente, die er nach Zeit und Ort geordnet hatte. Sie fingen von Freiburg an und hörten am Neckar auf. Man sprach von der Legitimität. Er citirte eine Nummer des Morgenblattes, wo er die Legitimität selbst der Liebe in schlichten Versen bewiesen hätte. Ich aber machte mich heimlich an die Großfrau heran, und flüsterte ihr leise zu, ich könnte ihr Alles, selbst die Legitimität ihrer Strumpfbänder beweisen. Das empfahl. Die hohe Frau geruhte ihrem Gemahl zu erklären, daß ich der Mann zu sein schiene, der die Sache des Hofes in gegenwärtiger Verwickelung vertheidigen könne, man möchte den Gegner entlassen. Dieser ging. Ich blieb.

Welch eine Staatszeitung soll die meinige werden, in dem Artikel *Inland* kann ich zwar nicht gut über die Schranken der Barbarei hinausgehen, da die hiesige Censur für dieses Fach äußerst streng ist, aber im *Ausland* ist sie nachgiebiger.

Da will ich den deutschen Brüdern im Zeitungsspott eine Regel geben, die sich ihnen als nützlich bewähren wird.

Es drängt die Bekanntmachung einer Thatsache über inländische Angelegenheiten. Die Scheere des Censors wird sie nicht schonen. Was thut man?

»Wenn Sie, verehrter Herr Regierungsrath, in meiner Zeitung den Abdruck dieses Handels unterdrücken, so schick' ich ihn in ein englisches oder französisches Blatt. Man liest ihn auf unserem Museum. Wie könnte dann noch der Abdruck unter der Rubrik London oder Paris ohne Aergerniß gehindert werden!«

Eine tolle Zeit, wo man, um ehrlich zu sein, ein Spitzbube werden muß! Scheinbar scherzt man freundlich mit einem Kinde, und hat es doch nur auf die artige Magd abgesehen, die es trägt. Dieselben Handlungen, die bei dem Einen als Muster von Kühnheit und Muth gelten, müssen uns bei dem Andern in den Ruf der Bescheidenheit bringen. Es gibt eine hoffähige Demokratie wie in Milet eine Quelle, die süßes und salziges Wasser zugleich enthielt.

Unter der Rubrik Ausland hab' ich in meinem Moniteur noch ein stehendes Capitel über *Maßregeln*. Du verstehst mich. Ich meine die Protokolle des Bundestages.

Eine eigene Spalte ist die Poetenspalte, wo ich das Phantastische und Alles, was in der Politik auf der Einbildungskraft beruht, in zierlicher Darstellung berichte. Ich sorge hier fleißig für das Tragische, Schrecken- und Schauererregende, und rechne dahin alle Hessen-Kassel'sche Angelegenheiten, die schon Stoff genug darbieten zu einem Trauerspiel. Atreus und Thyestes oder das Haus der Pelopiden ist ein Gemälde von Familienhaß, Maitressenwirthschaft, Volksaufläufen und Gardeducorpssäbeln geworden.

Eine solche Wuth losgelassener Leidenschaften ist unerhört; und in der That, es fehlte noch, in diese Iffland'schen

Familienscenen die Interessen des ohnehin schon genug geplagten Volkes zu verwickeln. Wenn Ruhe die erste Bürgerpflicht ist, so haben wir noch weit mehr das Recht, sie auf dem Throne zu erwarten. Sollten wir wirklich noch solche Scenen erleben, wie sie in den kalten, öden Todesmauern des byzantinischen Kaiserhauses vorkamen? Wenn du gut thust, hieß es schon in dem Königsspiel bei Horaz, so wirst du König sein, wo nicht, nicht.

Wie ich höre, geht es in Hanau schon wieder hoch her. Die Zollhäuser auf der Frankfurter Straße sind kaum zerstört. Wovon ich mich selbst überzeugt habe, ist die ganze Angelegenheit so sehr in das moralische Bewußtsein der Leute dort eingegangen, daß selbst der Schenkwirth im Zollhaus nie mehr sein Gebäude zu einem solchen ruchlosen Zwecke hingeben wollte. Man weiß es, daß sich Unzählige für einen zugesteckten Thaler eher todtschlagen lassen, als daß sie den Wiederanfang des kaum beendeten Unwesens duldeten. Aber das Alles wird nicht gefürchtet, man vergibt sich Nichts, und wird nicht nur den Zoll für neue Waaren verlangen, sondern selbst für die, die seither ohne Beleg durchgiengen. Den Kaffee und Zucker, den man längst verdaut hat, können die Kaufleute und wir noch hintennach veraccisen. Man wundre sich nicht, wenn die Bürgergarden bei solchen Cravallen zusammengetrommelt werden, und nicht erscheinen. Ohne Uniform sind sie selbst der Feind, gegen den sie agiren sollen.

Siehst Du, Vertraute meines Herzens, so geht es im Türkischen Reiche her. Mit solchen Anekdoten füll' ich die Spalten meines Moniteurs. Sonst lebt man hier besser, als bei Euch. Der Brand von Pera ist eine verdammte Lüge, die der östreichische Beobachter ausgeheckt hat, um die Aufmerksamkeit von Westen nach Osten zu lenken, und den Leidenschaften des Hasses und der Erbitterung eine unschädlichere Richtung zu geben.

Ich habe gerade von Pera aus die herrlichste Aussicht auf die stolzen Wellen des Marmormeers. Rings um mich her liegen die anmuthigsten Landhäuser, versteckt in bergendes

Waldgrün. Dunkle Fichten erheben ihre Riesenhäupter in die wolkenlose Himmelsbläue. Die Trümmer einer verfallenen Burg ragen hinter Bergen, die mit den edelsten Weinen bepflanzt sind, wie Abenddämmerungen der Erinnerung beim Entzücken der Liebe und Freundschaft, hervor.

Ach, daß Du in diesem Augenblicke die Rührung meines Herzens theilen könntest!

Die friedlichen Klänge der Abendglocke des Klosters hallen aus der Tiefe des Thals zu mir herüber. Sie läutet den schlummernden Sonnengott in die Wiegenruhe seiner Purpurgluthen dort über jene Hügel hinunter.

Geliebte, Du hast mir schon so oft versprochen, Du wollest auf den Fluthen des Mondscheinlichtes zu mir segeln. Daß Du in diesem Augenblick der Wonne an meine bewegte Brust sänkest! Siehe! diese Rose würf' ich in die Wogenfluth Deines Busens, und ließe mich in ihrem Kelche nach dem Sonnenaufgang Deines Augenstrahles tragen!

Uebrigens kennst Du über Thränen meine Ansicht. Ich hasse sie. Die unnatürlichsten Bäume, die je gepflanzt sind, nennt man Trauerweiden. Aus den geringfügigen Dingen, die den Menschen die Augen naß machen, lernt man ihre Schwäche kennen – ein Christbaum, ein Ostermorgen, die untergehende Sonne – und sie sind weg! Ich empfehle Dir Kant's Kritik der praktischen Vernunft. Das Glück des Menschen hat ganz andere Grundlagen. Mein Ideal der Glückseligkeit hab' ich mir jetzt festgestellt und mir zugleich vorgenommen, zur Beglückung der Menschheit mich einem deutschen Fürsten als Janitscharenmusik zu vermiethen.

Bist Du also heute zur Rührung aufgelegt, so werd' ich das Vergnügen haben, Dich nicht zu sehen.

Sonst ergreif' ich diese Gelegenheit, Dich zu versichern, daß, wenn Du mein Alpha bist, ich Dein Omega bin und bleibe!

Vierter Brief

Ein Räthsel hast Du mir vorgelegt, einen Vorschlag mitgetheilt, ich komme auf Beides, meine Beste.

Du fragst mich, ob ich einen Begriff von krystallisirter Wehmuth habe? Ich gebe Dir eine Gegenfrage, ohne eine Antwort zu verlangen.

Warum muß sich doch schon an die wonnigen Tage der Jugend, wo die Phantasie noch mit solchen Blumengewinden die Welt umzieht, wie mich die meinige mit ihren riesigen Himmelsblüthen, jener eisige Schauer des Winters legen, der die brennenden Lippen erstarren, und die bebenden Küsse erfrieren macht? Nicht wahr, ich komm' ans Ziel?

Legionen solcher erstarrter Thränen und erfrorenen Küsse schweben wie Engel und unsichtbare Eiszapfen durch die lange Nacht des Winters, bis sie erst der milde Strahl der Frühlingssonne zu glänzenden Perlen auflöst. In einigen Monaten kannst Du das an mir selbst erleben.

So wie sich erst die Morgensonne in dem frischen Grün wieder spiegeln wird, so nehm' ich meinen Thränenkrug, und sammle auf den Auen. Durch Vermittelung des Salzes macht der chemische Proceß alles Flüssige fest, und so krönt endlich meine Mühe das beneidenswerthe Gefühl, Dein Problem aufgelöst zu haben.

Daß eigentlich die ganze Welt nur aus dieser Materie besteht, erräthst Du wohl nun leicht, daß die Erde – im Vertrauen gesagt – nur ein ganz winziges Ding, eine Thräne im großen Weltenauge.

Nun aber Dein Vorschlag. Ja wohl! sehr empfehlend. Der Enthusiasmus reißt mich hin, Holdseligste, ich fange an zu schwärmen

Das leichteste Mittel, der Macht des Despotismus und

Königthums zu steuern, liegt in der Erweckung des schlummernden, religiösen Parteigeistes. Man stürze die Sitze der weltlichen Fürstenthümer, und errichte an ihrer Statt Christenthümer.

Z.B. hat das Christenthum Hengstenberg, mit so und so viel Tausend Einwohnern, auch Seelen genannt, die sich meist von sitzenden, webenden Geschäften, spinnender Lebensart und geistlichem Fischfang ernähren. Man arrondirt es aus dem Wupperthale, dem mildthätigen Elberfeld, Kielern, Glauchensern, Baslern und ist dabei die Wilhelmsstraße oder die Wallachei in Berlin nicht zu vergessen.

Wir werden der Erfüllung dieses Planes die größten Opfer angestrengter Kräfte bringen müssen. Ein Truggewebe von Irrthümern ist aufzulösen. Die Fürsten stehen in dem Rufe, die Religionsübung zu schützen, und die Wenigsten sehen ein, daß sie sich jenen nur als ein sanftes Bindemittel ihrer Herrschaft bewährt. Der Scepter nimmt so gern die Gestalt des Krummstabes an. Wir können sogar Staaten aufweisen, deren System eine weltliche Hierarchie ist. Preußen, dessen historische Existenz nur durch Vertrag und Uebereinkunft gesichert werden kann, wies die schriftliche Abfassung einer solchen nur darum bis jetzt zurück, weil es sich auf die Herzen seiner Bürger als auf die sicherste Garantie der Zukunft beruft. In so fern in diesen Herzen das Vertrauen die köstliche Perle sein soll, überläßt man die Entscheidung der Frage der Zukunft, man weiß, daß sich die Regierung verpflichtet hat, den Mangel jenes Vertrauens durch einen künftigen Act der Gesetzgebung anzuerkennen. Aber das Religiöse an diesem Verhältnisse bleibt einer allgemeinen, von dermaligem Staatsverbande unabhängigen Welt- und Geschichtsansicht unterworfen. Je mehr die religiöse Stimmung unserer Zeit über das bloße Bedürfniß des Glaubens hinausgeht, und eine bestimmte Ansicht über Christenthum als eine Thatsache anerkannt wissen will, je stärker sich früher in Preußen die Meinung befestigt hatte, der Thron könne in Religionsangelegenheiten mehr sein, als eine schützende Macht, er könne auch entscheiden, desto einseitiger mußte sich nach der Erklärung, die

Regierung lasse Jeden schaffen, wie er wolle, das Interesse der Partei auf sich selbst zurückziehen, und gegen den Schutz, der ihr von oben gleichgültig gewährt wird, selbst immer gleichgültiger werden. Der preußische Staat ist durch die Chancere dieser Zeit gezwungen, dem Zuge des alltäglichen Treibens zu folgen. Er ist verurtheilt, mit eigner Hand das poetische Gewand, in das er sich durch sonderbare Zufälle hüllen konnte, zu zerreißen.

Du befürchtest, ich würde mich noch einst zum Schirmvogt der Pietisten aufwerfen; aber Folgendes belehre Dich, daß ich meinen Kopf denken, nicht hängen lasse!

Die Liebe darf einen Rechtgläubigen noch nicht bewegen, sich mit zwei oder drei oder mehrern Brüdern zur gemeinschaftlichen Uebung im christlichen Leben zu vereinigen. Nur durch den Satz von der Priesterschaft eines jeden Christen sind Conventikel möglich geworden, dadurch aber auch gegen jede Staatsreligion feindselig gestellt. Man versichert, und hängt mit voller Hingebung an dieser Lehre, daß die Berufung eine allgemeine sei, Jeder dürfe sich zu jeder Stunde als ein Gefäß des göttlichen Geistes ansehen. So lange dieser Glaube noch nicht untergraben ist, und damit kann es anstehen, weil er dem natürlichen Selbstgefühle die verklärteste Weihe gibt, so lange sind noch Elemente zu einer republicanischen Ordnung der Gesellschaft vorhanden. Man wird die Uebertragung des Lehramtes an gewisse durch menschliche Wahl Bestimmte, die ganze Form der Kirchenconstitution ewig nur als einen Uebergangspunkt ansehen, und gegen die weltliche Seite des Lebens, die jene Gestaltung der kirchlichen zur Garantie ihrer eignen Dauer bedarf, unablässig reagiren. Liebe und Vertrauen soll das schönste Band des Lebens bleiben, aber die Verbundenen müssen Alle Priester und Könige sein.

Ich schreibe jetzt an einer Geschichte der Zukunft. Jede Gewalt wird in ihr an den zwei höchsten Mächten politischem und religiösem Fanatismus scheitern. Das Bedürfniß, glücklich zu leben ist eben so mächtig, als das andere, seinem Glück die Unterlage eines höhern Lebens zu geben.

Beides sind die Factoren der entscheidendsten Schläge in der Geschichte gewesen, die Explosionen der Zukunft werden wiederum durch ihr Zusammentreffen herbeigeführt werden. Die Zukunft wird uns unzählige Charaktere zeigen, in denen die Flammen der Begeisterung für das hohe Ziel aller politischen Freiheit, Republicanismus, mit dem heiligen Feuer religiöser Andacht und Hingebung zusammengeschlagen werden. Hier wird mehr sein, als die furchtbare, imponirende Sittlichkeit eines Robespierre. Vor der Tugend allein erschrickt der Despotismus nicht. Sie bedarf des Lasters als hebender Folie, und pflegt mit ihrer Selbstbeschauung zu enden. Die Macht des Christenthums reicht höher hinaus, in ihrer richtigen Stellung zum Staate ist sie unüberwindlich.

An der Lehre der St. Simonisten ist dies das Wahre, daß sie das Bedürfniß einer Coalition unseres geistigen und materiellen Lebens aussprechen. Sie ist ein Symptom des Zeitgeistes und hat daher nur ein vorübergehendes Interesse. Ihre Lehren selbst befriedigen jenes Bedürfniß nicht, sie müßten dazu weniger die Resultate eines speculirenden Kopfes sein, aber sie haben im Schematismus der mannigfachen unsere Zeit durchkreuzenden Tendenzen eine so mathematisch richtige Stellung, wie keine andere neuere Erscheinung im Gebiete der geistigen Cultur. Herr Carové, Licencié en droit, findet zwar in dieser Bedeutung der Simonisten *Jakobinisches*, *Sitten-* und *Staatsgefährliches*, – spricht der Mann nicht, als hätt' er einst zu Mainz als Centralinquisitor gesessen? – aber das zeichnet eben ihre Lehre mehr aus, als ein selbstverstandener Satz von la Mennais, Cousin oder wohl gar Hegel.

In Deutschland kann man nie auf den Bürger wirken. Das hat Rußland vortrefflich, verstanden und daher Sorge getragen, diesen deutschen Michel in Polen einheimisch zu machen. Aber die Bewohner des platten Landes, das starke Geschlecht der Gebirge, die Grenzbauern sind jene geheimnißvollen Gestalten und Zaubergrößen, aus denen ich jetzt ein System der Demagogie schaffe. Du erschrickst und vergissest, daß ich ja nur als Schriftsteller in diesem Fache auftreten will. Das Publicum will Charakteristiken der Zeit, Bilder aus der Gegenwart. Es ist zu wenig Walter Scottisch mehr, als daß man mit Karlistischem Romanticismus, mit Prätendentenscenen und Aristokratischer Hingebung aufwarten dürfte. Es will an seine nächsten Interessen erinnert sein, aber nur andeutend, nicht so, daß es sich heute ein Buch kauft, und morgen das befolgen muß, was es darin gelesen hat. Es will Anklänge an den Augenblick, doch es scheut sich, sich wieder mitten in den leidenschaftlichen Kampf der Parteien versetzt zu sehen. Es will Ernst als Scherz vorgetragen wissen. Wer nun in der Tat die Kunst besitzt, durch irgend eine untergelegte Diction, etwa daß er einen Narren an eine Närrin Briefe schreiben ließe, seine Stellung zu den Parteien nur versteckt durch den Schleier des Indifferentismus anzudeuten, der mag sich schmeicheln, hier und da seinen freundlichen Leser zu finden. Aber unnatürlich bleibt darum doch dieses Verhältniß, und beweist, wie weit wir die Franzosen im Leichtsinn übertroffen haben. Der Leser hebt sich lachend von seinem Morgensitze, verläßt sein Negligé, wirft den Amtsrock über die Schulter und officielle Falten ins Gesicht, und kaum auf seinem Beamtensessel, gewöhnlich einem Schraubstuhle, angelangt, decretirt er dem vorher so liebenswürdigen Autor ein Halseisen – des Princips wegen.

Unsere Zeit ist zum Märtyrerthum nicht mehr gemacht. Wenn es zwar an treuen Seelen nicht fehlen möchte, die sich gern für die erkannte Wahrheit hingäben, so fehlt den Gegnern doch der Muth, durch offene Gewaltthat die Partei zu reizen und ihren Willen mit Leidenschaft durchzusetzen. Und ich gestehe Dir gern, daß ich kein Märtyrer der Wahrheit sein möchte, wenn nicht Jedermann dieselbe Wahrheit an allen Wegweisern auf der Landstraße lesen könnte. Wie Göthe und sonstige Unsterbliche unter den Sterblichen wird man nie mehr sein, als wozu man gemacht wird. Man pflükke Nichts vom Baume des Lebens, es fallen genug Blätter von ihm ab, die auf der ruhigen Spiegelhelle des Daseins umhertreiben und immer so ansehnlich sind, daß sich ein

Lorbeerkranz daraus winden läßt. Wohl dem, dessen Ueberzeugung nicht weiter reicht, als die Augen seiner Zeitgenossen! Er wird ihnen nun erscheinen – denn wer würde meinen, nur Alltägliches zu sehen! – und doch der alte, liebe Freund, der dem Herzen so nahe steht, sein. Wem diese marmorne Ruhe nicht zusagt, der mag sich die Gegenstände seines Kampfes fingiren. Er kann dabei so viel Anstand und Würde entwickeln, daß er nie für den spanischen Abenteurer, immer nur für einen Heros gehalten wird. Neben der Coketterie der Liebe gibt es auch eine des Hasses. Wenn man sich flieht, um sich zu haschen, so gibt dies den angenehmen Eindruck eines Anakreontischen Ballets. Wenn man sich aber in die Haare fällt, nur um auseinander zu kommen, so ist dies neben der Feigheit eine Lächerlichkeit, die leider nur von den Wenigsten erkannt wird. Vom Lächerlichen zum Erhabenen gibt es bekanntlich nur einen Schritt, wer bemerkt diesen einfachen Sprung? Falstaff wird von seinen Gesellen wirklich für tapfer gehalten. Die vermeinten Herren der Freisinnigkeit sind bei uns in dieser Weise oft die Unterthänigsten. Sachsen steckt voll solcher Leute, die in jedem ernsten Triumvirate nur den Lepidus abgeben müßten, die aber als Erzketzer im deutschen Reiche verschrieen sind. Sie schießen Jahr aus Jahr ein die giftigsten Pfeile in die Weite, noch kann ich mich aber keines entsinnen, den sie getödtet hätten. Sie könnten aber Satyren auf die Religion des sechsten Welttheils schreiben, sie würden noch immer als Heroen der Freiheit gelten.

Man kommt aber so am besten durch die Welt. Also, wohlan, du alte Stimmgabel, du hast mit den beiden Klammern deiner Fangarme schon so manches hoch schlagende Herz in den Kammerton zu stimmen gewußt, leg' einen guten Ton für mich ein, ich will fromm und geduldig werden, wie ein Lamm, und reden, als redete ich nicht. Verschaff' mir mit deiner silbernen und darum immer noch Goldes werthen Stimme irgend einen Lehrstuhl, etwa der politischen Natürlichkeiten, dem ich in frommer Ergebenheit Ehre machen werde. Echt biblisch will ich lehren, daß es natürlich war, als Petrus seinen Herrn und König verleugnete, daß er hinausging und weinete sehr; daß es natürlich ist, den biblischen Satz zum höchsten Princip der Finanzwissenschaft zu machen, daß, wer hat, dem gegeben, wer aber Nichts hat, dem genommen werde; daß es natürlich ist, nicht nur die Irländer und Juden, sondern auch die Fürsten zu emancipiren, wenn man nicht erwarten will, daß sie, begeistert für die Sache ihrer Freiheit, mit den Waffen in der Hand den Völkern, ihren Unterdrückern, gegenübertreten. Sag's ihnen nur, daß ich nicht müde werden wolle zu rufen, sie sollten von den Schranken der Caste entfesselt, von ihrem Pariastand erlöst werden, an öffentlichen Orten beim Gottes- und Musendienst nicht mehr allein, wie auf Armensünderbänken sitzen, es solle ihnen der Zugang zu ehrlichem Erwerb und Nahrungszweig nicht versperrt werden. Sprich, du alter Chimborasso, warum sollen ihre liebesiechen Herzen an den Lippen der Bürgertöchter sich nicht erwärmen dürfen? Und wenn du geantwortet hast, so hebe Dich weg von mir!

Fünfter Brief

Jetzt möcht' ich freilich lieber in Schwaben, als in den märkischen Sandsteppen geboren sein! Dein trauriges Schicksal, Geliebte, ist so recht dazu geeignet, in Verse und Reime gesetzt zu werden.

Du hörst von der treulosen Gefangennehmung Deines Gemahls. Der edle Lafayette eilt zu der bestürzten Gattin, Du fliegst in Sturmeseile den Pyrenäen zu, forschest in dem Blicke des Wanderers, fragst den Gemsenjäger auf den steilsten Klippen, und erfährst die unselige Botschaft, des Edeln Tod. O, daß mich die mordende Kugel getroffen, daß ich den Schmerz eines solchen Verlustes von Dir abgewandt hätte!

Du weißt ihn zu ertragen. Das ganze Leben Deines Mannes ist wie eine Sage an Dir vorübergegangen. Wie im Traume hast Du ihn ewig auf schwankendem Fahrzeuge mit dem empörten Elemente kämpfen sehen; wie er mit den lieben, treuen Gefährten im Mondenschein am Ufer des Heimatlandes anlegt. Er küßt die feindselige und doch so geliebte Scholle, mit den blitzenden Schwertern deuten sie nach den Sternen, und schwören sich ewige Treue auf Leben und Tod. Ha! ich sehe die perlende Thräne, die über die dunkle Narbensaat seines Antlitzes rinnt! Wie ihm die Blumen der Hoffnung unter dem buschigen Moose der Augenbraunen aufkeimen! Ein hehres Weib in flatterndem Reitermantel, auf ihrem stolzen Haupte die winkende Reiherfeder ruft ihm. Er folgt auf die schneeigen Wipfel der Sierra Nevada. Von einem Abhange sieht er das wunderbare Farbenspiel des lachenden Frühlingsgrüns, die Streiflichter der fernen Thalebenen und Alles in die blaue Dämmerung des Mondscheins gehüllt. Hinten am äußersten Ende des Horizontes liegen in dunkler Ferne die tausendzackigen Höhen der Sierra Morena.

Hesperia deutet wehmütig nach den Ufern des Manzanares, Dein Gatte verbirgt sein Angesicht und stirbt.

Unglückliches Weib, Deinetwegen werd' ich katholisch, und begleite Dich auf der Pilgerfahrt zu des Heiligen Grabe.

In Andalusiens Thälern, an den Ufern des Geeil erhebt sich ein einsamer Felsen, losgerissen von dem nahen Gebirge, der Stein der Liebenden, ein Denkmal treuer und unglücklicher Liebe. Hier sei Deines Ermordeten Ruhestätte, und die Hütte, die uns müde Lebenswaller berge! Du pflanzest auf den Hügel seines Grabes erst einen süßen Mandelbaum, auf den unsere Trauer dann die bittere Frucht, wie den Dorn auf der Rose impft. Ich benutze die Muße zu einer Abhandlung über das Poetische im Liberalismus.

Bei all dem Jammer bin ich gestern noch ins hiesige freie Reichsstadttheater gegangen; das verzeihst Du mir, oder darf die Liebe zürnen? Man gab den kannegießernden Zinngießer. An einer Stelle wollt' ich sehen, ob man wohl mit einiger Hoffnung in Deutschland bleiben könne, sie ist aber richtig so ausgefallen, daß ich die Fluren der Heimat um so lieber verlasse.

Vor einigen Tagen war hier nämlich eine so entsetzliche Revolution, daß Herr v. Bellinghausen schon mit der Mainzer Besatzung gedroht hatte. Du weißt, daß in Deutschland die meisten Thorflügel in stetigem Parallelismus mit dem Auf- und Untergang der Sonne stehen. Um die Kosten der Beleuchtung zu verringern, glaubt man so ein gutes Stück Finsterniß von der Stadt abzusperren.

Ich hätte nur gern gewußt, ob ein deutscher Schauspieler so vielen Muth besitzt, wenn man ihn als einen Lehrjungen fragt, worüber denn der bei seinem Meister versammelte Klubb politisire, zu den nach der Rolle vorgeschriebenen Gegenständen noch einen hinzuzusetzen aus dem Stegreif, der allen den Hörern als das Vertrauteste sogleich zugegen war, hier die Thorsperre. Aber der Mann hatte ihn nicht.

Überhaupt hab' ich mir den Staub, was man im Winter Staub nennen kann, von meinen Füßen geschüttelt, als Frankfurt hinter mir lag. Ich fragte dort Jemand nach dem Hause, wo Göthe geboren. Ich wollte, wie Uhland in seinem Straßburgermünstergedichte, der Thorheit der Welt und meinem Tage- und Wanderliederbuche eine Huldigung bringen, aber dumm sah er mich an: »Göthe? das Haus Göthe? muß längst fallirt haben?«

Auf der Mainbrücke postirte ich mich gerade dahin, wo früher ein metallener Hahn seinen Krummschweif stolz in Höhe schlug. Mich jammerte Frankfurts. Aus eigenem Entschluß hat es das Symbol der Freiheit gewiß nicht aus den Augen der Gewalthaber weggeschafft. Nun aber ergriff mich jene große Frage, die ich mich erinnere, in einem Briefe an Dich einmal früher angedeutet zu haben, über das Poetische im Liberalismus, ob der Hahn die Lilien aufwiege.

Die Lehre, daß die Poesie nur im Sonnenglanze des Königthums blühe, ist alt, aber welcher Irrthum ist nicht alt! Gellert und Gleim sind freilich auch Leute. Dieser wäre nichts gewesen, ohne die siebenjährigen Thaten eines königlichen Helden, Jener wurde Alles durch den bekannten Gaul, in dem nur ein später gebornes Geschlecht, das da lacht, wo die Alten gerührt weinten, Ironie sehen konnte. Homer scheint uns Nichts ohne die edlen Geschlechter des Landes, Ossian Nichts ohne Fingal, Tasso's Leiden sehr wenig ohne den Florentinischen Hof; was ist die ganze deutsche Literatur ohne das Großherzogthum Sachsen-Weimar-Eisenach! Das Ringen dieser Zeit nach Freiheit scheint uns eine nackte, todte Abstraction und eine zu weite Entfernung vom Ziele unserer Illusionen, obschon wir damit nicht sagen wollen, daß wir mitten in der Poesie des Lebens sitzen. Wir freuen uns nur dann des Lebens, wenn wir seine Erscheinungen zu Gegenständen unserer Reflexion machen können. Wir sprechen weniger von Wundern, Thaten, Begebenheiten, als von den Versen darüber, und theilen das Epos unseres Daseins nicht so sehr nach seinen Strömungen und Wallungen, Klippen und Häfen ein, als nach Strophen und numerischer Reihenfolge der Gesänge. Weil wir in der That die Künste nur im Schutze des Throns blühen sehen, so lieben wir diesen aus denselben Gründen, die uns zur Kunst begeistern.

Aus angeborner Leibeigenschaft knieen wir nicht vor den Königen und demüthigen uns, nur aus Gemüthlichkeit. Wir haben einmal Alle eine Geschichte gehört, wie vom treuen Eckart, und wenn uns der Zufall dabei nicht die erste Rolle gab, so nehmen wir mit Freuden die zweite.

Wie liebenswürdig ich meinen Feind schildere! Warum reißt Du mir nur die noch leeren Seiten dieses Briefbogens nicht ab, daß ich mit der unaufgelösten Dissonanz, in die mein Herz und der mich beschäftigende Gegenstand gerathen sind, allen ästhetischen Regeln Hohn sprechend von Dir scheide. Ich wollte beweisen, so war meine Absicht, daß wenigstens drei Messen mit erzromantisch historischen Geniestücken aus dem Leben und Treiben der constitutionellen Prätendenten auf dem Doppelthron der iberischen Halbinsel versorgt werden könnten; aber meine deutsche Natur sträubt sich dagegen; ich bin überhaupt ein viel zu gemüthlicher Narr. Die Regierung will ja nur das Beste des Landes, man wird unsere Beschwerden hören, und ihnen bereitwillig abhelfen.

Du vergißt doch nicht, daß ich dies Alles von der Höhe des Brandenburger Thors aus schreibe, und ich nicht mehr berichte, als was die Rosse der Victoria neben mir mit dem Pegasus drüben auf dem Schauspielhaus disputiren?

Die Freiheit ist nicht poetisch. Wenn ich mit meinen Landsleuten erst nur die Anfänge eines bessern Zustandes heraufdämmern sehe, so geb' ich mich schon zufrieden, setze mich hin, und schreibe eine Satyre auf die Freiheit, das historisch-poetische Elend eines Nordamerikaners schildernd.

So ein Nordamerikaner ist, gegen einen simpeln Europäer genommen, doch äußerst unvollkommen daran. Jeder Professor auf dem Katheder, jeder Gassenjunge unter uns kann mit Recht zu ihm sagen: schäme dich, du Neuvolkischer! du bist nur ein halber Mensch, und hast ganz und gar keine historische Anfänglichkeit an dir. Du weißt weder von wannen du kommst, noch wohin du fährst. Du bist eine Waise und ein Bastard zugleich. Du ermangelst jener historischen Grundlage, die das breite Fundament unseres Daseins bildet. Dein Staatsleben ist nicht mehr werth, als der todte Mechanismus einer Uhr. Du kannst nichts von dem geheimnisvollen Rauschen jener tiefangelegten Quellen des Geistes vernehmen, die mit ihren goldhaltigen Wogen durch Jahrhunderte strömten. Du weißt nicht, wie von den Bergen der Heimat die Geister der Vergangenheit winken. Die Leier – nicht einmal zerbrochen ist sie dir, du hattest nie eine – und dein Schwert kannst du nicht an den Stamm einer tausendjährigen Eiche als Weihopfer hängen! Was fühlt so ein Kerl wie du von dem Zauber einer Elegie in den Ruinen eines alten Burggemäuers! Ich kann nicht gleich sagen, ob sich naturhistorisch das Vorhandensein von Grillen in Nordamerika erweisen läßt, so viel aber ist erwiesen, daß sie nicht solche Stimmungen in Dir aufregen können, wie in unsern Gemüthern. Wo habt ihr dazu die Klosterruinen, wenn sie in den Milchwellen des Mondes sich baden? Kann je einer deiner Landsleute das Lied singen: Sohn, da hast du meinen Speer! Und, wollen wir das Neueste nehmen, für dich hat Graf Moltke die Nothwendigkeit des Adels gerad' umsonst bewiesen; zu geschweigen, daß die ganze deutsche Philosophie an dir rein verloren ist. In der That wirst du dein ganzes Leben hindurch eine Närrin bleiben. Zur Ritterin vom goldenen Sporn, den du aber am Kopfe trägst, möcht' ich dich deshalb ernennen, weil ich weiß, daß nur Eitelkeit und Aerger über nicht anerkannte vermeinte Verdienste dich bestimmt, die Fahne der Lilien, der deine Unschuld doch immer treu bleiben sollte, zu verlassen. Du trittst über deine Sphäre hinaus. Ein Frauenzimmer muß gar keine Ideen haben, am allerwenigsten liberale. Die Politik der Frauen soll nicht einmal die ihrer Männer sein. Wenn es eine Zeit gab, wo die Mädchen Lorbeerkränze von Eichenlaub für die aus dem Felde zurückkehrenden Sieger wanden, und dabei recht martialische Kriegslieder anstimmten, so verzeiht man solche Tollheiten, weil man weiß, daß sie nur so zu Männern kommen wollten. Jetzt aber wären viele deiner Schwestern im Stande, und ließen Flugschriften drucken über Vertretung am Bundestage, da sie so höchstens solche Begriffe nur mit

Gold auf Fahnen sticken sollten, um heimkehrende Deputirte damit zu ehren. Also wenn dich der politische Kitzel doch gar zu sehr sticht, so folge dem letzten Beispiele. Nun hab' ich aber keine Heimath, in die ich zurückkehren könnte, noch weniger bin ich ein Deputirter, du mußt dich also auf Halskragen, Hemden u. dergl. beschränken.

Sticke mir z. B. auf mein Sacktuch die Worte: *der deutsche Bundestag – –*

Dies aber nur zu gelegentlicher Berücksichtigung. Sonst benutz' ich diesen passenden Ort, meine Gratulation zu Deiner Ernennung zur Geheimen Legationsräthin pflichtschuldigst abzustatten. Bitte mir aber, um mich gegen ungegründeten Verdacht künftig ausweisen zu können, eine Bescheinigung über den richtigen Empfang dieses Glückwunsches aus. Lebe wohl!

Sechster Brief

Dein Labsal vom 8. *hujus* habe richtig empfangen. Du treue, nie gewesene Seele, wie Du mich wieder mit solchen Gefühlen erfüllt hast, daß ich vor Verehrung gar nicht zum Beifall kommen kann. Solltest Du einst Alles, selbst mein Herz, verlieren, meine Liebe bleibt Dir ewig.

Du hast mir eine würdige Ansicht über das unsterbliche Alphabet und Dictionär der Sprache Gottes mitgetheilt. Die Buchstaben sind wie Geister und menschliche Seelen, die Weltordnung ist die Syntax, und dies Buch des Lebens ein origineller Band von Gottes sämmtlichen Werken, die bei Cotta erscheinen und in Preußen werden verboten werden des Princips wegen.

Aber Du merkst, daß in diesem an sich möglichen Dinge eine Reihefolge der gewaltsamsten Widersprüche liegt. An einem will ich Deine ganze Ansicht umstoßen.

Den Pleonasmus hat nur die Schwäche unserer Sprachmeister erfunden. Die pneumatische Grammatik der höhern Rangordnung sollte seiner füglich entbehren, und doch ist er in ihr zu finden.

Das Ich – denk' an das meinige! ist gegen das Du – ich denk' an das Deinige – eine arge Tautologie. Theuerste, wir stehen ja beide für Einen.

So also würde mich Deine Ansicht zwingen, Dir meine Bewunderung zu zollen, wenn sie mich nicht zugleich hinderte, Dir meine Liebe zu sichern. Und diese sollte Dir nicht mehr sein, als Alles, was ich Dir sonst zu weihen vermöchte! Wärest Du eine historische Person, eine Heldin des Jahrhunderts, eine Königin des Tages, oder auch nur eine Tänzerin, so würd' ich die Empfindungen meines Herzens zu den Gesinnungen meines Kopfes machen.

Ich nehme es mit solchen Unterscheidungen sehr genau. Die Grenzen, bis zu welchen ich Dinge in die innersten Falten meiner Empfindung aufnehme, sind meist sehr scharf. Der Geist eines Schiller bringt mich nicht dazu, ihn zu verehren, aber ich liebe ihn. Göthe weiß ich zu achten, ohne ihn zu lieben. Jener ist für mich mehr Person, dieser mehr Begebenheit.

Wenn die Zeit, in welche die Blüthe dieser beiden Männer fiel, nicht noch so reiche Beziehung auf die Interessen der Gegenwart hätte, so würde ich das Maß ihrer Schätzung in dem billigsten Urtheile auflösen. Aber noch mehr! sie verschmähen diesen Ausweg einer Versöhnung. Obschon sie Kinder ihrer Zeit waren, wollten sie doch höher stehen als sie, und brachen hochmüthig genug den Stab über ihre Zeitgenossen. Sie glaubten, in Jahrhunderten zu leben, die erst kommen würden, das war eine Thorheit. Wenn sie ihre Zeit verdammten, weil sie nicht jede Begegnung zu einer Begrüßung, jede Begrüßung zur Weihe eines Ehrenkranzes machte, so war dies lächerliche Eitelkeit. Nicht wahr, Du kluges Weib, Du wirst den Irrthum einer versalzenen Suppe gegen Deine Mägde mit Nachdruck berichtigen, Dich aber nie deshalb aus Deinem Hause heraus wünschen? Hat in der That ein Luther für unser Jahrhundert gelebt, ein Cäsar Schlachten gewonnen, um in der Zeit der Völkerwanderung seine Triumphzüge zu feiern?

In Berlin gilt es einen berühmten Mann, Namens F. Förster, der die Kunst versteht, das Todte lebendig zu machen. In Erwartung des kommenden preußischen Neumittelalters ist er deshalb auch beim Antiquitäten- und Raritäten-Cabinet angestellt worden. Dieser bringt nun so einen Helden eines abgeschiedenen Jahrhunderts mitten in die Tage der Gegenwart. Er läßt jährlich in der Neujahrsnacht den großen Kurfürsten auf der langen Brücke in Berlin – die darum die lange heißt, weil sie nicht kürzer als die andern der Stadt ist – von den Todten auferstehen, und über die Dinge, die im verflossenen Jahr in der Spener-Spiekerischen Zeitung gestanden haben, recht altklug politisiren. Ich bewundere das Talent der

Vivificirung, das sogar einen Berliner Witz Lügen straft, nämlich der eiserne Kurfürst drehe sich auf seinem Pferde um, wenn er des Nachts den Dom zwölf schlagen hört; aber was sprechen Sr. Kurfürstlichen Gnaden für sonderbares Zeug! Und wie schlägt sich das Organ selbst ins Gesicht.

Das weißt Du gewiß so gut, als ich, daß die Könige in Preußen wenigstens bis auf diesen Augenblick keine persönliche Ahnen haben, sondern ihnen immer nur die dynamische Idee des Königthums voranging. Wo sollte sonst die Lehre von der garantirenden Persönlichkeit hin! Bei jedem Thronwechsel müßte für die Principien des Staatsrechts eine neue Stunde schlagen. Bis jetzt hat das Hohenzollern – das Wittelsbacherthum noch nicht nachgeahmt, nicht aus Mangel leerer Wände und wegen übermäßig beschäftigter Malerpinsel, sondern man vermeidet die Ursprünge, weil sich nicht läugnen läßt, daß sie menschlich sind. Friedrich der Große, der unstreitig allein die Natur eines preußischen Staates erkannt hat, findet die meisten Bewunderer außerhalb des Landes, wenige im Lande selbst und keine am Hofe oder auf dem Throne. Die Zukunft meiner Heimath – o wär' ich doch ein Glasmaler geworden, und könnte, wie sie sagen, beitragen zur Belebung alles Großen und Herrlichen, das untergegangen! oder auch ein Wappenschneider. Denn es wird eine Zeit kommen, wo ich, falls ich noch im Besitz meiner Kehle bin, singen werde nach dem alten Liede:

Viel Wappen sah' ich rund her hangen,
Mit Trauren ward mein Herz befangen!

Was meinst Du, soll ich ein Buch schreiben; das Schloß Marienburg oder Ideen zu einer Vergangenheit des preußischen Staates? Ich dedicire es sämmtlichen Gesellschaften zur Erforschung vaterländischer Alterthümer, deren Oberhäupter, wenn nicht lustige, doch mächtige Patrone sind. Wie Jean Paul die Capitel seiner Schriften in Jobeljahre oder Posttage oder ähnlich eintheilte, so würden in diesem Versuche die Unterabtheilungen nach Glasfenstern ausfallen. Die drei Hauptklammern wären drei Domcapitel; eines an der Nogat, das andere an der Havel, das dritte an der Elbe.

Soll ich Dir einige Ideen zu dieser Vergangenheit mittheilen?

Albrecht der Bär hat nicht Cöln an der Spree, sondern jenes am Rhein gegründet; folglich sind die Westphalen und Rheinländer gehalten, ihre vaterländische Geschichte mit Wenden und Slaven anzufangen.

Wer sich untersteht, den sogenannten falschen Waldemar ferner für den Müllerburschen Jäckel zu halten, sei es durch Wort oder Geberde, ist zu Geld- oder angemessener Leibesstrafe zu verurtheilen.

Der Nürnbergische Burggraf war nahe daran, R. Kaiser zu werden. Folglich hat die Krone Preußen bei vorkommender Gelegenheit ein Haus- und Hofrecht auf jene Würde. Sind deshalb auch die Bestrebungen der Deutschthümler nach Kräften zu unterstützen.

Wer an der Regierung der Kurfürsten in Brandenburg Tugenden aufzufinden im Stande sein sollte, erhält die Erlaubniß, für jede entdeckte Tugend ein Dutzend Fehler in der Regierung Friedrichs des Einzigen mit vollkommener Preßfreiheit zu rügen.

Preußen war von jeher ein organischer Staat. Wer dagegen zu sprechen wagt, soll zur Strafe die geringe Zuhörerzahl des Herrn von Lancizolle vermehren.

Der Ritterschaft ist nie durch ordentliche Urkunde die Steuerimmunität genommen worden. Auch verdienen ihre Ansprüche auf die secularisirten Domstifte aus historischen und archivarischen Gründen die ernsteste Berücksichtigung.

Meinen lieben Ancillon ernenn' ich u.s.w.

Nach der Herausgabe dieser Ideen reisest Du, geliebte Freundin, mit mir nach Berlin. In den höhern Regionen werden wir willkommen sein. Wir lassen uns von den Rochow's, Quitzow's, Arnim's, von den Jagow's, den Barde-Witz- um Wartenslebenern, den Puttlitzischen Gänsen, sämmtlichen Märkern und Bismärkern fetiren. Zum Scherz wird man Dich *die faule Grete* – die erste *ultima ratio regum* im Preußischen – nennen. – Deinen alten Freund und Verehrer, ich verstehe mich darunter, magst Du nicht vergessen, und mir besonders zum nächsten Wettrennen am Kreuzberge einen Sitz unter der Elite des weiblichen Märkischen Adels verschaffen. Ich werde vor langer Weile und Staub mit diesen Damen sterben, hoffentlich aber am dritten Tage des Rennens wieder auferstehen.

Wer doch in dieser Zeit auch ein Pferd hätte! Auf Ehre, Herr Lieutenant, beim Rennen auf der Bahn mit Hindernissen gewänn' ich den Preis. Ich bin diese Art von Bahn gewohnt. Hier ist eine Laufbahn eröffnet, wo noch Lorbeeren, silberne Becher und Ducaten zu holen sind.

Unstreitig ist diese Institution, wie die Städteordnung, eine von den Grundlagen, auf die sich das Fragezeichen einer preußischen Verfassung erbauen soll. Dies Dermaleinst muß eintreten, wenn die Zeit erfüllet ist. Klagt also nicht, daß bei Euch die Pferde besser dran sind, als die Menschen. Auch Euren Talenten wird eine Bahn geöffnet werden, nur müßt Ihr eilen, Euch Schild, Lanze und Roß anzulegen, an und für sich schon vorausgesetzt, daß Ihr im Besitz von Stammbäumen seid! Weder Grundeigenthum noch gar die Intelligenz werden Eure Delegirte vertreten, sondern einzig historische Interessen. Wenn diese vorhanden sind, so werden sie mit höchster Sorgfalt wahrgenommen werden. Sind sie nicht da, so müßte ja der selige Herr v. Stein am Rhein und ein Anderer an der Nogat vor süßem Wein nicht gewußt haben, was es sagen will, wenn sie tranken »auf Wiederbelebung alles Hohen und Edlen.«

Ueberhaupt, Herr Buchholz, nehmen Sie sich vor den Urideen in Acht, die aus Deutschlands alten Wäldern stammen. Werfen Sie bei Zeiten ihre angebeteten Reliquien, des alten Fritzen Zopf und Krückstock, ins Feuer! Beeilen Sie sich mit Ihrem neuesten Leviathan, dem gegen die Restauration der Staatswissenschaften kein herbes Wort entfahren darf! Sie sind übler dran, als man zu denken pflegt. Unstreitig besitzen Sie den Muth, als ein Märtyrer Ihrer Ueberzeugung unterzugehen. Aber wozu das? Ueberlassen Sie den *Codicem Fridericianum* seinem Schicksale! Sie haben die Alten studirt; citiren Sie den Horaz weniger und befolgen ihn mehr! Als alles verloren, warf auch er seinen Schild weg, und huldigte dem Helden der beiden zusammenstoßenden Jahrhunderte, in denen er lebte. Bei Ihrer in Deutschland nur dämmernden Bekanntschaft wird man das *Quiproquo* dieser Metamorphose nicht merken. Fragen Sie nur meine Freundin, meine liebste Brief- und Herzempfängerin, ob man so nicht besser sein Fortkommen hat.

Nicht wahr, Du Gute, man muß, wie Polonius sagt, in seine Tollheit eine Art Methode bringen? Man lobe oder tadle mich, ich werde immer rufen, daß es hier alle Könige, dort alle Journalisten hören, ich sei verkannt, und im Grunde ein Anderer, als ich scheine. Ich verzichte auf die Ehre der Consequenz, wenn mich nur keine Partei in Beschlag nimmt.

Du aber, Holde, nimm mich in den Beschlag Deines liebewarmen Herzens. Neben ähnlichen Gefühlen hatten wir immer gleiche Ansichten. Wann hätt' ich Dich je mißverstanden? O, es ist wahr, ich verkenne wohl bald einmal einen Engel, der Hosen, aber nie einen, der eine Schürze trägt.

In steter Seelenumarmung bin ich ewig der Deinige!

Siebenter Brief

Verzeih', Unsterbliche, daß ich heute mit mir beginne, nachher verweil' ich desto länger bei Dir. Ich schildere meine Leiden ausführlicher, um den Werth Deines Trostes in ein desto helleres Licht zu setzen.

Es war schon spät, - doch weißt Du, mir ist Nacht, wie der Tag – die Flammen in meinem Ofen waren erloschen, die in meiner Brust loderten hell auf. Meine Zähne klapperten vor Winterfrost, in meinen Adern rollte es wie Gluthenstrom.

Ich trat hinaus in die heilige Stille meines Gartenparadieses. An seiner Himmelspforte hielt der Mond mit brennender Fackel schon Wache. Die Sterne waren seine Trabanten, was ich selbst astronomisch beweisen will.

Wie badete sich mein krankes Herz in dem Dufte der Violen! Unter einer Blumenhecke legt' ich mich nieder, und schwamm in den duftigen Seufzern der Rose. Der schlummernden Unschuld der Lilie ward ich zum süßen Traum. Aus ihrem Kelche tauchte ein holder Engel auf, und neigte sein Blumenantlitz auf mich träumenden, traumerregenden Endymion nieder. Der Mond war es aber, der sich in gnadenreicher Herablassung auf mein liebestrahlend Auge senkte. Ich lächelte ihm freundlich, denn ich wußte wohl, daß zur selben Stunde an der mir abgekehrten Seite der Scheibe Deine Blicke hingen. Denke Dir, wenn wir einmal die Scheibe mit unsern Augenpfeilen durch und durch sähen! Wenn wir uns durch das so entstandene Loch küssen könnten! Welch ein Adoniskuß!

Ist es Dir bekannt, daß der Mond nicht das Symbol der Liebe, sondern nur der Ehe ist? und zwar der ewig schmollenden? Der Mann im Monde, nicht der Pseudo-Claurensche, der auf keine Nerve mehr wirkt, sondern jener, den ich täglich sehen kann, wenn ich an meiner Rosenhecke die Nacht abwarte, lebt in zwistigen Verhältnissen mit der Frau im Monde, die Du von Deiner Wohnung aus sehen kannst. Der Streit soll daher kommen, daß der Mann nur sein Gesicht in Thätigkeit setzt, und übers Küssen nicht hinausgeht. Die Hunde bellen den Mond auch wirklich nur dann an, wenn sie läufisch sind; sie machen ihm damit ordentlich Vorwürfe. Bewundere aber das große Naturgesetz daran. So lange die Eheleute im Monde sich den Rücken zukehren, herrscht die himmlische Liebe hienieden im irdischen Jammerthal. Versöhnen sich die aber da oben, und wenden sich die Vordertheile ihres ganzen Körpers zu, so geht die Welt unter, also eigentlich vor Liebe. Wie ich immer gesagt habe, wird der Untergang der Welt eine wahre Lust sein.

Wie natürlich. Die Freuden des Himmels werden nur dann genossen, wenn die der Erde vorüber sind. Man würde nie glücklich sein, wenn Andere nicht unglücklich wären. Vier Arme, die sich umfangen, setzen vier voraus, die sich abstoßen.

Durch Deinen edlen Entschluß, den ich bald gebührend loben werde, bist Du einem schönen Ziele merklich näher getreten. Du willst durch den Gegenstand Deiner Freude den leidenden Theil der Menschheit ebenfalls glückselig machen. Daß ich die Erfüllung Deines großartigen Wunsches voraussähe!

Der Patriotismus ist den Pariser Damen, wenn nicht in, doch an den Leib gefahren. Sie lassen sich auf dem Wege der Subscription seidene Kleider anmessen, um so den unglücklichen Lyonesen zu helfen. Du willst nicht zurückbleiben, und ich werde nicht ermangeln, Dir das verlangte Dutzend Seidenhüte, das Du zugleich tragen magst, zu besorgen. Ich werde mich mit eben so vielen Schnupftüchern ausrüsten. Glaube mir aber, die Absicht unseres Willens ist besser, als sein schwacher Erfolg.

Ein Capitel aus einer neulich von mir gemachten Reise führe mich an die Stelle, wo ich Dir für diese traurige Aussicht die Beweise liefern werde.

Hast Du je von Contumazleiden gehört? Die hessische Quarantaineanstalt in Raßdorf drohte mit mir auf den Flügeln des Sturmwindes, der aus dem Thüringer Wald und dem Rhöngebirge in fürchterlichem Duett tobte, davon zu gehen. Nur die Erinnerung an die ferne Freundin fachte neue Lebensflammen in mir an, warum auch Amor mit Pfeil und Bogen in erhabener Arbeit am Ofen meiner Clause angebracht war. In Sturm und Regen verließ ich den unseligen Aufenthalt mitten in der Nacht.

In Hünefeld priesen mir der Posthalter und seine Frau die Thaten des heil. Bonifacius an, des Patrons dieser Gegenden. Sie hielten mich für katholisch, weil ich den Schwärmer lobte. Aber es war mir nur um einige Seitenblicke auf die Nationalisten zu thun, die dem Manne es heut noch nicht vergeben können, daß er im neunten Jahrhunderte lebte, und ihm über den Stuhl Petri weder Luther noch sonst etwas ging.

Mit dem inzwischen angekommenen Eilwagen fuhr ich gen Fulda, schnitt dem Könige in Baiern ein Duodezstück von seinem Lande ab, weshalb mir auch die Frankfurter weder den Eingang in ihr Gebiet noch in ihre Stadt – warum sie nur Beides so sondern! – schlechthin verweigerten.

Noch vor Fulda zog der Morgen den Schleier der Nacht von einer Gestalt, die mir gegenüber saß. Aus einem dunkelgrauen, verschossenen Mantel flogen blitzende Pfeile. Die Augen, die sie entsandten, lagen tief wie grauer Nebel in den Thälern zwischen den Stirn-, Nasen- und Wangenknochengebirgen.

Du weißt, ich liebe die Todtenköpfe. Die schwarzbeschlagene Capelle mit dem Altar, Crucifix und versilberten Schädel führ' ich noch immer bei mir. Wenn ich den küsse, so denk ich immer an Dich. Solltest Du denn schon todt sein? Welche Frage! wie könnt' ich dies sonst an Dich schreiben!

Die Reden jenes Unheimlichen waren entsetzlich. Seine Lippen schienen aufzuthauen und doch war es kaltes, furchtbares Eis, das an ihnen hing. Ein Pole saß an meiner Seite, klagend bald über die verlornen Hoffnungen, bald mit lustigen Liedern sich tröstend, ein echtes Sarmatenkind. Unser Gegenüber empfand zwar Theilnahme für das Schicksal des unglücklichen Landes, aber in jener dumpfen, kalten Weise, die uns Norddeutschen, die wir von keiner Kunst, über Politik zu reden, sondern von einer, über sie zu schweigen, wissen, eigen ist. Gegen einen solchen Jubel wie bei den Triumphzügen der Ramorino, Langermann, Ledochowski im südlichen Deutschland, würd' er kalt und unempfindlich geblieben sein. Wir sympathisiren hier aber nie mit Leidenschaft.

Vom Finanzjammer der Zeit ging die Rede. Der Fremde sprach darüber in Tönen, die mich entsetzen machten. Kalt und bitter verwarf er das Geschrei des Tages. Die Parteien schienen ihm über einem fürchterlichen Abgrunde, dessen Existenz sie nicht ahneten, ein frevelhaftes Spiel zu treiben. Die Gefahr werde von einer Seite kommen, da man sie am wenigsten erwarte. Der gemeine Mann sorge zwar nicht für den morgenden Tag; dazu besäß' er zu viel Christenthum. Aber auch für den heutigen habe er nichts als die geistliche Speise, die keinen Magen satt mache. Dieser Magen, nicht die Vernunft, werde um Befriedigung schreien. Die Vernunft müsse ja immer einen Widerstand haben, da sie anders sich nicht bewähren könne, aber den Magen habe Gott ohne Widerrede auf Sättigung angewiesen.

Was ich froh war, als uns dieser böse Dämon in dem freundlichen Gelnhausen verließ! Sein Weg führte ihn nach der Wetterau hinauf. Man bezeichnete ihn mir als einen Samenhändler. Vielleicht eine boshafte Anspielung auf den Samen der Unruhe und Empörung, den er auszustreuen suchen mochte.

Diese Bekanntschaft hat mir das Verständniß der Zeit erleichtert. Ich weiß jetzt, daß sie sich in Frankreich mit Karlistischen Umtrieben, den republicanischen Institutionen und monarchischen Scheinformen, mit Quasilegitimität, erblicher Pairie und der Wahrheit der Charte dem Brenn- und Zielpunkt der Zukunft nur entfernt nähern. Die Fabrikarbeiter werden das Königthum anschreien: gib uns unser täglich Brod! Wer kann diese Bitte erhören, so lange das Königthum die andere Bitte an Leute wie Rothschild: vergib uns unsere Schuld! nicht erfüllt erhält. Wie lange dauert es noch, so werden die *droits réunis* und dergleichen wie niedergebundene Weiden mit furchtbarer Gewalt aufschnellen. Noch von Alters her verstehen sich die Lyonesen aufs Säcken und Ersäufen in der Rhone, und so ein Kronprinz, wie sie ihn da drüben haben, der noch voll ist von Curtius und Cäsars Commentarien, wird mit dieser Classikerweisheit nichts ausrichten, mit jener Gnade aber, die sein Papa auf den Spitzen der Bayonette überschickt, die Gemüther nur noch heftiger erbittern.

Die *infima plebs* in Frankreich, die Kleinbürger und Bauern in Deutschland verstehen nichts von Formeln und Meinungsfarben. Jenen sind die Reichen, diesen die Herren ein Anstoß. Dort begnügt man sich für heute mit einem hingeworfenen Franken, und verspricht, den Tumult erst morgen anzufangen, hier will man mehr. Man will nicht satt, sondern wieder wohlhabend, wie ehemals, werden. Man will nicht geduldet, selbst nicht gefürchtet, man will geachtet sein. Mützen und Rundhüte, Beides wird verworfen. In Norddeutschland sollen die rundkrämpigen Barbierbecken, in Süddeutschland die dreieckigen Nebelstecher das allgemeinste Ansehen wieder gewinnen.

Die Fürsten kommen dabei vollends aus ihrer Stellung. Sie vergessen ihre alten Wege, und die neuen führen nur zu ihrem Untergange. Da läßt sie ein Drittel ihrer Unterthanen dreimal hoch leben, wenn sie drei Propositionen der Stände im Laufe eines vollen Jahres bewilligt haben. So ein Vivat ist nicht nur ein schreiender, sondern selbst ein rührender Beweis treuer Anhänglichkeit; wenigstens macht es ihre Umgebung lebendig. Es ist meist so unheimlich, so still und einsam jetzt in der Nähe der Fürsten. Wer größeren Muth besitzt, nimmt beim Zusammentreten der Stände zwei oder drei servile Publicisten in Sold. Die Staatszeitung, die die Sache der Regierung vertheidigen soll, will unterstützt sein. Man erkennt den Fehdehandschuh der Opposition an, indem man ihn aufnimmt. Der Todtentanz beginnt, man spielt sich selbst auf zum Grabe. Denn endlich wird das Residuum der gährenden Hefe, die diesen Spectakel- und Balllärm bezahlen muß, aufbrausen, und man kann versichert sein, daß es weder nach dem Einen, noch nach dem Andern fragt. Wir Freisinnigen werden die ersten Opfer sein, dann die Könige, und so fort. Noch kann die Geschichte jeder Revolution dafür zeugen.

Aber es ist doch herrlich. Die Fürsten können ohne den Kampf mit der Opposition nicht mehr existiren. Darüber verlieren sie aber den Zutritt zu jener noch ziemlich ungetrübten Quelle der Liebe und Anhänglichkeit, die die Unterthanen an ihre alten Regentenstämme bindet.

Ha! Ich grüße Euch, Brutus und Cassius, Robespierre und St. Just! des heiligen Dreikönigstages Abend dämmert heran. Die Throne wanken, und der Boden, auf dem sie stehen, zittert zusammen. Schon neulich bebte im Preußischen die Erde bei Aachen zusammen.

Aber dessen kannst Du gewiß sein, mögen auch Berge sich thürmen, und drohen uns zu vergraben, mögen Wolken und schwarze Wetter heraufziehen, und alle Stürme des Lebens es auf uns anlegen, dennoch werden wir –

Ach! ich kann nicht ausreden, weil ich mir vor Wuth die Zähne verbissen habe. Wenn mich nun dieser böse Umstand verhindert, von meiner Liebe laut zu reden, so begnüge Dich diesmal mit diesem leisen Gemurmel, womit ich andeuten will, daß Du von meiner Umarmung nicht hören, sondern sie empfinden magst.

Der Gott der Liebe heilige Dich ganz und gar, daß Du sammt Leib und Seel unsträflich behalten werdest, bis auf die Zukunft meiner baldigen Gegenwart!

Achter Brief

Es geht mir auch so, verehrte Freundin. Kein Vogel in der Luft kann sich mehr nach dem Frühlinge sehnen, als ich. Warum man nur die schöne alte Sitte des Winteraustreibens abgeschafft hat!

In meinen Thälern hier bin ich so ungern. Rings um mich her stehen nur todte Skelette, die sich gar nicht anschicken wollen, durch ihre gähnenden Knochengebilde endlich einmal frisches Laub durchgrünen zu lassen. Zwischen den Hügeln fluthen nur Nebelströme, an denen das Licht der Sonne, die so ängstlich, wie ich, das dunkle Blättergrün, das mit Reben und Trauben hier einst gestanden, sucht, rein verschwendet ist.

So wie Heine's Frühlingslieder im Morgenblatte stehen, so schicke sie mir. Dafür sollst Du das erste Veilchen haben, das ich finde.

Warum mußt' es doch ein Heine sein, der den Philistern die triviale Wahrheit, daß die Extreme sich berühren, wieder scheint bewiesen zu haben. Ich war so vergnügt, als Byron in seinem schönsten Alter starb; denn wenn er wirklich noch katholisch geworden wäre, so hätt es mich nicht seinet-, sondern Scott's wegen, der die Prophezeiung gab, geärgert. Nur das versöhnt mich mit dem abtrünnigen Heine, daß er den Umfang seiner Jakobinermütze nicht nach und nach kleiner gemacht hat, sondern plötzlich wie ein Gott mit seinem neuen Glauben, dem consequentesten Royalismus, dastand. Und es ist wahr, auch die Art seines Uebertritts ist consequent, ist schön, und die poetische Wahrheit darin ergreifend. Er hat seine Maria, die todte Marmorbraut, wie ein neuer Pygmalion – aber nicht der Immermann'sche – durch warmen Liederkuß wieder zurückgerufen in das dunkle Leben, in dem sie ihm einst als leuchtender Stern aufgegangen war. Nun ist aber auch der Schleier ihrer Geburt gefallen, sie ist eine Fürstin, und weist den Vermessenen, der sie doch vom Zauber dieses langen Traumes erlöst hat, zurück. Sie nennt seinen Liederkuß einen Judaskuß, verlacht die Thorheit, wenn er sie nach dieser Auferstehungswonne recht eigentlich sein lieblichstes Poema nennt. Kann eine Fürstentochter mit einem Jakobiner Freundschaft halten? Darf sie je zugeben, daß ihr, wie einer Vagabondin, der freie Zutritt in civilisirte Staaten, wie Preußen, untersagt ist. Nun klagt der Arme, singt Palinodien auf Gott, Sklaverey und Unsterblichkeit, will nie an Götter, Freiheit und ewigen Tod geglaubt haben. Ich gönne ihm die Vortheile dieses Widerrufs recht gern, aber das ärgert mich, wenn nun so ein Wilibald Alexis in den Leipziger Unterhaltungsblättern drucken läßt, von dem jungen, talentvollen Heine ließe sich noch nichts festsetzen, da er den eigentlichen Fittig seines Schwunges noch nicht entfaltet habe.

Ach! Geliebte, ich sattle am Ende auch noch einmal um. Es ist einem doch nicht um die Strecke, sondern nur ums Reiten zu thun. Wer nur die Jugend wieder findet, hat der nicht Alles gefunden? Ich wandere und wandere, und wenn ich auch im Cirkel gehe, so sehe ich doch die liebe Heimath wieder, und höre den Alpenreigen und das wohlbekannte Glockengeläute, jenes wonnesüße Weh empfindend, an dem ich einst sterben möchte.

Wenn ein Fürst die Art seiner Anschauungsweise auf 1777 zurückdatirt, so hat er gewiß verstanden, was Börne darunter meinte, wenn er sagt: der hat das Ziel erreicht, der da ankommt, von wo er ausgegangen ist. Wenn mir einmal 1900 schreiben werden, so müßten wir die Uhr der Zeiten um hundert Jahre zurückstellen, aber die Uebereinkunft darüber muß allgemein sein. Jetzt stehen die Versuche der Fürsten und Regierungen in dieser Art noch zu isolirt, und finden beim Volke nicht die bereitwilligste Theilnahme.

Nicht ohne poetische Kraft und mit höchst blendendem Farbenschmuck schilderst Du mir Deinen Aufenthalt auf dem St. Bernhard, auf dessen Wipfeln Du in dem Hospiz der menschenfreundlichen Klosterbrüder so liebevolle Aufnahme fandest. Die Zelle, wo Du schliefst, ging nach den Gräbern des verschneiten Kirchhofes hinaus, der auf Erden seines Gleichen sucht. Auch mich wolltest Du dort unter den müden Schläfern treffen, und nur, weil ich Dir so lange nicht geschrieben, hast Du die ungeheure Reise gemacht. So viel habe ich daraus gelernt – so führt der erkannte Irrthum immer zur verfehlten und noch zu einer neuen Wahrheit – daß ich dort auf jenem kosmopolitischen Höhepunkte einst am liebsten ruhen möchte. Die Gebeine welcher Menschen lägen dort neben mir! Pilger, müde Wanderer, die vielleicht nicht mehr besaßen, als den Stab, auf den sie sich stützten, die wie ich auf Erden zwar noch Glauben an Liebe und Edelmuth, aber diese selbst nicht angetroffen haben!

Du weißt, ich hasse jede Täuschung, und fliehe mit Freuden eine Welt, die Versprechungen und Hoffnungen an die Stelle der ersehnten Güter selbst setzt. Wäre die Welt in einem steten Untergange begriffen, so vermöcht' ich vielleicht noch aus ihren Trümmern verkannte Tugend, beleidigte Unschuld zu retten, so aber soll sie ja erst gebaut werden, höchstens das Modell und Gerüst ist vorhanden, man appellirt an das goldene Zeitalter der Zukunft, und hab' ich für Alles Glauben, zu dieser Hoffnung fehlt er mir.

Man will, daß wir ringen und streben sollen, das Errungene aber und Erstrebte nicht außer uns suchen, sondern in dem hoffenden, noch glaubensfähigen Gemüthe. Da soll an der Liebe nicht der Besitz das Wahre sein, sondern die Liebe selbst. Nicht auf die erkannte Wahrheit käm' es an, sondern auf den erkennenden Geist. In sich selbst müsse man Ersatz für nicht gewürdigtes Verdienst finden.

Meine Theure, war's nicht Sokrates, der die Philosophie vom Himmel holen und in die Wohnungen der Sterblichen einführen wollte? War aber dies die Befriedigung und der Ruhepunkt seiner Absicht, daß er den Giftbecher trinken mußte? Cato träumte den schönen Traum von einer ewigen römischen Republik. War dies die große That, die ihn seinem Ziele näher führte, daß er mit eigener Hand mordendes

Eisen in seine Brust senkte und seine große Seele aushauchte. Cäsar und Napoleon – was hätten Beide in sich selbst gefunden, wenn ihre Unternehmungen nicht ein glücklicher Erfolg gekrönt hätte? Oder war wirklich für Cäsar das das Höchste, daß er an der Säule des Pompejus starb? Für Napoleon, daß er auf die Felsen von Helena geschmiedet wurde?

Da stand ich auf den Höhen des Simplon, mitten unter versprengten Felsblöcken. Ich sah die Tiefe der Landstraße hinab, die eine von den Chiffren ist, in denen menschliche Kühnheit und Ausdauer spricht. Die Gluthen der untergehenden Sonne leuchteten schon in weiter Ferne über die Wellen des Genfer See's. Da sprang der letzte Strahl von dem nackten Felsen, an den ich mich lehnte, ab, und es wurde lebendig um mich, leises Murmeln, wie aus den Gräbern der Abgeschiedenen, umflüsterte mich immer dringlicher. Deutlich konnt' ich unterscheiden, wie aus der Tiefe der Straße über Klippen und jähe Felsen mannigfache Gestalten zu mir hinaufstiegen. Braune, gluthverbrannte Leiber, mit Bogen und Pfeil umgürtet, wie auch Afrika's und Numibiens Steppen. Fußgänger und Lanzenträger mit Helm und Schild, in ihrer Mitte ein flatterndes Fahnenwimpel, oben drauf ein goldener Adler. Lange Grenadiere und Flügelmänner mit buschigen Bärten und riesenhohen Bärenmützen, Bajonette blitzten wie Stahlfunken durch die Nacht.

Ich aber that meinen Mund auf und begann mit einer Anrede, die sie, auf einem Bergabsprunge in mannigfache Gruppen gelagert, anhörten. Denn sie blieben dort.

Wenn vielleicht einer unter Euch – begann ich – mit mir Philosophie der Geschichte bei Hegel gehört und verstanden hat, so wird der seinen Cameraden die Erklärung geben können, warum ich Jedem unter Euch gleiche Gerechtigkeit wider fahren lasse. Dir da unten, Numidier, der Du Dir das Tabackrauchen angewöhnt hast – wo könntest Du sonst Deinen Nebenmann um Schwamm bitten? – Bist eben so gut ein Moment der welthistorischen Idee, als dieser schwammreichende Nebenmann, den ich nach meinen antiquarischen Kenntnissen für einen halte, der in Cäsars Commentarien mitgefochten hat. Und selbst Du da, bärtiger Schelm, irr' ich nicht, ein Krämerssohn aus Toulouse, hast die Objectivität Deiner historischen Stellung schon gewonnen. Erwartet also nicht, daß ich die Bivouakgemeinschaft, die Euch so brüderlich zu vereinen scheint, durch vorwitzige Bemerkungen über Eure etwaige Classification stören werde. Solche kurzsichtige Ansichten der Geschichte überlassen wir denen, welche die historischen Personen so gern zu Vehikeln ihres leeren Raisonnements machen. Beklagen würd' ich auch also müssen, wenn Ihr etwa in der Absicht auf die Höhe dieses Standpunktes gestiegen seid, um in diesen wilden Natur- und Gesichtsschauern aus meinem Munde Declamationen und großartige Parallelen zu vernehmen. Hannibal, Cäsar und Napoleon sind für mich jetzt nicht mehr, als was mir ein Jeder von ihnen zu seiner Zeit gewesen wäre. Ich bewundere oder tadle gern in den Thaten historischer Helden auch zugleich die Reihe der durch sie veranlaßten Folgen, nie aber sollen wir von diesen letzteren aus, jene zu messen suchen. Es gibt nun einmal in der Geschichte außer der göttlichen keine andere Gerechtigkeit; politische ohnehin nicht, die poetische steckt nur in der Einbildungskraft schwacher Gemüther. Nichts thörichter, als den zweiten Band der Weltgeschichte wie einen Roman mit Augen zu lesen, die sich schon nicht enthalten können, nach dem sechsten zu schielen. Was in Beziehung auf Kommendes Vorurtheil ist, davon ist die extreme Umkehr eine gleichsam retrograde Charakteristik der Vergangenheit. Die Wiege der Thaten eines Hannibal muß der Schwur ewiger Feindschaft am Altare der Hausgötter bleiben. Hat es denn Cäsar verschuldet, daß ihn der Anekdotenkrämer Plutarch mit Alexander in eine Parallele brachte, und umgekehrt? Haben Napoleons fingirte Zwiegespräche mit den an St. Helena brandenden Wellen des Oceans, mit den Sternen, die sich in ihnen spiegeln, je für die Geschichte einen solchen Werth, wie die Poesie ihnen leihen möchte?

Unstreitig findet man jetzt darum so wenig glückliche Erfolge großartiger Versprechungen, weil man sich gerühmt hat, die Geschichte nur als stupenden Marmorblock zu betrachten, dessen ungefüge Masse schon jedes kleine Wort, jede noch kleinere That zu bilden beitrage. Es verhält sich freilich wirklich so. Doch wird man im Handeln immer besser thun, die Wahrheit, die verwirklicht werden soll, so zu wissen, als wisse man sie nicht. Man soll die höchsten Zwecke der Menschheit befördern helfen, sich aber nicht zugleich auf eine Ehrensäule stellen. Diese Ansicht hatte auch in der Schreckenszeit die französische Republik, als sie in einem naiven Decrete bei den größten Anstrengungen für die Wohlfahrt der Republik noch zum Schluß von Jedem die Bescheidenheit verlangte.

Die deutschen Fürsten sollten unsere Historiker aus der Johannes Müller'schen Schule, die weltepochirenden und weltzeitalternden, vor Allem den Hegel'schen Geschichtsstupor in ihr Interesse ziehen. Große Geister kann zwar Nichts *mehr* entflammen, aber die kleinen auch Nichts mehr entmuthigen. Doch wird von jenen die eine Hälfte meist immer unpraktisch sein, die andere ist nun einmal da, als nothwendiges Uebel, wenn schon in der geringsten Anzahl. Aber die Legion der Halben, die die Masse bilden, wird durch eine schwere Arbeit am leichtesten niedergehalten, und so nie gefährlich werden.

Aber auch wir Beide, Theure, werden uns nie gefährlich werden. Darum weiß ich auch nicht, warum wir bei unserer Liebe und den Schwüren für ihre Ewigkeit noch immer mit zwei Seelen und zwei Körpern leben! Ich opferte Dir gern meinen Leib, so daß uns ein Körper Beide enthielte, aber der Zwiespalt der Seelen dürfte in dem Einen nicht genug Spielraum haben. Darum empfehl' ich Dir den Vorschlag, unsere Körper gegen einander zu behalten, beide aber nur mit einer Seele zu beleben. Was dann Du denkst, waren meine Gedanken, und was ich fühle, hast Du schon längst empfunden. Deine Seele will ihren Körper an meine Brust werfen, und ich falle schon an die Deinige. Es umdämmert mich die Nacht der Wehmuth, und aus Deinen Augen gehen die Thränen als Sterne auf. Unsere Communalseele wird – nach bekannten physiognomischen Gesetzen – die Züge unseres Gesichtes ausgleichen und ähnlich machen, und dann werd' ich nicht mehr wissen, ob ich Du bin, und Du nicht, ob Du ich bist. Du willst Dir Rosen zum Kranze winden, und mich schmückt der Blumenkranz. Die schönste entfällt ihm, mir will ich sie anstecken, und schon ziert sie den Doppelthron Deines Busens. Entzückt wollen wir uns in die Arme fallen, wollen die Treue unserer Liebe mit heißen Küssen besiegeln, und ich umarme mich selbst, Du küssest Dich selbst.

Ueberschicke mir also zur Mischung Deinen Geist und fürchte während des Experiments nicht, Du möchtest um Deinen Verstand kommen. Wir wollen für Deutschland die erste Probe des Gemeingeistes aufstellen.

Warum mußt Du doch so weit von mir wohnen? Geliebte, warum theilst Du meine Hütte nicht mit mir? Wir Beide erleichterten uns so den schweren Miethzins, könnten Beide ein Licht brennen, so daß es Jedem nur auf die Hälfte käme.

Lebt denn Papchen noch in seinem messingenen Ringe? Das Thier muß schon sehr alt sein. Schon zu meiner Zeit hatte es alle Federn verloren. Ich glaube an Deinem Einsegnungstage wurd' es geboren. Dein Einsegnungstag! die paar Jahre, seit das her ist, kommen mir wie ein halbes Jahrhundert vor.

Wenn doch erst der Winter aufhörte! Noch ist Alles weiß und voller Schnee um mich her, auch mein Haupthaar und Bart. Ich sehne mich nach dem Frühlinge und nach Dir!

Neunter Brief

Eine Symbolik der Thiere! Die Idee ist nicht uneben. Sie beruht nicht nur auf der Anerkennung des thierischen Organismus, daß er mehr sei, als die todte Bildung des Instincts, sie öffnet auch den Thieren die Ein- und Ansicht in die Licht- und Nachtseite des menschlichen Lebens.

Sie geben dem Thierreiche das bis jetzt den Menschen nur zugestandene Vorrecht der Wappenzeichen, bei uns meist bestialischer Symbole.

Der Ursprung der Heraldik reicht bis ins tiefste Alterthum hinauf. Schon in dem ochsenäugigen Blick der Juno, in dem Attributenwesen der alten Mythologie liegen die Anfänge jener Kunst und Sitte. Man wollte mit jenen Symbolen nicht so sehr die Tugenden der Wappenträger bezeichnen, sondern sie drückten, als sie erblich wurden, nur die Möglichkeit solcher Tugenden und ihrer Bewährung in guten oder bösen Thaten aus. Anders wäre die Vererbung eines Wappenbildes auf die fernsten Sprossen einer urahnlichen Lende eine Lächerlichkeit gewesen. In so fern sich Wappenwesen – durch Wesen bezeichnen wir Deutsche immer das Gegentheil, Unwesen, ein im Hegelschen System glänzende Behauptungen beweisender Satz – an Ritterthum anschloß, so möcht' ich den Adel und seine Verdienste auch nur eine Möglichkeit nennen.

Nun aber fragen Sie nach Ihrem System der Repressalien gleichsam den Adler, den Fuchs, den Esel, wen es sich unter den Menschen als Ersatz für den Gebrauch seines Bildes wählen würde? und Sie geben nicht undeutlich zu verstehen, daß die Wahl sich nicht immer decken dürfte. Nero, Perier, Caligula, W. Alexis, Marat, Krug, Epikur, Hr. v. Schlegel – da steht die Wahl offen. Ich entziehe mich jeder Versuchung zu einer genauern Ausführung des Angedeuteten, um dem Einen nicht fabelhaft, dem Andern nicht grob zu erscheinen.

Aber sagen Sie mir, Beste, haben denn die Griechen noch immer keinen König? Sollt' ich also wirklich noch in meinen alten Tagen aus dem Dunkel meiner Abgeschiedenheit auf einen Thron und sein flüchtiges Glück berufen werden! Mit dem alten Capodistrias, an dem doch über kurz oder lang einmal ein Edler das beschleunigen wird, was ihm die Bestien des unglücklichen Landes Alle wünschen, müßt' ich dort einen förmlichen Sicherungstractat abschließen, ordentlich wie Louis Philippe und Casimir Perier eine Salutarassecuranz mit einander abgeschlossen haben. Der junge Prinz von Baiern hat den Vorzug, ein Thierschit zu sein, und vielleicht bietet man mir daher die Krone nicht an. Ich würd' auch dadurch der großen Verlegenheit, diese selbst anzuschaffen und mitzubringen, so wie auch vieler im Lauf meiner Amtserfüllung auf mich eindringender Schwierigkeiten überhoben sein. Erhalt' ich das Anerbieten und schlag' es aus, so werden mich zwar die englischen Minister wie einst den Leopold einen Stockjobber nennen, der die Ungewißheit der Entscheidung benutze, um die griechischen Coupons fallen oder steigen zu machen. Darüber wär' ich freilich bald gerechtfertigt, weil ich deren nicht besitze. Capodistrias hat sich übrigens in seiner Art Verdienste um Griechenland erworben. Er hat seine vollständige Local- und Sachkenntnis dort ebenso bewiesen, wie die gründlichste Einsicht in die Art, ein Volk überhaupt und einen Staat insbesondere zu regieren. Ein Gesangbuch ist gedruckt worden, ein Priesterseminarium angelegt, Bäder zu etwaigen Congressen theils restaurirt, theils neu aufgefunden. Der Geist der Unruhe und Gährung wird vor dieser friedlichen Begegnung, wie vor wehrlosen Jungfrauen, freiwillig seine Waffen von sich legen. Durch sein eigenes Verschwinden wird er das hohe Ziel humaner Sittigung befördern helfen.

Nur begreif' ich nicht, warum der Präsident Plato's Werke im Lande verbieten konnte. Diesen Widerspruch eines in Griechenland verbotenen Plato's mag jene Weisheit lösen, die das Schicksal der Völker auf die tiefsten Grundlagen der

Liebe und der Billigkeit, wie sie ja vorgibt, anlegt. Nur bitte ich, welcher deutsche Fürst würde sich einfallen lassen, Göthes Werke in seinem Bezirke zu verbieten! Und Plato sollte fähig sein, politische Träume in den Köpfen der Jugend aufzuregen! Plato, dessen Republik nur von einer Republik den Namen hat, der nichts als das hellenistische Vorbild eines Machiavell heißen kann!

Plato ist der Flügelmann der preußischen Aristokratie der Geistreichen, die jetzt die Stelle der ehemaligen Potsdamer Riesen einnehmen. Den Zeitgenossen Plato's war seine Republik eine Restauration der Staatswissenschaften. Für uns soll sie aber die höchste Wichtigkeit haben. Man hat sehr oft die Frage aufgeworfen, ob Plato sich die Möglichkeit einer Einführung seiner Verfassungsformen gedacht habe. Sollt' er von jenem Worte Ahnung gehabt haben, das ich aus eines berlinischen Universitätsprofessoren eignem Munde vernahm: überhaupt gäb' es nur zwei Staatsformen; die eine sei durch Preußen und Plato's Republik, die andere durch das andere Zeug erklärt?

In dieser Republik ist vom Volke gerade so viel gesagt, als von Solchen besagt werden kann, die auf einen ruhigen Genuß des Daseins, auf die kleinen Freuden der Familie, auf die notwendigen Prüfungen, die Gott über seine duldigen und schuldigen Geschöpfe verhängen muß, angewiesen sind. Wie auf einem Bühnenzettel stehen oben die Civil- und Militairpersonen ersten und zweiten Ranges, und dann unten erst die unbestimmte Allgemeinheit des dritten Standes, Volk, Arbeitende genannt. Die ersten Classen sind solche, denen wie dem Steffens'schen Adel das Genießen ihre Arbeit ist, den Letzteren ist ihre Arbeit zugleich Genuß. Die Bureaukratie und der Militairdespotismus ist da nicht nur kein notwendiges Uebel, sondern wird sogar durch Unterricht und Erziehung, und durch alle Prüfungs- und Läuterungsgrade hiedurch zum eigentlichen Narren des Staatslebens gemacht. Das höhere Band des Organismus soll in der festen Bestimmung und Abgränzung der einzelnen Thätigkeiten schon enthalten sein, und den Schlußstein des Ganzen bildet die Lehre vom Vertrauen auf landesväterliche Huld. Schon die Ahnung eines Uebels käme dem Vorhandensein desselben gleich. Jeder Vertrag setze schon die feindseligste Gesinnung voraus.

Newton hat der Physik zugerufen, sie möchte sich vor der Philosophie in Acht nehmen. Dieselbe Warnung thut der Politik Noth. Ein Politiker, der seine Verfahrungsweise nach philosophischen Bestimmungen des Rechts und der Sittlichkeit abwägt, ist wohl eine ehrenwerthe Erscheinung. Aber ein Philosoph, der nach seinem Schema in die Wirren der Welt- und Zeitlagen mit constructivem Hiatus hineinfährt, macht sich lächerlich. In seinen Verhältnissen zum Syracusanischen Hofe hat Plato dies Schicksal getroffen. Die Ideale der Tugend und Glückseligkeit, für die er den jungen Dionys entflammen wollte, sollten die Philosophie auf den Thron bringen, ähnlich wie am Ende des vorigen Jahrhunderts die Kronprinzen vieler Staaten von den Kantianern bestürmt wurden, die Kritik wenn nicht der reinen, so doch der praktischen Vernunft mit großartiger Anwendung in ihre künftige Regierung einführen zu wollen. In vielen hinterlassenen Briefwechseln liest man die Aeußerungen dieser Sorge mit Vergnügen: »Wie ist's, theurer Bruder, hat Dein Prinz schon meine Abhandlung über das radicale Böse gelesen? o trag' sie ihm doch ja vor! sie ist so ganz auf das Eine abgesehen, was jetzt der Menschheit Noth thut!« Welch' unschuldige Täuschung! Wenn deutsche Fürsten ihre Regierung zur praktischen Anwendung des Unterrichts, den irgend ein aus den bestäubten Winkeln seines Museums hervorgeholter Schulphilosoph oder Moraltheolog ihnen beigebracht hatte, machen wollten, glaubten sie nicht da das Edelste zu thun? Tugend und allgemeine Wohlfahrt, Herrschaft der Vernunft, Aufklärung, die edle Gönnerhuld als Beförderung der Künste und Wissenschaften, Friede, Edelmuth, Moral in Beispielen – o warum hat es doch eine französische Revolution, einen Napoleon geben müssen! Weinen möchte ich, wenn ich die Folge von Friede und Zufriedenheit bedenke, die bei solchen Gesinnungen, bei so wohl angewandtem Fleiße der auf die Regentschaft präparirten Prinzen über unser glückliches Vaterland hätten einziehen können! Jetzt will man den Herrschern gern das Schulgeld wieder erstatten, will ihnen die saure Mühe, die sie sich in ihren Studien über Volksbeglückung gegeben haben, gern bezahlen. Der Thron, den sie verlassen sollen, enthält wohl noch so viel Gold, Sammet und Seide, als zum Ersatz nöthig ist. Das ist der Glaube der argen Zeit.

An Plato's Republik lobe ich mir nur zwei Dinge. Ein entdeckter guter Stoff zu einem humoristischen Romane, und die Annäherung an den St. Simonismus.

Die Frauen wollen keine Engel mehr sein, sie wollen Menschen werden. Ihr Mund soll nicht zum Küssen, zu leisem Liebesgeflüster, sondern zur politischen Beredtsamkeit geformt sein. Da sie ihn nun aber nie öffnen können, ohne den Mann mit süßem Zauber zu bestricken, so steht davon mehr zu erwarten, als selbst die Londoner Conferenz als europäisches Amphiktyonengericht zu leisten vermag. Kommt es zum Kriege, so gehen die französischen Damen den Russen bis an den Rhein entgegen. Liebreiz und Anmuth, kriegerischer Adel und männlicher Stolz werden die schönsten Ingredienzien zu Romanen sein, die die deutsche Gränze entlang sich anlegen, entwickeln und mit allgemeiner Entsagung und Entwaffnung schließen werden. So auch die Simonisten. So auch Plato, nur weniger zärtlich, mehr preußisch. Die Frauen sollen bei ihm nicht nur ihren Landwehrmännern das Essen auf die Wache bringen, sondern während der Mahlzeit selbst das Gewehr ergreifen, und in Reihe und Glied treten.

Das andere Anziehende liegt in der trefflichen Vorsorge, daß die Weiber sich nicht versehen und Mißgeburten gebähren. Alle Krüppel nämlich, Blinde, Lahme, Krumme, Bucklige kommen nach eigenen Oertern als Gränzbannat. Der Feind nimmt schon an der Gränze vor ihnen die Flucht. Welch' schöner Gegenstand ist nicht an sich die Liebe zweier Krüppel, etwa eines Krummen zu einer Lahmen, und nun gar die Annalen einer Stadt, die allein mit solchen körperlichen Gefährlichkeiten bevölkert ist! Wenn die Leute dort nicht infibulirt werden, was doch unerträglich wäre, welche Uebergänge der Naturbildung! Jedes Kind hätte die Hälfte der mütterlichen Gebrechlichkeit, dafür aber auch einen Fehler seines Vaters weniger. Der Vater schielt mit beiden Augen, die Mutter ist krumm an beiden Füßen, wie nun die Tochter? Nur am rechten Auge wird sie in die Quere sehen, am linken Bein in die Quere gegen. Ich glaube fast, die Menschen werden über diese Formation weniger, als die Natur in Verlegenheit kommen. An einen Zufall wollen wir auch hier nicht einmal glauben.

Nicht wahr? meine Verehrte, wollen auch wir uns nicht so begegnen, nicht wie der Augenblick, sondern wie die Ewigkeit es will.

Ueber Berge und Thäler werd' ich wandern und Ihre Spuren suchen.

Jede Blume am Bache, jeder Vogel in der Luft wird mir Ihre wonnige Nähe verkünden. Gleichviel, ob Sie zu Haus bleiben oder mir entgegenkommen, nur suchen Sie mich nicht. Denn dann könnten wir uns Beide wieder nicht finden. Wo Sie eine helle Quelle sprudeln sehen, oder eine Blume duftet, wo in der blauen Luft die Lerche jubelt oder eine Glocke schallt, das soll immer das Zeichen Ihrer Nähe sein. Ich weiß gewiß, Ihr mildes Engelsantlitz wird mir dann hinter Rosen bald einen freundlichen Gruß zuwinken.

Sehen Sie, es ist mir so, als stände ich, auf einem kahlen Hügel, und zu meinen Füßen säh' ich ein liebliches Thal ausgebreitet. Grüne Wiesen und blaue Bäche, Weiden und weiße Birken und in der Ferne des Horizontes unten am Rande des Thals ein grüner Eichenkranz. Und da gehen Sie, und suchen Blumen im Klee und blaue Vergißmeinnicht. Und ich kann nicht zu Ihnen; denn der Hügel hat kein Ende, und an diesem Ende, das ich nicht finden kann, ist doch immer erst der Anfang des Thales. Sie klagen, es ginge Ihnen auch so, Sie könnten nicht zu mir hinauf, das Thal sei unermeßlich, und der Hügel fange doch erst da an, wo jenes aufhöre! Haben wir denn irgend einen Gott beleidigt? Ich weiß nur, daß die Götter der Erde uns nicht gewogen sind.

Die haben aber doch nur Macht über die Hölle, nicht über den Himmel auf Erden, dessen Thore wir suchen und nicht finden können.

Aber wie gnädig hat sich doch die Cholera bei Ihnen bewiesen, und nicht so mit der Sterblichkeit der Menschen gewüthet! Es ist wahr, Berlin hat sich immer durch Unsterblichkeit ausgezeichnet.

Ich grüße Sie mit treuester Freundesliebe.

Zehnter Brief

Dir gehen die Augen vor Weinen, mir vor Lachen über. Du bist Heraklit, ich Demokrit. Du hassest die Welt, und fliehest sie. Ich liebe sie nicht, und bleibe in ihr. Dich ärgert der Lauf der Welt, Du willst, sie soll auf zwei Füßen stehen. Ich lasse sie gehen und bin zufrieden, wenn sie nur den rechten Fuß voransetzt. Du verfolgst die Handlungen der Menschen von ihren Anfängen bis dahin, wo Du Dich endlich getäuscht findest. Ich setze schon das Ende in den Anfang, und habe nie Ursache zur Klage, weil ich mich nie täusche. Du erwartest und hoffest Neues da, wo den Leuten nur immer das Alte neu erscheint. Ich erwarte immer nur Altes, und weiß, daß selbst das scheinbar Neue im Grunde nur alt ist. Die Wünsche der Menschen reichen nie weiter als die Theilnahme, die sie erregen. Es gibt nur Hoffnungen, in sofern man ihre Erfüllung mit Andern theilen kann. Deine Theilnahme aber ist immer der Wunsch selbst, und darum hast Du einen doppelten Verlust. Dein Mitgefühl ist verschwendet und Deine Aussicht getäuscht. Hoffe doch auf nichts, als auf die Hoffenden selbst! Mich interessirt weniger das Gefundene als das Gesuchte. Beste, was kann lächerlicher sein, als eine Menschheit, die nach Kamtschatka wallfahrtet, um die Aepfel der Hesperiden zu holen!

Wenn ich nicht bei Trauerspielen lachen müßte, so würde ich Dich fragen, warum Du bei Lustspielen weinst.

Als Korinth zerstört und Griechenlands letzte Kraft gebrochen wurde, da stelltest Du Dich hoch auf den Olympus und sahest über Thessaliens Höhen in die blutigen Thäler von Hellas. Ich stand hinter Dir und trocknete lachend die Thränen, die Du weintest, als müßte jeder Tag nicht seinen Abend haben.

An Deiner Stelle hätt' ich mich auf dem Schlachtfelfe bei Philippi geschämt, als Cassius Schatten auf Dich zukam, und Deine Beileidsbezeugungen mit den Worten abwies: Weib, heule die schlafenden Krieger nicht aus ihrer Ruhe! Gehe hin, setze Dich auf den Gebärstuhl und gebäre Männer! Wirklich, ich hätte mich geschämt, und meine Scham mit Feigenblättern bedeckt.

Ich glaube fast, Du gehörst zu jenen deutschen Historikern, die die Geschichte für einen Todten, sich selbst für angestellte Klageweiber halten. Das Geheimniß des Lebens scheint fast nur durch Offenbarung an die Leute zu kommen. Die Alten hatten für Schlaf, Traum, Tod, Geburt eine oder mehrere Gottheiten, für das Leben keine, weil sie wußten, daß dies der Menschen einziges Vorrecht, daß hier Niemand Etwas ist, als durch sich selbst. Diese Ansicht, daß das Leben nur ein ewiges Sterben und der Tod die Geburt zum wahren Leben sei, ist für Viele die einzige Idee geworden, auf die sie ihr Dasein gründen. Aber sie ist verwerflich, nicht nur als Meinung, sondern auch als That. Als That lebt sie in einem ewigen Todtschlage. Die tiefste Quelle dieses Uebels liegt nicht im Christenthume, wie man zu behaupten gewohnt ist, sondern noch weiter hinauf in den ersten Ursprüngen des germanischen Lebens. Die germanischen Völker würden nie zu solchen Consequenzen christlicher Ideen, die sich im Mönchthum und Klosterwesen aufs Höchste steigerten, gekommen sein, wenn sie an ihrer eignen historischen Quelle, den alten heidnischen Naturanschauungen nicht aus diesem Becher des Todes getrunken hätten. Die Sagen des alten Nordens weben, wie die Nebel auf seinen düstern Heiden, beständig zwischen Leben und Tod. Schon bei der Geburt seiner gefeierten Helden hört man den Grabgesang, die Götter selbst haben zeitliche Gränzen ihrer Macht, und dämmern dem Untergange entgegen. Solche Empfindungen ließen sich der Lehre des Christenthums leicht anpassen, sie fixirten sich in einem bestimmten, religiösen Bewußtsein, und so ist denn die thörichtste Erscheinung des Dualismus entstanden, die, daß man sich nicht ohne Stolz Bürger zweier Welten nennt.

Unser Prediger-, Superintendenten- und Consistorialwesen wird uns noch zu Grunde richten. Das sonntägliche *salvos fac* die acht und dreißig Bundestagsconstituenten läßt sich freilich nicht umgehen. Vielleicht ist auch die Andeutung gut, daß die Könige vieler Huld von Gott bedürfen, um regieren zu können, und daß sie derselbe mit treuen und redlichen Dienern umgeben möge. Friedrich der Große ließ sich sogar in den Kirchen Gottes unterthänigen Knecht nennen, welcher Gebrauch in Preußen mit der Leibeigenschaft wieder aufgehört hat. Doch das gefährlichste Uebel ist die deutsche Predigtmanier, sie ist geist- und lebentödtend. In den katholischen Ländern erhalten die gläubigen oder ungläubigen Zuhörer wenigstens artige Legenden von gebratenen, geschundenen, in der Luft schwebenden Heiligen, oder auch von aufgeklärteren Lehrern ganz nützliche Beiträge für den moralischen Hausbedarf, Alles leichte und verdauliche Speise; wie es kommt, so geht es, und was zurückbleibt, ist unschädlich. Aber bei uns wollen sie tiefer gehen. Die Kirche soll eine Lehranstalt für das ganze Leben werden, ewiges Singen und Beten, Loben und Preisen der göttlichen Gnade und Barmherzigkeit. Wenn Du des Morgens aufstehst, so reinige und segne Dich, und gehe mit freudigem Muth an Dein Tagewerk. Vor und nach Tische danke Gott für seine Gaben, die wir von ihm empfangen haben, gehe dann wieder an Deine Arbeit, lege Dich unter Gebet zur Ruhe nieder, dann schläfst Du sicher vor dem Teufel, der wie ein brüllender Löwe Dich umgeht, und droht Dich zu verschlingen. Nun wird aber diese verhimmelte Ruhe durch viele irdische Einflüsse gestört. Weib und Kind wollen Brod, der Staat will seine Abgaben haben. Hochmuth und Hoffahrt sind die anstoßenden Kräfte des alltäglichen Lebens, wie soll man ihnen begegnen? wie aus dem Wege gehen? wie ihre unterdrückenden Aeußerungen ertragen? Man hält keine Zeitung. Erdbeben, Pestilenz, Zeichen am Himmel, ein neuer Komet. Aufruhr, Empörung, keine Knechte mehr, keine Unterthanen. Der jüngere Bruder, der älteste Sohn muß das Gewehr ergreifen, allgemeine Rüstung zum Kriege und die Aussicht auf alle seine Schrecken.

Hier trennen sich nun die Seelsorger, und drei Bearbeitungen des gemeinen Mannes lassen sich deutlich unterscheiden.

Das kleine Häuflein der Gläubigen rückt immer dichter und näher zusammen. Sie tauchen in ihre Empfindungen und Selbstbeschauungen unter, und hören vom Lärm des Tages nur ein fernes, unverständliches Rauschen und Murmeln. Sie wissen aus der Apokalypse, daß das letzte Thier bald losgelassen wird. Die Erscheinung des Antichrists kann nur noch wenige Jahre dauern. Wenn nun die Entscheidung wie ein Fallstrick oder ein Dieb in der Nacht eintritt, so sollst Du sorgen, daß Du wachend und betend erfunden werdest! Wenn der Bräutigam an Dein Kämmerlein klopft, so gehöre zu den fünf klugen Jungfrauen, denen Docht und Oel noch nicht ausgegangen ist! In die Kirchen und Bethäuser dieser Entsagenden dringt kein Laut von den vielen Worten, die jetzt in der irdischen Welt gesprochen werden. Sie wissen, auf welchen Fels Christus seine Kirche gegründet hat, und werfen auch diese Sorge auf den Anfänger und Vollender ihres Heils. Vom Christen gibt es hier nur ein Schema, das unabhängig ist von allen Verhältnissen der äußeren Welt, dies ist der ewig wiederkehrende Text, die Geschichte des innern Menschen. Es gibt ein Büchlein, worin die Perioden und Epochen dieser Geschichte in Bildern dargestellt sind. Die Unterlage der allmählichen Entwickelung ist ein menschliches Herz, wohinein alle Symbole der Dinge, die dem Menschen in seinem natürlichen und geistlichen Zustande heilig sind, gezeichnet worden. Ein Geldsack, eine Sau, ein Bock, eine Schlange und dergleichen stehen da, wo endlich späterhin die Bibel, das Kreuz Christi, der Kelch des Abendmahls prangen. Beim Untergang der Welt findet man dies Häuflein vielleicht noch in stiller Andacht versammelt, und redend vom Mysterium der Wiedergeburt, und die Stichwörter seiner Bluttheologie sich zurufend.

Andere Kanzelredner wollen in der That zeitgemäß werden. Aber sie sind zu ästhetisch gebildet, um an den Wirren dieser Zeit Wohlgefallen zu finden. Sie stehen den Fürsten, besonders den weiblichen Gliedern der Höfe so nahe, daß sie zu Seitenblicken auf die arge, böse Welt beständig versucht werden. Sie predigen über Unruhe und Verwirrung, über Völker, die frevelnd am Heiligsten gegen ihre Fürsten aufstehen, über die Verläugnung aller Liebe und alles Vertrauens. In Preußen sind die Prediger nach Vorschriften der Consistorien gehalten, solche Themata ihren Vorträgen an bestimmten Sonntagen unterzulegen. Aber es freut mich, daß diese Fürstendiener ihre Zwecke durch ihr eignes Verfahren zerstören. Der größte Theil ihrer Zuhörer besteht aus genießenden Residenzbewohnern, die die ganze Woche Sorge tragen, die unangenehmen Eindrücke der Zeitgeschichte von sich fern zu halten. Des Sonntags holen sich diese aus den Kirchen nichts weniger als Trost und Beruhigung; es werden das erst recht die Oerter, wo die Wunden aufbrechen und das Blut wieder zu fließen anfängt.

Die letzte Classe unterscheidet sich zwar von der vorigen durch die Art der Auffassung nicht, doch steht sie tief unter jener, weil sie unredlicher ist. Die sächsischen Hof- und Leibpastoren brüsten sich mit ihrer Freisinnigkeit, ihrem Lutherthum, und was in bestimmten, vorliegenden Fällen, wo sie zeigen konnten, an welchem Fleck ihnen das Herz sitzt, aus ihrem kühnen Munde gegangen ist, beweisen die kurz nach den sächsischen Unruhen in Leipzig, Altenburg, Dresden und sonst gehaltenen Predigten.

Da stehen wir wieder bei unsern Jesuitenhelden, den Vorkämpfern für Licht und Wahrheit, bei der großen Opposition gegen Montrouge und das Freiburger Seminar, bei den kühnen Cölibatsgegnern, kurz bei dieser ewigen Schande der Unredlichkeit auf der einen und der Leichtgläubigkeit auf der andern Seite. Mit der rechten Hand schreibt in Leipzig Einer gegen die Polen, mit der linken für die Juden, und er bleibt derselbe Hort der Freiheit. Gegen den edlen G. *Rießer* glaubt sich ein Anderer in Heidelberg bestimmt erklären zu müssen, so lange man den aber noch gegen Römlinge reden hört, bleibt er seines liberalen Rufes gewiß. Neulich hat Jemand, den ich nicht gern nenne, angekündigt, er wolle kein Bedenken tragen, er wolle das große Wagniß unternehmen, das constitutionelle monarchische Princip gegen die Republicaner zu vertheidigen. Wo sind diese Gegner? wo sind diese Republicaner, an denen er sich messen will? wo steckt ihr denn, ihr deutschen Republicaner! Heraus, daß wir euch sehen! Redet, daß wir euch hören! Niemand da? Keiner? gar Niemand?

Theuerste, wir sind die Einzigen, die an die Republik glauben. Wir wissen es, daß die Aussicht auf den ewigen Frieden in der Aussicht auf die Republik liegt. So lange man nun freilich jene zu den Thorheiten rechnet, wird man diese auch so nennen, aber auch ebenso entschuldigen. Ueberhaupt wollen wir uns in der Ferne mit unsern Ansichten halten, und zur Sicherung mit den Geschäftsmännern ausrufen: Vieles gilt in der Theorie, aber wenig in der Praxis!

Die Republik hat historische Gegner, die die Existenz einer Sache von ihrem Werden nicht trennen können, moralische, die vergessen, daß eine jede Wahrheit vorher gemißbraucht, und dann erst zum rechten Gebrauch verwandt zu werden pflegt, philosophische endlich, die das Königthum für nothwendig halten, ich weiß nicht, zu welchen allgemeinen Zwecken der Menschheit.

Die historischen Beweise stehen der Wahrheit meist immer am Nächsten. Aber der geringe Zwischenraum ist doch so groß, wie der Unterschied der Menschen in unterschiedenen Zeitaltern. Diesen wird man nie aufheben, jenen nie ausfüllen können. In die Lehre vom Menschen rechnet man sein Leben, wohl auch seinen Tod; aber die Schmerzen der Geburt werden unbemerkt hinter einer Wand ausgestanden. Nicht so die Geschichte. Sie gibt selbst die Conception der Ideen und die Organe dazu öffentlich, und können denn wir Beide dafür, daß es da ohne Blut und Jammer nicht abgeht? Weil Rom und Athen und die Republik Bopfingen untergegangen ist, so ist alle Republik ein Hirngespinnst. Ist diese Beweisführung aber nicht ebenso thöricht, als wenn ich für die Möglichkeit der Republik Frankfurt oder Bremen citiren wollte! Nicht einmal Nordamerika beweist für Europa, die verlangten Gründe liegen weit anderswo.

In der Republik soll kein Antrieb zur Sittlichkeit liegen. Ohne Rücksicht auf seine Civilpolizei denkt man sich das Königthum noch als eine Art höherer, sittlicher Gewalt, als eine moralische Allgegenwart, als ein lohnendes oder strafendes Gewissen. Aber du lieber Gott, warum lässest du dann deine Wetter nicht in die Glockenstühle der Kirche schlagen? wozu existiren sie, wenn man das Alles kürzer, wohlfeiler haben kann? dann aber frag' ich auch, sind die Fürsten mehr als ihre Handlungen? Können sie ihrem Volke irgend eine Weihe geben, die sie in ihrem Leben selbst nicht besitzen? Du weißt, ich mache ihnen nicht einmal Vorwürfe, wenn sie den Gelüsten ihres Herzens folgen, und solche Wege gehen, wohin sie ihr Bedürfniß treibt. Ich verlange weder Tugenden von ihnen, noch gute Beispiele. Wenn solche nicht da sind, so hasse ich die falschen Vorspiegelungen derselben. Worauf ich aber hoffe, das ist die innere Macht der Sittlichkeit, die nie eines äußern, imponirenden Stachels bedarf; auf das stille Geheimniß des Herzens, das nur durch edle Handlungen seinen Nebenmenschen Rechnung ablegen soll, auf die liebevolle Beichte zwischen verwandten Seelen.

Die Philosophie gibt dem Königthum eine Stellung, die jede andere Institution eben so gut, am besten sie selbst einnehmen könnte. Es soll nämlich für die Sehnsucht des Menschen nach Schönem und Erhabenem, für die Bestrebungen seines Geistes im Gebiete der Kunst und Wissenschaft die äußere Garantie einer bestimmten Form der Gesellschaft nothwendig sein. Ist dies aber die Republik nicht auch? Würde die Zahl der Mäcenaten nicht vermehrt werden, wenn die Concurrenz weniger schwierig wäre?

Wem die Bibel heilig ist, und sie soll das Allen ewig bleiben, der wird dort die Fürsten und Könige nur als Erste und Häupter der Obrigkeit finden. Sie sind zwar mehr als die ersten Bürger des Staats, aber auch weit weniger als eine Totalrepräsentation desselben. Gott war sehr ungehalten, als die Juden dem Samuel anlagen, er möchte ihnen einen König salben. Die Leute sprachen damals schon wie jetzt bei den Debatten über die Civilliste. Ein König mache den Glanz und die Würde des Reiches, der Luxus würde mit seinen wohlthätigen Folgen befördert, und vor allen Dingen müsse man es den Ausländern gleich thun.

Wann sich die Könige von ihren Thronen trennen werden, weiß ich nicht. Viele erwarten, daß die Fürsten einst in den Wissenschaften so weit vorrücken, daß sie von ihrer eignen Entbehrlichkeit überzeugt, jene verlassen werden. Gott möge diese Studien segnen.

Einstweilen aber, Du geliebtes Bild, constituiren wir uns Beide zu der Republik der Liebe. Wir wollen das Beispiel aufstellen, daß es auch in dieser Staatsform Treue, Hingebung, Aufopferung geben könne. Sei auch der erste Sprößling dieser Ehe ein Napoleon, der zweite die Restauration und der letzte ein Thron, umgeben mit republicanischen Institutionen; unsere Enkel werden dennoch die Früchte unserer Anstrengungen zu schätzen und zu veredeln wissen. Das sind Hoffnungen, aber keine Träume. Gewiß, wir werden die goldenen Früchte brechen; denn unser Arm kann sie erreichen.

Wir sollten für die Freiheit noch nicht reif sein? Seit wann geschähe die Zeitigung ohne die Zeit? Haben wir nicht Jahrhunderte durchlebt, ich, die Liebe, Du, die Wahrheit? Sind nicht die Völker so an uns vorübergegangen, daß wir Zeuge sein konnten, wie die Fürsten wohl manche alte Fesseln lösten, dafür aber neue schmiedeten, und wie die Völker sie wieder zerbrachen? Es ist wahr, wir sind ehrwürdige Ueberreste grauer Vergangenheit, Ruinen dahingeschwundener Herrlichkeit, Du, ein altes Fossil, ich, ein Mammuthsschädel. Wenn man unsere Versteinerung einst bemerken wird! Wenn man hoch auf dem Kaukasus eine Republik und die Blüthe der Civilisation entdecken wird! Wir werden dann doch mehr sein, als ein Beitrag zum Naturaliencabinet, mehr als eine Seltenheit für das anatomische Theater. Die Menschheit hält uns für den Beginn eines neuen Zeit- und Weltalters. Uns sind die Menschen zwar nie viel gewesen, aber wir werden ihnen Alles sein!

Schon steigt die Morgensonne aus den Gewässern um Amerika's Ufer: ihre ersten Strahlen vergolden die schneeigen Wipfel unseres Himmelberges. Sieh' hin, dort stehen wir im glänzenden Frühroth, mit Entzücken sinken wir uns in die Arme! Sind wir nicht glücklich?

Eilfter Brief

Welche Thaten, welche Begebenheiten! Tausende von Kriegern verlassen ihre heimathlichen Fluren, die, mit dem Blute ihrer Brüder getränkt, ihnen keine Früchte brachten; eine neue Völkerwanderung. Der rechte Flügel der Pforte versagt länger den Dienst, und die wilden Scharen von den Ufern des Nil's und den brennenden Sandsteppen des innern Afrika's ziehen kampfgerüstet in die Thäler Syriens. In Frankreich und England wird den Standesprärogativen, die Jahrhunderten getrotzt haben, jubelnd heimgeleuchtet. Roms weltlicher Thron hat keine andere Stütze mehr, als fremde Bayonette, die schwächste, die es für Staaten jetzt noch geben kann. Deine treue Philine, das liebe Thier ist gestorben. Welch' eine Zeit!

Tröste Dich, Geliebte, gib dem Schmerz nicht allzusehr Raum! Lies einstweilen Fichte's Schriften, bis ich Dir einen Trost *a priori* geben werde.

Es ist ein Jammer, schon wieder von Deinem Unglück zu reden. Aber es ist so, Du bist die ewige Jüdin. Welch schmerzlicher Gedanke!

Da irrst Du nun über Berge und Meere, suchst die tiefste Nacht, und Deine Augen wollen sich nicht schließen. Ich sehe Dich mit scheuem Blick durch die Erde wandern; Dein zitternder Fuß ist das Piedestal einer todten Statue. Du klagst, man fliehe vor Dir, man fürchte Deine unheimliche Nähe, man verstehe Dich nicht, weil Du in fremder, nie gehörter Zunge sprichst. O, Du Liebe, laß sie mit ihrem kalten Sinne Alle! Eile zu mir unter mein friedliches Dach. Genieße die Freuden, die ich mit liebendem Herzen Dir schaffen will. Unsere Leiden werden wir so leichter ertragen.

Wie will ich an Deinem Munde lauschen, wenn Du von den Bildern der Zeit beginnst, die schon alle an Dir vorübergegangen! Jeder Kuß soll eine Ewigkeit sein, die ich von Deinen Lippen sauge, jeder Händedruck ein Pulsschlag, der durch Jahrhunderte, die Adern der Zeit, mich berührt. Du lehrst mich die Freuden des Todes und den Schmerz der Unsterblichkeit. Dafür wirst Du an meinem Grabe, wie Dein Gemahl an dem des Erlösers die Ruhe Deines Herzens finden!

Nach Deinem Manne sehnst Du Dich wohl nicht mehr? Hast ihn wohl vergessen über die ungeheuere Last, die in Deinem Gedächtnisse liegen muß? Treulose, hat er Dich nicht gesucht vom Aufgang bis zum Niedergang? Schrickt er nicht noch, wie ein schüchternes Reh, vor jedem rauschenden Blatt zusammen? Immer erwartet hast Du ihn immer getäuscht. Sein linkes Auge war der Welt und ihrem Treiben bestimmt. Tausende sah' er unter Flammen oder Schwert untergehen, und es blieb trocken, kalt, er wäre ja so gern mit ihnen hinabgestiegen. Sein rechtes aber suchte Dich, und das schwamm ewig in Thränen, und dämmerte wie ein flackernd Licht.

Sieh' um Dich, und forsche nach der Gegend, da Du jetzt weilst! Wachsen in der Mark etwa Palmen, und die riesige Frucht der Ananas? Siehst Du dort, wie hier, Dattel- und Feigenbäume, und den zweitausendjährigen, verdorrten, da unten im Thale? Blick hin, dort drüben vor den Thoren Jerusalem's, siehst Du Golgatha, den rechten Kreuzberg? Schon läutet es zur Messe. Komm, Du blindes Weib, tritt herein in die dunkle Pforte dieses heiligen Hauses! Dort unten in der nächtlich finsteren Höhle, wo Du die Kerzen, wie Irrlichter, leuchten siehst, wessen Grab ist dies? Erkennst Du mich noch nicht? Ich bin Dir fremd? wie ? Wahnsinnige? Du hast mich vergessen?

Freundin, einzige Geliebte, willst Du mich denn so allein auf diesen eisigen Schollen treiben sehen? Zerküsse mit warmem, liebewarmem Munde die winterliche Schneedecke, unter der ich begraben liege. Laß Du einen neuen Frühling um mich aufblühen! Feire mit mir die Sonne der Auferstehung! Du hast immer meine Wünsche erfüllt, noch ehe Du sie vernahmst, jetzt wirst Du diesen lesen, wenn ich schon der Erhörung mich zu erfreuen habe.

Es muß doch wahr bleiben, wir Beide bilden ordentlich eine Aristokratie der Einverstandenen, die noch stärker ist, als die der Ueberzeugten. Ich erkläre mich bestimmter.

Im Einverständniß können auch Nichtüberzeugte handeln. Ueberzeugte sind oft muthig auf eigne Hand, darum aber auch meist unglücklich. Die Kunst des Lebens fängt nicht mit dem Sprechen, sondern mit dem Hören an. Kommen wir aber endlich doch einmal zur Oeffnung des Mundes, so will man von uns weniger Gehorsam, als Beifall. Die Macht, die Tyrannei liebt nicht so sehr den Diener, der aus Eifer handelt, als den, der sich überredet stellt. Der Egoismus setzt zwar nie einen fremden Willen, aber immer eine fremde Meinung voraus. Bis er die Hände seines Opfers braucht, wird er sie gefesselt lassen, den Mund kann er sich schon nicht enthalten zuweilen von seinem Zaume zu lösen, wie sollt' er anders sein Lob und die Beistimmung des Andern vernehmen!

Wie glücklich die Unterthanen doch sind! Auf beiden Wegen wird immer noch ein wenig Luft und Sonnenschein in den Kerker unseres Lebens kommen. Wir billigen, und aus Dankbarkeit macht man das Gehorchen weniger schwer. Wir gehorchen, wollen aber nicht billigen, wird man uns dann jenes nicht auch erleichtern, um uns nur zu diesem zu bewegen! Als Galiläi die Daumenschrauben und die Schmerzen der Tortur fühlte, ließ er die Bewegung der Sonne um die Erde gelten: so oft er wieder frei war, trat er heftig mit dem Fuß auf, und rief: es ist doch nicht wahr! Warum sollen es wir nicht ebenso machen?

Die Herrscher wollen ihre Forderungen gern für eine Wahrheit, am liebsten für eine Wohlthat anerkannt wissen. Darum liegt auch nichts so sehr in ihrem Interesse, als jedem ihrer Vorrechte und Gewaltschritte die Form eines Vertrags und einer den Unterthanen selbst schuldigen Verantwortlichkeit zu geben. Man wird nie einen Krieg beginnen, ohne sich vorher durch ein Manifest der europäischen Meinung, oder auch nur der im eignen Lande versichert zu haben. Die Verfassungen, wie gern sie aus eigner Gnadenfülle und Machtvollkommenheit hergeleitet werden, sollen nach ihrer Abschließung meist dazu dienen, die gleichmäßige Abwägung der Rechte und Pflichten nach den höchsten Gesetzen des Rechtes und der Billigkeit zu bezeichnen, und wie Keiner etwas sein nennen dürfe, ohne das Eigenthum des Andern anzuerkennen. Wie aber Lug und Trug über den ehrlichen Willen immer den Sieg davonträgt, beweisen bis jetzt noch die meisten deutschen Formen dieser Art. Man wird bei ihnen fast an jene Mutter erinnert, die ihren Kindern Pflaumen kaufte, um ihnen die Kerne zum Spielen zu geben, das Fleisch aber für sich zu behalten.

Darum, meine Gute, wo es Dir nur irgend möglich ist, verleite die Herrscher zu Gewaltschritten, befördere die Ordonnanzen, damit wir zu neuen Juliustagen kommen. Stift' an den Höfen, wo du Zutritt hast, Factionen, Camarillen; spiegle den Schwächern das Uebergewicht an Gewalt vor, das die Mächtigeren besitzen, und diesen selbst noch die Kleinigkeit, die Jenen gelassen ist! Ich wette, es muß zu Fortschritten kommen, zu neuen Verträgen, zu Revisionen der alten. Oder kannst Du glauben, daß in dem Rechte einiger Unterthanen, ihre Abgeordneten zu Landtagen nach der Residenz zu schicken, die Beruhigung für die Zukunft liegt? Begnügst Du Dich für das tägliche, außerlandtägliche Leben mit jenem Schimmer der Habeascorpusacte, die Dir die Sicherheit Deines Eigenthums zusagt? gibst zu Dich mit diesen schwächlichen Formen wirklich zufrieden?

Ha, Du Falsche, jetzt erkenn' ich Dich! Also bis zu diesem Punkte, bis zu solchen Fragen, wo ich meine sämmtlichen süddeutschen Freunde schon gegen mich empört sehe, hast Du mich reden lassen, und nun ich eben den Stab über alle Parteien des Tages brechen will, verlässest du mich? Treuelose, womit hab' ich das an Dir verdient! Nun hast du mehr als meine Liebe verscherzt, mein persönliches Vertrauen, das Dir sonst in die geheimsten Falten meines Herzens den Zugang nicht verwehrte! Wie werden sie in den Museen von

München, Stuttgart, Carlsruhe mich verdammen, mich Deinen ehr- und pflichvergessenen Freund nennen! wie wird man in den berliner Schachklubbs, auf dem Casino über mich frohlocken!

Wenn man an diesen letzten Oertern noch nicht weiß, daß ich ein Erzschelm von Republicaner bin, so wär' ich ja zu Gnaden wieder aufgenommen. Nenne mich ihnen als einen Radicalreformer, einen Hunt, so haben sie mich doch noch lieber, als wenn ich irgend einen Anklang an französisches Leben verrathe.

Um Dir ein Beispiel zu geben, wie in Frankreich zu manchen Zeiten auch kein einziges Moment vorhanden ist, an das sich das Interesse eines preußischen Herzens anschlösse, wähl' ich die Lage Frankreichs zu Anfang des verflossenen Jahres. Die Deputirtenkammer war damals den französischen Patrioten ein Gräuel, sie lobte Lafayette, um ihn zu tadeln, sie hatte sowohl jene Partei gegen sich, die sie als Unruhstifter bezeichnete, als auch die Regierung, die sie im Einverständniß mit dieser handeln sehen wollte. Welcher Gesichtspunkt bleibt nun da für ein preußisches Auge übrig? Die Kammer wird gehaßt, weil constitutionelle Formen in Preußen *a priori* ein Gräuel sind. Lafayette gilt in Berlin als der lächerlichste alte Geck, der sich auf seinem revolutionairen Steckenpferde fast kindisch gebärdet. Vor Blättern, wie die *Tribune*, die *Revolution*, der *National* schlägt man ein Kreuz. Eine Regierung, die einen *Odillon Barrot* zu ihren Gliedern zählte, die die Affichen der Studierenden billigen konnte, scheint das gefährlichste Beispiel. Die Karlisten tadelt man, weil Louis Philipp von den europäischen Monarchen als Bruder anerkannt worden ist. Nach Jesuiten hat man, wie billig, keine Sehnsucht, Simonisten sind die Preußen längst gewesen, wie die Allgemeine Zeitung jüngst berichtet – was bleibt da übrig? vielleicht das schöne, erhabene Beispiel eines Staates, der frei, unabhängig von den Wirren dieser Zeit sein Glück in sich und seinem Könige findet?

O Theure, laß auch uns aus dem Lärm heraustreten, und hinaufsteigen auf einen poetischen Hügel. Sollten uns selbst da die Gegenstände der Politik begegnen, so werden wir doch so viel Phantasie besitzen, uns durch das Rauschen einer Wassermühle nicht an die Jammerufe Brot, Brot! erinnern zu lassen, sondern nur die schäumenden Diamanten des Wogenfalls im Auge behalten.

Wie uns dort aus der Tiefe des Thals das frische Grün entgegenlacht! Die Sonne beleuchtet die tausend Thauperlen, als wären sie Rubinen auf weichem Sammet. Sollte denn der blaue Bach nicht mehr als Kiesel enthalten, und zu einer Edelsteinwäsche sich eignen, so funkelt's um ihn herum! Fließt derselbe Bach nicht aus dem Schatten des Waldes heraus, als hätt' er da an seiner Quelle Gespräche oder Liebesklagen abgelauscht, so geheimnisvoll thut er, der sonst so geschwätzig helle Gesell! Freundin, richt' einmal Dein Auge scharf über jenen ersten Hügelvorsprung hinaus, der dunkle Punkt da in weiter, blauer Ferne, ist das vielleicht eine Burg? Geliebte, eine Burg? Ohne Burgen kann ich nicht leben, ohne Burgen keine Poesie und ohne Poesie kein Leben. Darum erklär' ich mich auch unbedingt mit Walter Scott gegen die Reform, ich halte den Mann für die letzte Stütze der Romantik, er und sie fallen aber mit den Burgen.

Wenn die Reformbill siegt, so ist es mit der Poesie vorbei. Diese braucht die verfallenen Flecken, jene hat ihnen den Untergang geschworen. Sinkt die Aristokratie, so gelten auch die Sitze ihrer Väter nichts mehr. Sie selbst wird dann eilen, Meiereien und Fabriken auf ihren Trümmern anzulegen. Die Erinnerung der Vergangenheit – und das ist alle Romantik – beweist für die Gegenwart nichts mehr, für die Gedanken der Zukunft wird diese selbst sorgen. Die Lumpen der Fabrikarbeiter in Manchester und Birmingham sollen künftig die Rolle spielen, die bis jetzt nur der Seide und dem Hermelin zugetheilt war. Der Irrthum, daß der Mensch immer so groß ist, als die Scholle Landes, die er besitzt, ist jetzt erwiesen. Darum wird mit dem Ansehen des Adels auch seine ungeheuere Ländermasse zerfallen. Das Bedürfniß ist jener *tribunus plebis*, der die neue *lex agraria* vorschlägt, da es keinen Senat mehr geben wird, da man weiß, wem es gegolten hat, wenn gerufen ist: *à bas les hauteurs immesurées*! so wird sie siegreich durchgehen. Die Art, wenn die freien Güterbesitzer aufkommen müssen, wird die seyn. Erst freie Schußgerechtigkeit, man wird in den unermeßlichen Forsten der Aristokratie jagen dürfen. Ist man erst in ihnen, so werden sie abgetragen, theils zur Feuerung, theils zur Erlangung eines urbaren Bodens, theils endlich zu Scheiterhaufen für all den Tand und Flitterstaat, den die erstürmten Burgen enthalten. Mich schmerzen die herrlichen Gemälde- und Büchersammlungen, diese prächtigen Kupferstichgallerien, diese mit so beispiellosem Aufwande zusammengebrachten Schätze; aber in Irland wird der Lärm seinen Anfang, in England noch nicht sein Ende nehmen. Wo soll da noch der Sinn für das Schöne, Edle gedeihen! Mordbrenner sind zwar die besten Staffagen der Schönheit, wie der Teufel, aber eine Welt voll solcher Bösewichter!

Doch ich beschwöre Dich, Freundin, hör' endlich mit solchen Schreckbildern auf! Du kennst die schwache Verfassung meiner Nerven, und wenn ich über solche Aussichten, wie Du mir sie da eben gegeben hast, nicht einmal weinen kann, so steigert sich mein Schmerz zu einer Höhe, auf der ich vergehen muß. Du bist auch so schonungslos, und deckst die grellen Seiten Deiner Gemälde so ganz ohne Rücksicht auf! Ich fürchte und zittere für Dich, Du möchtest Dich beim Verweilen in solchen Anschauungen zu einer Kälte der Empfindung und Grausamkeit des Gedankens steigern, die entsetzlich ist. Du gehörst zu jenen gräßlichen Schriftstellern, die auch Nichts, gar Nichts zeigen, woran man sie noch als Menschen, als empfindungsfähige Herzen erkennen möchte! Ich liebe es, und freue mich darüber, wenn der Heuchelei die Larve abgerissen wird, wenn sich die entdeckte Schuld vor ihrem Richter im Staube windet, aber ich wende mich dann ab, und fliehe das grausame Entzücken dieses Anblicks. Zeige immerhin den Stachel Deines gerechten Spottes, Du brauchst ihn nicht einmal zu verhüllen, nur entferne ihn zuweilen, tritt dann mit menschlich fühlendem Herzen zu dem wehmüthig klagenden Bruder, zu mir, der ich ja an

Nichts glaube, als an Liebe und Treue, weine dann in meinen Armen. Selbst einen Galgen haben die Mädchen in Posen mit Blumen bekränzt, und Du willst nicht einmal von Deinen blutigen Dornen gestehen, daß sie an dem Stengel sitzen, auf dem oben sich eine Rose wiegt!

Ja, Geliebte, ich hoffe es bei Dem, was Dir nur am heiligsten sein kann, bei diesem Gefühle für Recht und Wahrheit, bei dem, was Dich zu solchen Ansichten und Urtheilen treibt, öffne Dein erstarrtes Herz dem milden Sonnenstrahle des Friedens. Küsse mich, Du holder Engel, und ein Frühling von Himmels- und Sternenblumen wird Dir an Deinen Locken grünen. Aus einer Tochter des Hasses wirst Du eine Tochter der Liebe werden. Die Hölle dieser Welt wirst Du Dir zu einem Himmel machen.

Seligste, hab' ich Dich jetzt wieder? Mich nenne ewig Dein!

Zwölfter Brief

Verehrungswürdige Freundin! Außer vielen erhabenen und seltenen Eigenschaften besitzest Du auch ein kleines Holz, ordentlich ein Kerbholz, worauf Du Dir anmerkst, welche Posttage für Dich ohne Sonnenschein, ohne Briefe von meiner Hand, vergangen sind. Vergib mir, Du Gute, wenn jetzt die Zahl der Striche so sehr gewachsen ist. Mir ist die Zeit des letzten und ersten Mondviertels nie recht günstig, da laß' ich auch jede großartige Unternehmung.

Nun aber will ich wieder mit erneuter Kraft die alte Seefahrt beginnen, meine Liebe verläßt mich nicht, und mit Macht rudr' ich schon hinunter weithin nach dem Ende des Stromes, wo ich die goldenen Kuppeln und die Fenster hoher Paläste in dem Wiederschein sinkender Sonnenstrahlen funkeln sehe.

Daß doch nur das Land der Erinnerung in solchen Sonnenfernen strahlt! Daß Nichts hell und glänzend ist, als was durchlebt schon hinter uns liegt! Daß auf der Gegenwart nur die trüben Nebel des Morgengrauens ruhen, und die Zukunft nur eine sternenlose Nacht ist!

Ich gäbe die noch übrige Spanne meines Lebens gern hin, wenn ich jenen Augenblick noch einmal leben könnte, da ich an der Hand einer freundlichen Mutter – ich weiß nicht, was da zu lachen ist! – an einem heiligen Tage zur Kirche gieng, und die blendend weißen Mauern eines neu erbauten Domes unter Glockenklang im Sonnenlichte schimmern sah. Du bist in der That zu heidnisch gesinnt, als daß Du bei der Nachmittagsruhe eines stillen Freitags an die ferne Heimath Deiner Jugend denken solltest! Für so Etwas hast Du wohl gar keinen Sinn – in die dunkeln Gänge einer Kirche mit Gebet eingehen, dann mit leisem Fußtritt und pochendem Herzen durch die hallenden, noch leeren Räume treten, vor dem ersten Ton der Orgel zusammenschrecken – das ist Dir Alles unbekannt?

Reisen willst Du machen, berühmte Männer von Angesicht zu Angesicht sehen, Dein Stammbuch präsentiren, nach Italien ziehen, Briefe vom Capitol schreiben. Ich spreche nicht von der weltlichen Klugheit, mit der Du Deine Pläne anlegst, nur in so tiefen Irrthümern Dich noch befangen zu sehen, schmerzt mich. Diesmal bist Du auch wirklich schon auf meinen Widerspruch gefaßt, forderst mich auch nicht zur Theilnahme an Deinen Reisen auf, sondern verlangst nur eine Art Programm, das Deine Erscheinung bei unsern noch lebenden, großen Geistern gleichsam einführen soll. Fahre denn also hin in Deinem trüben Sinne, und streue den Weihrauch, den Du in dem Heiligthume unserer Liebe hättest anzünden sollen, auf die Altäre jener Götzen! Siehe zu, was Du mit folgenden Bemerkungen ausrichtest.

Soviel mir bekannt ist, bist Du nie verheirathet gewesen. Doch zwingt mich die große Verehrung, die ich für Dich empfinde, Dir abzustreiten, daß Du noch Jungfrau bist. Ich muß Dich nämlich für die Wahrheit halten. Wozu bedarf es neuer Gründe für diese Behauptung, da mir die alten noch Keiner widerlegt hat! Die Wahrheit erröthet nicht, sie ist im edelsten Sinne schamlos. Warum findet man nun in all den tausend Schriften, die man mit dem Ehrennamen deutscher Literatur belegt, Dich nicht?

Aber wo willst Du denn hin? So bleibe doch! So wie Du nur vom Stande kindlicher Unschuld hörst, wogst und sprudelst Du in solchen Entzückungen auf, daß mich der süße Wahn des Mädchens rührt, der sich so gern in eine Welt hineinzaubert, deren Aequator eine Rosenkette, deren Meridiane Seidenbänder sind. Wohlan! die Hälfte unserer Autoren geb' ich Dir auch immerhin unter dem Bilde eines schuldlosen Lammes. Ein rothes Bändchen ziert den wolligen Hals, worunter ein silbernes Glöcklein im lieblichsten Tone. Gehe hin, und führe es auf die Weide unter Blumen und Klee.

Aber mit der andern Hälfte muß ich männlicher reden. Ich meine die, die über gewisse Dinge nur erröthet, weil sie fürchtet, über sie wirklich ihre Farbe nicht zu verändern. Sie muß die Tugend lieben, weil ihr sonst das Laster aus tausend Löchern hervorsehen würde.

Die meisten Menschen sind im Besitz so weniger Empfindungen, die ihnen das Zeugniß ihrer edleren Natur sichern könnten, daß sie es auch nicht um einen Schritt wagen, sich von dem großen Ruhekissen zu entfernen. Warum haben unsere Schriftsteller nie einen bleibenden, schlagenden Eindruck auf ihre Zeitgenossen gemacht? warum sind unsere Zustände bis jetzt noch immer nicht das Werk unserer eigenen Entwickelung? weil unsere Wortführer früher nichts Edleres, Höheres empfanden, und als ihre Meinung auszusprechen wagten, als was unter der Menge der Geringsten Einer nur denken und fühlen mochte. Wenn ein Roß den Sieg in der Rennbahn davongetragen hat, wie kann es auch dann gekränzt werden, wenn es sich auf die Hinterfüße stellt! Manche haben sich zwar als Verächter ihrer Zeitgenossen angestellt; ist es aber nicht die Weise der Cokette und Buhlerin durch scheinbare Ungunst den begünstigten Liebhaber nur noch mehr an sich zu fesseln? Wo ist die Macht – vergiß nicht, Du Gute, ich meine nicht den blinden Wahn irgend einer schwachen Leidenschaft, eines in sich schon erstorbenen Irrthums, – wo ist die sanctionirte Macht, die zu ihren Füßen je einen Fehdehandschuh gefunden, von jenen ihr hingeworfen? So sind z.B. die geheimsten, innersten Schwächen unseres kirchlichen Zustands von Tausenden, die sich zum heiligen Schlüsselamt der Feder berufen dachten, erkannt worden. Die Einen ließen einmal zwei Worte davon fallen, und beim dritten gingen ihnen schon vor Thränen die Augen über. Die Andern wußten es noch viel besser, sie hüteten sich aber wohl, es auch nur bis zum ersten Worte kommen zu lassen. Darum werden wir noch lange in dem Truggewebe eines gegenseitigen Vertrages, nichts verrathen zu wollen, fortleben müssen. Ich kann nicht zwei Schritt auf der Straße gehen, so seh' ich auf allen Gesichtern ein Siegel, das uns jedes Wort des Lehrers, jede Prüfung eines Obern, jede Einführung in ein neues Amt zur Erinnerung an das Gelübde ewiger Verschwiegenheit aufgedrückt hat. Recht und Unrecht, Leben und Tod sind auf diesen Grundvertrag aufgeführt. Alles ist verabredet, bis auf den Wink, den der Fürst dem nachrichtenden Henker gibt.

O ja, man hat sich mit dem Suchen der Wahrheit beschäftigt, dabei aber egoistisch genug nur an die Uebung seiner Geisteskräfte gedacht; wie Lessing, wenn ihm die Wahl frei stände zwischen der Wahrheit und dem Streben nach ihr, lieber das letzte wollte. Noch mehr, man hat wirklich eine Formel, einen Zauberspruch gefunden. Wer besaß nun aber jenen Lebenshauch, daß sich die Buchstaben solcher Formeln zu dehnen und zu bewegen anfingen, lebendig wurden, immer größer und natürlicher, bis sie zuletzt als Thaten selbst das schwächste Gemüth fassen konnte? Und dies lebendige Eingreifen in die bewegten Räume der Wirklichkeit ist so sehr immer das Wahrere, daß ich, wenn ich in den Himmel Deiner Augen blicke, aus dem klaren Grunde der Wellenlinien Deines unübertrefflichen Angesichts köstlichere Perlen über Schönheit und Anmuth hole, als aus den Systemen der Weltweisen.

Die Wahrheit ist immer so indiscret, mit den Fingern zu zeigen. Man muß sie mitten auf den Weg legen, damit Jedermann darüber fällt. Meine Beste, so sehr ich die Forderungen achte, die Deine Schwestern an die Welt machen, so sollen doch die Scribenten nicht nur Menschen, sondern auch Männer sein. Das Gaukeln und Schmetterlingswesen, das sie bis jetzt immer verhindert hat, den gehaltenen Ton des Ernstes anzustimmen, sollen sie mit Würde und Adel vertauschen. Nicht mit den Ansichten der Partei kämpfen wir allein – Du natürlich immer mit – sondern mit dem unredlichen Willen, mit der Untreue auf die Dauer eines Kampfes, mit der Dummheit, die sie bei aller Klugheit nicht verbergen können.

Wenn man Männer zum Kampfe ruft, so stellen sich nur Dichter, Schriftgelehrte, Erzieher, Philosophen. Unter ihnen vergißt ein Jeder über seine Welt die des Andern. Mit Recht; denn Alle stehen sie an Oertern, wo sie nicht hin gehören.

Der Dichter verehrt den Katholicismus, weil er ohne ihn nicht Dichter sein kann. Der Philosoph verwirft ihn, weil ihm sonst die Nothwendigkeit der Reformation unerwiesen bleibt. Der Erzieher opfert gern die Idee des Volkes, wenn er nur noch die der Menschheit behält, ein Anderer hat das entgegengesetzte Interesse. So bildet sich auf der Oberfläche unseres Lebens eine Menge kleiner, nicht einmal mit ihrem Umkreis zusammenstoßender Cirkel.

Da ich mich heute fast zum Declamatorischen aufgelegt fühle, so will ich Dir an den Parteiungen und dem bisherigen Streite unserer Theologen beweisen, wie sich jede Einseitigkeit an der andern aufreibt.

In einer Legende streiten sich zwei Klosterjungfrauen über den Vorzug ihrer Heiligen. Die Eine verehrt Johannes, den Täufer, die Andere den Jünger dieses Namens. Ueber Nacht erscheinen die Heiligen ihren Anwälten, und belehren Jede, daß nicht ihr Liebling, der jetzt zu ihnen rede, sondern der Andere der größere sei. Am folgenden Morgen hatten sich nun Beide von ihrem Irrthum bekehrt, nur daß unsere Kleriker das sich nicht so offen gestehen, und reumüthig um den Hals fallen. Kann es aber etwas Thörichteres geben, als einen Zank über den Anfang oder das Ende eines Cirkels? Den Einen erscheint Gott in den ersten Anfängen seiner Erkenntniß unbestimmt, unerklärbar; die Andern erhalten diese Unbegreiflichkeit zum Resultat. Die fünfzehn Jahre der Restaurationsperiode hat man mit solchen Mißverständnissen hingebracht, und die geringe geistige Kraft, die sich in jener Zeit entfalten wollte, auf diesen Streit verwendet.

Ich spreche noch immer von den Theologen. Zwischen jene Ungereimtheiten sind schon früh Vermittler, Versöhner getreten. Mit eigenem Ohr hab' ich einen solchen Besänftiger mit dem tönenden Glockenspiel seiner Rede aussagen hören, daß Christus am Kreuze subjectiv gestorben, objectiv aber nicht gestorben sei. Von diesen Concordienformeln mußt' ich mich also bald abwenden, und in Gemeinschaft mit Deinem zarten Sinne hofften wir auf die Aesthetischen, auf jene Liebhaber des Christenthums, die uns Fragmente aus ihren Jugendjahren geben, wie sie die Mutter zur Kirche und zum Wiedererzählen der Predigt angehalten, wie sie vor Wehmuth an heiligen Oertern sich nicht hätten lassen können, wie dies Heimathland das Ziel alles wahren Lebens sei. Wie wir da entzückt waren! welche poetische Seligkeit empfanden wir! Nun mußten wir aber doch nach und nach von diesen rechten Dilettanten auf Christus auch verlangen, daß sie uns über Wunder, die uns in diesem Gebiete bei jedem Schritt aufstoßen, ihre Erklärung abgeben. Gleich waren sie da mit der Meinung zur Hand, so wär' es eigentlich nicht gemeint gewesen, die Bibel gäb' ein religiöses Epos ab, das nach richtiger Kunsttheorie ohne Wunder nicht sein könne, und vor Allem sei das das Wunder, daß eine solche Lehre, wie die christliche, sich nach Jahrhunderten noch habe erhalten können. Diese letzte Ausflucht erinnert mich an einen Historiker, – thue doch etwas in Berlin für den Mann, der an sich selbst unschuldig ist: sie wollen ihm da jetzt arg zu Leibe! – der seine christliche Gesinnung nicht für die kleinste Tugend seiner Geschichtsauffassung hält. Er soll erklären, wie es mit des heiligen Bernhard von Clairvaux auffallenden Wundern stände. Dafür replicirt er, das sei eben das Wunder, wie ein so unscheinbarer Mann auf die Höchsten seiner Zeit mit solchem Einfluß habe wirken können, wie er ihn besaß.

Ich kehre zu den Theologen zurück. Eine andere Classe, ordentlich eine Schule, die sich weit bis in die Schweiz, selbst auf die protestantischen Institute Frankreichs verbreitet hat, umgibt sich gern mit dem köstlichen Dufte evangelischer Salbung. Sie hat die Entdeckung gemacht, daß man das Christliche unter jeder Gestalt verehren müsse. Ihr ganzes Geschäft ist, fremden Glaubenseifer mit Andacht zu beschreiben, Ersatz für die Forderung, den eignen zu zeigen. Sie sind duldend, nachgiebig, sagen sich von denen los, die mit ihnen einerlei Meinung, aber mehr Muth, sie zu vertheidigen, haben. Es fehlt ihnen sogar nicht an Tadel, wenn sie in der Kirchengeschichte, ihrem Hauptfache, auf Märtyrer der Ueberzeugung stoßen. Man erkennt sie an ihrem Schiboleth: seit fromm wie die Tauben, aber klug wie die Schlangen!

Wir Beide wären nun wohl schon so thöricht, und setzten uns mit Marius auf die Trümmer Karthago's, und weineten blutige Thränen. Bietet man uns in Glaubenssachen nicht noch einen Trost an, den absoluten, die Bestrebungen der Speculation um die Wahrheit des Christenthumes? Hast Du Knigge's Umgang mit den Menschen gelesen? Chesterfield's Briefe und Aehnliches? Gewiß, es gibt im Handeln eine Lüge, die den täuschenden Schein der Sittlichkeit annimmt? Dieselbe Verschlagenheit hat bei uns im Wissen fast immer gegolten. Die angedeutete neue, jetzt hirt-, aber nicht herdenlose Secte ist auf Kunststraßen zu Lehren gekommen, die sie um so leichter aufopfern wird, je weniger ihre einzelnen Glieder wissen mögen, wie sie zu den symbolischen Büchern, zum heiligen Augustinus, zur Erbsünde und zum Teufel gekommen sind. Der Schein der Ueberredung ist täuschend, aber der täuschendste der der logischen Wahrheit. Und wenn es wahr ist, daß man sich selbst schon zehnmal belogen hat, ehe man einem Andern nur eine Lüge aufheftet, so schaudert's mich vor der Tiefe jenes Elends, wenn einmal von einer wunderthätigen Hand den Blinden die Augen sollten geöffnet werden.

Willst Du nun dennoch eine Reise zu unsern großen Geistern machen? Thu' es nicht! Ich beschwöre Dich, Geliebte, bei Deiner Unsterblichkeit, bleibe diesen Augenblick an Deinem gegenwärtigen Aufenthaltsorte! Der Kaiser und die Kaiserin wollen Euch ja besuchen.

Schreibe mir dann doch ein kleines Fascikel Schloßplatzbeobachtungen, von dem Standpunkte jenes niedlichen Galanterieleuchters aus, den die Handlung Quittel und Comp. als Waarenschild mitten auf jenen Platz gestellt hat.

Wird man vielleicht das rührende Schauspiel: Familienliebe auf dem Throne wieder dort auf dem Balcone aufführen? wird sich der zweiköpfige Adler dem einköpfigen an die Brust werfen? wird der Pöbel Hurrah schreien? wird man den Polen ein Pereat bringen?

Als die Kaiserin von Rußland vor drei Jahren mit ihrer stolzen Wagenburg durch die Königsstraße sprengte, und schon einige Flämmchen der kommenden Generalillumination aufflackerten, sagte eine Hökerfrau im stolzen Selbstgefühle: Ja, das ist auch unser Kind! Du lieber Gott, sie meinte damit, daß die Fürstin innerhalb der Mauern Berlins geboren. So äußert sich in Preußen die Liebe zum Herrscherhause bei Hohen und Niedrigen. Es ist rührend!

Aber ich wag' es dreist, meine Liebe zu Dir jener an die Seite zu stellen! Bis über die Sterne dauert sie fort! Sollte man uns das letzte Brett der rettenden Hoffnung entreißen, so verlassen wir dies Gewühl und Treiben, und gehen auf meine Schlösser, deren ich in Spanien sehr viele besitze. Nur ein kleiner Hügel Erde ist meine Sehnsucht. Auf oder unter ihm, wenn ich Dich nur in meinen Armen habe.

Du bist mir ewig lieb, und mit Gesinnungen, für die ich vergebens den Ausdruck suche, verbleib' ich unaufhörlich der, der ich sein werde.

Dreizehnter Brief

Geliebteste, sollte sich noch der wolkichte Dämon des Unfriedens auf die Gipfel unseres Lebens legen? Sollte ich noch erleben, daß der Parallelismus unserer Wünsche und Liebeshoffnungen gestört werde? Wehe mir, schon der abgezogene Gedanke dieses möglichen Factums drückt mich zu Boden. O und ich möcht' auch dann nicht mehr mein Haupt aufheben, und des Himmels lichte Bläue sehen, Thränen müßten mir die Friedensstätte eines Grabes in der kühlen Erde höhlen!

Freundin, fordere nicht Unmögliches! mit Muth und Entschlossenheit soll ich eingreifen in das Wellen- und Räderwerk unserer Zeit; soll mit der unbestreitbaren Größe meines Geistes die Welt aus ihren Fugen und Angeln heben, und ein zweiter Atlas sie auf meinen granitenen Schultern tragen? Meine Arme soll ich ausstrecken, wie zwei Herculessäulen, und den Himmel auf die Erde ziehen? Du willst, ich soll ein Held meines Jahrhunderts werden, Du würdest helfend, schützend, rathend mir zur Seite stehen.

Nicht als setzt' ich irgend ein Mißtrauen in die Kräfte, über die mich eine weise Vorsehung zum Gebieter geordnet hat. Du weißt ja, ich könnte Tausende zu Abgöttern ihrer Zeitgenossen machen, wenn ich ihnen nur ein kleines Theil der Schnell- und Spannkraft meiner geistigen Musculatur durch einen Händedruck eindrücken wollte. Nur sehe ich daran nichts so Unsägliches, wenn ich den Pendel an der Uhr der Zeit in Schwingungen nach meiner Art versetzte! Theure, Du mußt höher stehen, als selbst die Höchsten nach der Menschenmeinung! Hast Du nie mit dem Schädel eines Gottes Kegel gespielt? Aus dem Becher nie Würfel geworfen, die aus den Knochen eines Heiligen der Weltgeschichte gedreht waren? Ich hasse die sogenannten historischen Größen eben so sehr, als den Enthusiasmus, der sich von ihnen entzücken läßt. Nur die friedliche Welt stiller Gemüther kann den schönen Beweis ihrer Unsterblichkeit führen. Bei jedem historischen Factum sucht' ich Dir die Pforten dieser Welt zu öffnen, Du hast mich aber nie verstehen wollen.

Warst zu mir nicht zur Seite, als Cäsar sein Haupt mit dem blutigen Mantel verhüllte? Drückt ich da nicht die Erinnerung an jene obigen Sätze Deiner Hand mit solcher Todeskälte ein, daß Du mich mit einem Marmorblick, in dem eben eine Perle erfrieren wollte, anstiertest? Ich riß Dich ja mit Sturmeswehen an die Säule des Pompejus hin, schüttete auf das Piedestal Tausende von Münzen, wie einen Berg, auf, und bewies Dir an den ausgeglätteten, verwischten Kaiser- und Königsbildern, was die Menschen Ruhm, was ihre Eitelkeit Verdienste nenne. Auf die noch blutbefleckten Steinstufen zog ich Dich nieder, schlang meinen Arm um die Mondhelle Deines Halses, drückte die Hand auf Deinen schwellenden Busen, weinte Thränen in Deinen Schooß, wie Wasser über Meeresgrund; dabei bliebst Du stumm, hobst mich nicht auf, strichst mir nicht die feuchten Locken von der trüben Stirn, neigtest Dich nicht zum Kusse herab. Dafür umschlangst Du jede Statue, küßtest jedes Schwert, wenn es vom Blut erschlagener Krieger rauchte, warfst mir sogar mit einer eigenen Klugheit meine Sentimentalität vor. Ich verzweifelte über Deine Verblendung.

Inzwischen war das sechzehnte Jahrhundert eingetreten. Unser irrender Fuß trug uns auf die Höhen der Alpen. Dort zeigte sich die Dissonanz unserer Gemüther aufs Neue. In weiter Ferne hörten wir Glockenklang und leisen murmelnden Gesang.

»Die Herden sind's, die der Hirt von den Triften zur Senne führt!« bedeutete ich Dein unruhig forschendes Aufhorchen.

»Eine Quelle ist's, oder ein Gießbach, der sich in's Thal stürzt,« sagt' ich im bittenden Tone voller Hoffnung, Du würdest eine Schleife um Deinen Schäferhut binden, und mit mir in den Frieden der Ebene ziehen. Dir aber summt es ewig in den Ohren. Du liefest die schneeverhüllten Rücken des Gebirges auf und ab, holtest von tieferen Absprüngen Reiser und grünes Holz, und zündestest ein Feuer an, eine säulenhohe Flamme. Dann riefst Du, es gäbe schon wieder eine historische Erscheinung; über Sachsen sähest Du helle Streiflichter, heute siege die Vernunft und der Denkglaube, alle Glocken Europa's feierten ihren Reformationstag. Als Du nun gar von Epochen und Perioden, von neuen Kirchen und priesterlichen Institutionen anfingst, da unterbrach ich Dich, Dir in Dein liebes, lichtes Auge sehend. Der Apfel dieses Auges war weit von seinem Stamme gefallen. Du sahst mich auch gar nicht. Deine irren Blicke schweiften in der Ferne, und kaum magst Du die Worte vernommen haben, die ich im liebevollsten Tone zu Dir sprach.

»Unvergeßliche, »sprach ich«, merken Sie denn nicht, es ist heute Sonntag. Die Liebe tönt so durch die Weite. Sehen Sie, Fräulein, das sind die Blumen, die ihre Häupter schütteln, Schneeglocken, Tulpen, Hyacinthen. Ist nicht in jedem Augenblicke auf der weiten Erde ein Simultangottesdienst? Ich frage Sie, bedarf es der ehernen Zungen, die hoch von verwitterten Holzthürmen, der Wohnung des Habichts und dem Sitze des Geiers reden? Ach, Verehrteste, wenn hier ein Aug' in Thränen schwimmt, dort ein glücklicher Blick in das blaue Meer des Himmels taucht, wenn ein verirrter Wanderer wieder die geliebte Scholle der Heimath küßt, wenn durch Rosenhecken die Nachtigall ruft und das leise Geflüster zweier Liebenden lispelt, ja, meine Theure, wenn die Treue am Grabe ihrer Hoffnung Blumen pflanzt, das ist ein Gottesdienst, da die Erde die Kirche und Engel die Priester sind. Wissen Sie nun, warum es läutet und wie Stimmen der Seligen schallt?«

»Ach, Herr Hofrath« – sagtest Du damals zu mir – »wie gut Sie die Rolle eines Mädchens spielen! Ich glaube fast, Sie setzten sich unter dieser großartigen Bergpredigt Gottes hin, und strickten Strümpfe! Kommen Sie, Verehrtester, bieten Sie mir Ihren Arm!«

Nun rissest Du mich fort über die Höhen des Jura, über die Ströme der Rhone, durch die Thäler der Provence, hinauf auf die Pyrenäen. Mit der Taube in gleichem Fluge, kühn wie die Gems stiegen wir in Iberiens Thäler hinab, Du wolltest jetzt den Sitz der noch immer tönenden Glocken ehren, und wieder einen Helden seines Jahrhunderts mitten unter den stolzen Trabanten und Monden seiner Herrschaft aufsuchen.

Aber die Scene veränderte sich. Wir sahen einen Bettler auf der Landstraße. Nackt und wahnsinnig warf er sich uns in den Weg. Was er meinem Ohr vertraute, wolltest Du Neugierige gern wissen. Du bebtest, als ich es nun war, der Deine Schritte beflügelte, die Ermattete anspornte. Auf meinen Schultern trug ich Dich in den Klostergarten beim Escorial.

Nun wußten wir, wo die Glocken hingen, die wir in Welschland schon hatten läuten hören. Nun sahen wir die schwarzverhüllten Priester, die in feierlichem Leichenzuge in das weite Thor der Kirche wallten. Du wußtest nun, wer in dem Sarge lag, wem die tausend Kerzen, die köstlichen Weihrauchdüfte galten. Die Größe des Jahrhunderts wollte sehen, wie sie sich wohl im Tode ausnähme, und hielt darum ihre Pseudoexsequien.

Es war Nacht geworden. Die Sterne blieben hinter dem Himmel, der heut' auch zur vorläufigen Probe seinen Trauerflor angelegt hatte, verborgen. Ich ließ Dich an den Stufen des Hochaltars neben dem offnen, leeren Sarge, ging auf den Kirchhof hinaus, und suchte in den Beinhäusern Surrogate zur Ironie der Weltgeschichte. Wie ein von wilden Afrikanern aufgepfanztes Schädelhaus kehrt' ich zurück, warf mein anatomisches Museum neben Dich hin, daß die klappernden Gebeine Dich aus den Träumen über Jahrhundertshelden aufweckten. Mit fließendem Silber füllt' ich die hohlen Schädel. Wie schön, wie ausstudirt verstanden sie den provisorischen Leichenzug nachzuäffen?

Jetzt glaubt' ich meinen Zweck erreicht. Statt Stolz hattest Du Reue, für Großes Gräßliches gefunden. Du sahest, daß die glänzendsten Thaten dem, der sie vollbracht, nur ein drückendes Joch waren, daß selbst die höchstgestellten Geister das Bedürfniß fühlten, gegen die Masse sich zu vernichten, und in dieser Trost und Ruhe zu suchen. Ich war schon nahe daran zu erklären, daß unsere Reise nur eine Satyre, und ihre Beschreibung ein Pasquill auf die Zukunft sei, wollte die furchtbare Antithese aufstellen, daß der Geist mit den Waffen Gottes für den Teufel, das Gemüth mit den Waffen des Teufels für Gott arbeite, da griff es Dich wieder mit tollem Entzücken an, und Du deutetest mit ernster Miene auf die dunkelrothe Gluth der über Corsika's klippenreiches Gestade aufgehenden Sonne.

Schweigend bin ich den Weg gegangen, den Du mich führtest. Dieselben Pfade mußten es sein, die wir vor dreihundert Jahren betreten hatten. Das Mittelmeer schien weit über seine Ufer ausgetreten, und die Fläche, die wir durchwateten und durchschwammen, leuchtete purpurroth wie von unzähligen Glühwürmern. Man hätte glauben mögen, es wäre Blut. Auch sahen wir überall Freudenfeuer, Raketen in die Luft steigen. Siegeshymnen sang man auf allen Wegen. Deine Blicke schwangen sich auf wie Adlerfittiche. Du hörst von einem neuen Salz, das in Alessandria's Thälern bei Marengo gesäet, Du willst nach dem ewigen Montmartre, dem einen Hügel statt der sieben. Die Kirche Notre Dame ist die neue Peterskirche, der Papst will einen Kaiser salben. Durch Bayonette und Grenadiere drängen wir uns durch. Zu einem Throne hinauf erheben sich in allmählicher Aufdachung dichtbesetzte Stufen. All die stolzen Würdenträger der neuen Herrschaft, Männer, die nach Deinem damaligen Ausdrucke, nach Jahrhunderten suchten, deren Helden sie hätten sein können, standen um den kleinen Mann, der sich nun erhob und mit eigner Hand die Krone seinem lorbeergekränzten Haupte aufsetzte. Damals hab' ich ihn in jener Stellung gezeichnet.

Ich hab' es mir zum Gesetz gemacht, über diesen Mann nie die Wahrheit zu verschweigen, und das, was man seine Größe nennt, zu erheben, aber immer nur im einfachsten

Gewande. So wie an ihm selbst der graue Oberrock sehr viel zu bedeuten hatte, so schildert ihn der am originellsten, der sich dabei des schlichtesten Ausdrucks bedient. Die gewöhnliche Exaltation seiner Bewunderer hat nicht mehr Werth, als die Tressen seiner Generale. Ich liebe meine Jugend mehr, als all die Ideen, die ich in ihr einst hassen konnte, und jetzt schätze. Ich bin so sehr Egoist, daß ich selbst meine Irrthümer höher achte, als die Wahrheit im Munde oder in der That eines Andern. Ich habe mich einst mit einem Dolche gegen jenen Mann ausgerüstet, und fand es damals nicht lächerlich; jetzt könnt' ich darüber lachen, mag aber nicht, weil meine Handlungen der Heiligkeit meiner Person entsprechen müssen, diese mir aber über Alles geht. Schon darum möcht' ich kein Napoleon sein, weil ich um keinen Preis einen Souslieutenant hätte abgeben mögen. Ich bewundere an den Titanen der Geschichte, wenn sie den Himmel stürmen; hasse sie aber, wenn sie größer sein wollen, als die Menschen, und so verliert auch ihr Unternehmen seinen Werth. Wär' ich ein Schriftsteller, so würd' ich mit meinem Napoleonshaß ordentlich kokettiren, so aber erinner' ich Dich nur an jene wahren, aber glanzlosen Worte, die ich bei jener Krönung sprach: »der Mann da sucht ein Pferd, und reitet drauf.«

Du schienst darüber entrüstet, und gern ließ ich Dich unter den Generälen und Marschällen stehen, bei denen Du mit dem Wechselspiel Deiner Schönheit und Bewunderung für sie nur Glück machen konntest.

Seitdem sind wir lange getrennt gewesen. Jetzt, nun Du Alles durchgemacht, und der Zufall uns wieder zusammengeführt hat, willst Du eine andere Saite berühren, dieselbe, die ich bei unseren Wanderungen durch die Weltgeschichte vergebens klingen ließ. Jetzt beschwörst Du meinen damals verschmähten Glauben an die stille Heimlichkeit des Daseins, sprichst von Spagiergängen im Scheine der Abendsonne, willst mir zu Gefallen Blumen und Steine beleben, um mit ihnen Dich zu verständigen. Diese Täuschung ist um so schmerzlicher, je näher Du jetzt dem Ziele zu stehen glaubtest. Unsere Ansichten divergiren noch immer.

Gemüth und Verstand teilen sich in Regimente der Welt. Beide Elemente ironisiren sich wechselseitig. Dasselbe Feuer, an dem sich die Unschuld ihre Suppe kocht, verzehrt als gierigleckende Flamme Städte und Wälder. Die andächtige Spannung der Gemüther, die Glaubensinnigkeit kindlicher Seelen stellt sich neben Dragonaden und Auto da fés im unzertrennlichsten Vereine. Die Menschen bilden sich ein, wenn es ihnen einmal warm und heiß in dem blauen Ringe unterm Auge wird, so müßte auch die große Schlange den Schwanz ihres weltgürtenden Ringes loslassen, und sich Alles auflösen und gestalten nach der flüchtigen Empfindung ihres Herzens. Dies germanische Princip der Geschichte haß' ich, seit ich einen deutschen Kaufmannsdiener, der zehn Jahre in London gelebt hatte, und sechs neuere Sprachen verstand, auf dem Dampfboote zwischen Mainz und Cöln ein hundert und eilf Mal versichern hörte, nein, er besäße zu Diesem oder Jenem doch viel zu viel Gefühl! Ueber Thaten kennst Du längst meine Ansicht, aber sie können doch noch für meinen redlichen Willen sprechen, wenn eine böswillige Anklage diesen in Frage stellt. Wie aber meine Empfindungen? sie, die meist immer verkannt werden, können sich nicht vertheidigen. Und doch will meine menschliche Natur auch in diesem Falle befriedigt sein. So muß ich entweder unsäglich unglücklich sein, oder unsäglich hassen, und Beides kann mir nicht erwünscht kommen. Darum halt' ich mich unabhängig von meinem Herzen und fern von den Köpfen anderer. Die beste Lebensregel gibt schon Horaz: Pflücke den Tag!

Wenn sich die Menschen für ein auserwähltes Geschlecht halten, so kann man den Gedanken erhebend nennen. Aber er ist nur ein Wahn, wenn man die Wege ansieht, auf denen sie zu jenem Stolze kommen. Auch mich entzückt es, wenn sie vorgeben, Hohes und Himmlisches begreifen, das Zarteste und Lieblichste empfinden zu können. Was kann schöner sein als Ehre, Vaterland, Tugend! Aber mische Dich des Sonntags unter die Spaziergänger vor dem Thore. Betrachte die Angst, mit der sie ihre Hörner am Kopfe, den langen

Schweif hinten verrathen glauben, Zuweilen denken sie selbst nicht mehr daran, und fühlen sich dann durch die langgestreckten Formen ihres Schattens an die schmeichelhafte Gestalt ihres Körpers erinnert. Auf die Fähigkeit, zwei Schritte gehen zu können, thun sie sich etwas zu Gute. Ein Bettler mit eiternden Wunden streckt die dürre Hand aus, und verspricht für einen empfangenen Heller ordentlich die Seligkeit des Himmels. Der Geber glaubt es auch, und recht im Gefühle seiner guten That ist er fast stolz darauf, das zukünftige Heil nicht ohne gerechte Ansprüche zu erlangen. Man hat einen Menschen aus dem Wasser gezogen, man hat einem Hängenslustigen den Strick abgeschnitten, man hat sich der Bürgermedaille verdient gemacht, in seinem Amt ergraut, wird man ein Jubelsenior, also muß der liebe Gott unbedingt sein Himmelreich öffnen, gerad' als wenn Petrus nicht einmal seinen Schlüssel verdrehen oder verlieren, als wenn Gott nicht das Institut des Himmels gänzlich abschaffen könnte! Ich habe mir vorgenommen, ein Silhouetteur zu werden, und Reisen durch die Welt zu machen. Welche Wollust, wenn mir die Menschen sitzen, und ein Jeder für seine sechs Kreuzer auf drei Minuten sich einbildet, ein Mäcenas, ein Beförderer der Künste und Wissenschaften zu sein!

Zum Schluß noch die Frage, ob nicht der gräßlich-schönste Gedanke die Idee eines Kindes von etwa sechs Jahren ist, eines Kindes, das in diesem Alter schon toll ist?

Im Frühjahre wird die Propaganda losgelassen. Es ist ein Fingerzeig des Schicksals, daß man aus Preußen dazu 30,000 Dolche bezogen hat.

Zuletzt grüße Dich noch der Engel Friedensgruß, Geliebte! Was ich hoffe, ist bald vollendet. Eine Brücke, fest wie Erz und Marmor bau' ich zwischen unsere Herzen. Die Geister der Liebe werden das Werk meiner Hände fördern. Aus Blumenduft und zarten Irisfarben sollen die Bogen gezogen sein.

Sonst bleib' ich, wenn Du meine Heloise bist, immer Dein Abälard.

Vierzehnter Brief

Erinnerst Du Dich wohl noch einer Uebung, Theure, die ich einst eifrig mit Dir anstellte? Unbewußt kommst Du jetzt wieder darauf zurück, Du wirst Dich freuen, wenn ich Deine Gedanken bis auf jenen Quellpunkt der Freundschaft hinführe.

Eben so schön als wahr hast Du die dissonirenden Verhältnisse der Weltharmonie nach Deiner großartigen Kenntniß des Contrapunctes auseinandergesetzt. Selbst Beruhigung für die wechselnden Erscheinungen des Lebens muß eine Ansicht gewähren, die die Wahrheit alles Schönen und Edeln erst in dem Streite anmuthiger und mißfälliger Formen, der Liebe mit dem Hasse findet, die an einem Gott nichts Ehrfurcht- und Andachterweckendes findet, wenn er nicht ebenso einen Teufel zu einem seiner Person freilich ausgeschiedenen, seiner Idee aber integrirenden Bestandtheile anerkennt.

Nun aber die Erinnerung. In jener Zeit, als die Liebe noch wie mit süßem Kindeslallen an der Wiege unserer Jugend stand, bracht' ich Dir wohl öfter dichtbeschriebene Blätter, scheinbar in ungebundener Rede, die ich Dir zum Binden in gereimte Sträuße aufgab. Wie freuten wir uns, wenn Du bis auf Reim und Maßbewegung das in Prosa aufgelöste Original wiederherstelltest! Auf der lateinischen Schule hatt' ich diese Kunst von einem Lehrer gelernt, der einem Schüler Apollo's freilich wenig ähnlich sah.

Solche Turbatverse sind alle Dinge unserer irdischen Anschauung. Gott sitzt auf seinem Throne, und spielt auf der Harfe, deren Saiten Himmelssphären sind, die Harmonie der Welt. Jede Blume, der Krystall, ein leuchtender Edelstein sind die zerworfenen Glieder eines großen Gedichts. An sich auch einzelne Worte, ohne Zusammenhang, auch ohne Sinn und tonlos; wem es aber gelingt, ihre erste Fügung, wie sie der Dichter oben einst geordnet hat, wiederzufinden, an dessen Ohr mag es wohl wie himmlische Sphären klingen.

Du wirst mich fragen, ob der Dichter den Dichter, oder der Philosoph ihn besser verstünde? ob ein kindlich Gemüth in Einfalt mehr sähe, als der Verstand der Verständigen? ob ein Mädchen, das sich eine Rose bricht, die Lieder, die in der göttlichen Blumensprache gedichtet sind, besser vernähme, als der Sänger eines westöstlichen Divans?

Die Stellung mancher Fragen deutet schon oft auf die kommende Antwort. Laß Dich aber dadurch nicht bestimmen, mein Urtheil schon für entschieden zu halten.

Den Begriff des Menschen hat man ausgekleidet bis auf die nackte, natürliche Unschuld. Die Menschen selbst bleiben dabei so verhüllt, wie sie es bisher waren. Wenn ich Gelüst in mir fühlte, auch meinerseits der Menschheit den Rock aufzuheben, so würd' ich mich über mich selbst ärgern. In der That, schon aus Grundsätzen der Kunst, geht mir Nichts über den Reiz des Verhüllten, wenn sich zumal nasse Gazegewänder so recht schimmernd an die rosenfarbenen Glieder anschmiegen. In das Reich der Gedanken haben die Empfindungen unserer Dichter und besonders der dichtenden Philosophen eine solche aufgestreifte prüde Unschuld eingeführt, daß mir seitdem die ganze Welt nervenschwach und somnambül vorkommt. Ist es nicht lächerlich, zu modischen Cravatten, Frack und Manschetten vorn einen mächtigen Blumenstrauß zu stecken? Welche Inconsequenz, Niemand glaubt an den Teufel, und Alles ist Allen voller Engel! Die alten Herren, die unsere deutsche Philosophie und Poesie gemacht haben, kann ich mir nie ohne Perrücken und Puder denken. Welch ein Anblick, wenn sie immer die Hand ans Herz legen, wenn sie bei jeder Blume auf ihre dicken, rothen Wangen Thränen rinnen lassen! Jakobi hat diesen Entzückungen durch seine Lehre von der Unmittelbarkeit eine höhere Weihe gegeben. Ich beiße mir an den hölzernen Definitionen einer Wolff'schen Metaphysik noch lieber die

Zähne aus, als daß ich an jenes endlose Küssen gar meine Lippen verliere.

Du siehst nun wohl, daß ich den Stein der Weisen höher achte, als jeden Ritt ins romantische Land. Ich habe Hegels Tod am schmerzlichsten empfunden, und hoffe, wenn nicht sein Nachfolger, doch sein großer Verehrer zu sein.

Man will bei Euch die Statue der Minerva wieder in die öden Hallen Eurer Akademie einführen. Zu dieser Feierlichkeit hast Du mich eingeladen, ich werde nicht ausbleiben; denn die Formeln, mit der die verstoßene Tochter in ihr Erbe wird eingeführt werden, müssen ergötzlich sein. Wenn im Saale bei den Worten: und somit ist die philosophische Classe der Akademie wieder eröffnet! Jemand niest, so bin ich es.

Eure Akademiker glichen vor einiger Zeit jenem Manne, der, um den Feind nicht durch die Thür des Hauses eindringen zu lassen, lieber das ganze Haus abriß. Ein Narr zündete einen Wald an, um sich zwei Eier zu kochen; Jene gaben dazu das extreme Gegenbild. Man weiß, daß die beste Art, sich der Könige zu entledigen, die Abschaffung des Königthums ist, darum wollte man lieber die Philosophie aufheben, als einem Philosophen dieses oder jenes Namens seine Verehrung zuwenden. Zu Fichte sagte man einst: Theurer Fichte, nur noch zwei Stimmen, und Sie wären einer der Unsrigen gewesen! Zu Hegel sagte man: Verehrter Herr Hegel, wir hätten's uns für eine Ehre geschätzt – *mais la philosophie n'existe plus*. Jetzt ist nun dieser gestorben, oder wie F. Förster sich ausdrücken würde, er sitzet zur Rechten Gottes, was steht da noch zu fürchten? Der Convent decretirt das Dasein Gottes, die Philosophie ist wieder Facultät der Berliner Akademie, und das Zweigespann des preußischen Pascal und des preußisch-christlichen Sokrates ihre Heroen.

Du hegst die Besorgniß, alle Dinge im Himmel und in Preußen seien nun ausgedacht. Aber Hegels Einfluß war doch nur unwesentlich im Preußischen, der Organismus des Landes und der Regierung ist noch immer Fichtisch. Fichte hat eine tiefere, mehr auf Grundlagen gebaute Stellung zum preußischen Staate gehabt. Hegel hat dem Gerüst zwar erst die Krone aufgesetzt, doch nach abgehaltener Baurede muß man sie wieder abnehmen und mit Schornsteinen ersetzen. In friedlichen Zeiten mag der Staat die Eitelkeit besitzen, sich sogar in einem philosophischen Systeme wissenschaftlich construirt zu sehen. Im Augenblick der Noth ruft man aber jene kräftigeren Naturen wieder auf, die mit Rath vorangehen, dann selbst Hand ans Werk legen, wenn der Feind vor den Thoren ist, Schanzen auswerfen, und sich als Landsturm auf die Pike legen.

Fichte kann die Folgen nicht geahnt haben, die seine Bestrebungen für das Wohl des Staates, der ihm einst Schutz und Sicherheit gewährte, dort nach sich gezogen haben. Die schroffe, nüchterne Manier des Borussianismus ist die den allgemeinen deutschen Zwecken meist so feindselige Consequenz eines Systems, das sich an seinen Namen am passendsten anschließen läßt. Unter seinem leitenden Compasse hat man dort eine Welt entdeckt, die tiefer begründet sein will, als die gemeine Wirklichkeit, aber auch höher liegen soll, als die Gesetze der Vernunft. Ich will Dir die Beweise nicht schuldig bleiben.

Die Traumbilder schönerer, glücklicherer Zeiten, die Hoffnungen für Menschenwohl und Völkerglück spiegeln sich nie reiner, als in den klaren, unverdorbenen Gemüthern der Jugend. Welcher für das hohe Ideal der Menschheit Begeisterte hätte seine Lehren und Ermahnungen den schwachen, gefangennehmenden Vorurtheilen des Alters gepredigt? Von Lykurg bis Pestalozzi ließen sie Alle die Kinder zu sich kommen, denen die Verheißung des Himmelreiches schon auf Erden gewiß schien. Als Erzieher lernt auch der ärgste Pedant schwärmen. Man hat oft solche Bildner wie Kirchenräuber betrachtet, die aus den jugendlichen Heiligthümern durch ihr methodisches Einprägen und Eindrücken die schönsten Gefäße, Natürlichkeit, ungekünstelte Empfindung stehlen, und oft mit Recht. Aber Fichte suchte der jugendlichen Seele auch das Treiben der äußern Welt verständlich zu machen, und diese Absicht rechtfertigt ihn, wenn aus den kleinen Stämmen der großen preußischen

Baumschule freilich nur die Enthusiasten des preußischen Cocardennationalismus geworden sind. Konnten die Anhänger seines Systems ahnen, daß die Zeiten und Interessen der Befreiungskriege von den Forderungen des Zeitgeistes fünfzehn Jahre später so sehr verschieden sein würden? Der Grundsatz der öffentlichen Erziehung bleibt richtig, nur kann die Thatsache jenes preußischen Radicalübels dadurch leider nicht ungeschehen gemacht werden.

Du kennst den Schaden, aber es ist gut, sich ihn recht deutlich zu machen. Der öffentliche Geist in Preußen bricht sich in drei Fulgurationen: Die Beamten oder die Altpreußen, die Geistreichen oder die Cavaliere und Liebhaber des preußischen Staates und endlich die sogenannten preußischen Liberalen. Der Schlüssel dieses harmonischen Dreiklangs ist die Erziehung, wie sie war und noch ist. Die erste Classe bildet sich durch die vaterländischen Erinnerungen, sie ist die solideste Grundlage des preußischen Systems; fast anziehend, wenn man sie in ihrer Seligkeit gewähren läßt, unerträglich, wenn sie in einen Kampf mit fremden Ansichten geräth. Das Herz dieser Patrioten schlägt für Friedrich Wilhelm so rein, wie es nur eine Braut verlangen könnte. Wenn einem Gliede der königlichen Familie die Nase blutet oder ein Ohr saust, so sind sie traurig, und sehen sich einander bedenklich an. Ließe sich ein Prinz eine Gemahlin aus dem Reiche der Irokesen kommen, die Patrioten kämen zu keinem Gastmahle zusammen, wo nicht der indianischen, schwiegerväterlichen Majestät ein entzücktes Hoch gebracht würde. Es ist liebenswürdig, man möchte Thränen vergießen. Die Schulen erhalten diesen Sinn, vaterländische Erinnerungsfeste belehren ihn, die Frauen machen ihn poetisch. Wir haben hier ein Gedicht, ein Epos der Ueberzeugung. Welche Stellung dazu Fichte einnimmt, könnt' ich aus meinem eignen Leben beweisen. Meine erste Jugend fällt in jene Zeit, wo die preußische Regierung so sehr Kind wurde, sich vor Kindern zu fürchten. Wenn wir einst auf dem Exercierplatze bei Berlin vor Hoheiten und Majestäten Uhren und dergleichen Habseligkeiten von weit über hundert Fuß hohen geschälten Fichten herunterbrachten, wie konnten wir da gefährlich werden? Es ist wahr, wir glaubten an ein freies, unabhängiges Leben, aber die Jugend ist nie folgsamer, als wenn sie unter dem Schein vollkommener Wissensfreiheit erzogen wird. Ich kenn' einen jungen Seiltänzer, der sein Gewerbe längst verflucht hat und vergebens den Schutz der Obrigkeit gegen die Tyrannei seines zwingenden Vaters nachsucht, aber er ist der beste Freund seines Despoten und seines halsgefährlichen Gewerbes, wenn ihm der rauschende Beifall einer versammelten Menge gezollt wird. Es ist noch mehr wahr, wir traten in die Burschenschaft, substituirten in unsern Liedern statt Landesvater Vaterland, wir declamirten viel vom Nibelungenhorde, der im Rhein läge, von der deutschen Kaiserkrone, aber wer unter uns hatte sie nicht Friedrich Wilhelm dem Gerechten zukommen lassen? Es ist wahr, wir ließen uns einen längern Bart stehen, als der militärisch gut gethan wurde, war das aber ein Grund, die angeblich hölzernen Urquellen dieser Begeisterung abzubrechen, die sandigen Laufgräben in der Hasenhaide zu verschütten, jenen herrlichen Irrgarten ebenda zu zertreten? Die Freiwilligen, die Lützow'schen, die Turnenthusiasten sind Preußens festeste Grundlage; konnte irgend ein anderes deutsches Territorium ihrer Begeisterung größeren Spielraum geben? Wenn so ein purificirter preußischer Demagog es bis zu einem Oberlehrer etwa in Märkisch Friedland gebracht hat, so schreibt er als Ritter des eisernen Kreuzes noch nach den Julitagen ein kleines Gemälde der großen Völkerschlacht bei Leipzig, als Zeitgemäßestes. Ein Arndt, der den Franzosen vorwerfen kann, daß sie nicht wie wir germanischen Blutes sind, ist in den Burschenschaftstrümmern der Preußischen Universitäten noch immer der Prophet und Gesalbte. So sehr ich Dich, meine Theure, als Ritterin des Louisenordens verehre, und die Nadelstiche segne, mit denen Du den erblindeten preußischen Kriegern das himmlische Auge der Wehmuth und des gerührten Dankes öffnest, so hat es doch immer Händel gegeben, wenn meine Collegen nicht nur mit 13 und 14, sondern sogar mit Anno 6 anfingen, und von Louisa,

Thusnelda's Kinde und der einsam blühenden Rose sangen. Also das Preußenthum kann gar nicht untergehen, denn die Sentimentalität geht nie aus. Nein, auch das ist nicht Grund; die Regierung dürfte nur die Empfindungen des Herzens verbieten, sie würden dennoch ein Organ finden, mittelst dessen sie ihre Gesinnungen an den Tag legten. Es geht in Preußen, wie in einem alten Mährchen, wo die Feinde des tugendhaften Sultans, selbst wenn sie ihn schmähten, verdammt waren, nur sein Lob auszusprechen. Und wenn ich nun, edler Fichte, deinen verklärten Geist anrufe, und meinen Zeigefinger freundlich drohend gegen deinen Schatten erhebe, so hörst du von mir lieber, daß du der Vater dieser Dinge bist, als von der Mainzer Centralcommission, daß du es nicht bist!

Die zweite Classe sind die königlich preußischen Staatsnarren, die in Preußen, Gott weiß, was, verwirklicht sehen. Den Kennern der deutschen Literatur kann es nicht fremd sein, daß der Fichteschen Lebensansicht die Steffens'sche sich gegenüberstellt. Sollte Steffens wirklich den Hegelschen Lehrstuhl erhalten, so ist diese zweite Classe nach einer gewissen historischen Typik sogar mathematisch richtig bewiesen. Die tieferen in der Burschenschaft genährten Ideen über Volksthümlichkeit, Einfluß der Religion auf die Individualität der Völker, über die Nothwendigkeit gewisser theokratischer Lebensformen, gehören hierher. Du weißt, ich war einmal ein leidenschaftlicher Verehrer dieser Ansichten. Du tolles, unruhiges Weib, nanntest mich damals einen Quietisten, und wolltest mich stricken lehren. Auf einer Reise wollt ich Dir die Beweise vorbringen. Wir durchstrichen die deutschen Gauen, gingen immer nur Flußgebieten und Bergrücken nach, suchten und forschten nach den natürlichen Gränzen der einzelnen deutschen Staaten. In den tiefsten Gegenden lauschten wir, ob wir nicht wo die Quellen der sogenannten alten Naturempfindung sprudeln hörten. Springruthen legten wir des Tages wohl zu hundert Malen an, ob uns nicht wo die sogenannten historischen Bedingungen wie Erz und Silber entgegenblinkten, aber die Brüste der Mutter Natur waren schlaff und ausgeleert. Mitten unter duftigen Rebenhügeln, unter winkenden, dunkelblauen Trauben lagen ihre Söhne. Es ist wahr, die Glocken läuteten zur Kirche, es war ein schöner Sonntagsnachmittag, sie hielten alte und neue, Paul Gerhard'sche und Witschel'sche Gesangbücher unterm Arm, aber, wie in der norwegischen Heimath unseres Ideenmentors, waren sie berauscht von einem Tranke, dessen Namen ich in Deiner Gegenwart vergebens suche. Himmel, damals sprang mir Etwas im Kopfe über, und seither waren wir geschworne Republicaner.

Die Mathematiker mühen sich mit der Quadratur des Cirkels ab, jene sublimen Theoretiker mit der Centralisation eines Vierecks. Sie suchen den Mittelpunkt des preußischen Staates, sie glauben ihn in Diesem oder Jenem gefunden zu haben. Der Kampf des Mechanismus und Organismus in der Politik ist ihnen für Preußen durch den Sieg des letztern entschieden. Wir wollen abwarten, wie sich ihre Illusionen aufdecken, wie die nackte Wahrheit einst sprechen wird.

Der preußische Liberalismus wird von Raumer repräsentirt und Hegel ist ihm sehr verwandt. Man liest mit Theilnahme die fremden Zeitungen, und wagt Einiges für Preußen zu hoffen. Man hört nicht ungern die Vorlesungen des Professors Gans und liest mit Vergnügen Börne's und Heine's Schriften. Die Fashionables von Berlin lassen heimlich Maltitzens Pfefferkörner zusenden, auch spricht man hier und da noch ohne entschiedenes Urtheil, von den neuerdings erschienenen Briefen eines Narren an eine Närrin, die ich Dir beiläufig empfehle. Nur wird an allen diesen Richtungen eines freiern Geistes nicht der Inhalt, sondern nur die Form beachtenswerth gefunden; mißfällt die letztere, so ist jener völlig verloren, statt daß umgekehrt die Wahrheit die Schwäche ihres Organs entschuldigen sollte. Zu den preußischen Liberalen rechnet man Juden, als äußerste Linke, den Handelsstand als Centrum, die gemäßigtsten sind junge Beamte, Juristen und einige vom Militair. Hegel gehört in diese Kategorie; nicht so sehr durch sich selbst, als durch seine Schüler. Obschon Raumer von ihm ziemlich entfernt stand, so kann man doch sagen, daß Hegel die Doctrin des preußischen Liberalismus mit Ueberzeugung in seiner Art *a priori* construirte, Raumer übersetzt sie ins Altpreußische, Gans ins Französische. Dem Letztern magst Du vorläufig ankündigen, daß ausländische Deutschland würd' an ihn eine Adresse richten, und sich über seine Stellung zu den politischen Ansichten seines Meisters eine Erklärung ausbitten. Nicht nur das Vaterland, sondern auch das Publicum hat ein Recht dazu.

Wie ich aber heut nur zu den Philosophen komme! Die Philosophie wird nicht aufkommen, wenn nicht die Restauration wieder eintritt; die Restauration tritt aber nicht ein, und sollten wir leeres Papier statt Journale verkaufen. Käm' es aber doch noch zu einem Flor der deutschen Philosophie, so wollt' ich den Hegelianern in die Flanken fallen, aber nur zum Spaß. Die Hegelschen Schüler hast Du sehr gut mit Instrumenten verglichen, die nur auf eine bestimmte Anzahl Musikstücke gesetzt sind. Von der Geschichte der Philosophie wissen sie nicht mehr, als ihres Meisters drei Stellungen zur Objectivität, die Philosopheme, die wir Beide schon vor Jahrtausenden lehrten, kennen sie gar nicht.

Die harte Nuß des Nachfolgers ist noch immer nicht geknackt. Sollten denn die ständischen Zuhörer aus Nro. 8, Herrn Wilhelm Beer an der Spitze, noch nicht reif sein? Wie ist's mit Herrn von Henning, Hegels von Staatswegen berufenem und verordnetem Hermeneuten und Dolmetscher, zugleich auch seiner militärischen Sauvegarde erstem Flügelmann? Hat Herr Michelet mit seiner demonstrirenden linken Faust sich noch nicht Nachdruck genug gegeben? O, bitte, verschweig' mir Nichts!

Um aber von Etwas Anderem zu sprechen, Du willst Lieder herausgeben, Wanderlieder, unter dem Titel einer fahrenden Jungfer. Nur eile damit, ehe so etwas aus der Mode kommt, und recht persönlich, rath ich Dir!

Und nun seh' ich, ist auf diesem weißen Bogen schon wieder die Nacht mit ihren schwarzdintenen Rabenfedern gezogen. Der Wächter ruft auf der Zinne. Die Stunde des

Scheidens hat zum Schlagen schon angerückt. Noch einmal, Geliebte, lüfte Deinen Schleier! Hörst Du, da oben auf dem Balcone! Du schönster Stern der Nacht, wann wirst Du mir wieder aufgehen? Fahre wohl! Der Kalender unserer Herzen wird uns Kunde geben, wann sich unsere Bahnen wieder durchkreuzen. Fahre wohl!

Buecherstube
K. Michael Hohnerlein
Uhlandstraße 6
72072 Tübingen

Anschrift

Anz.	Artikel	Einzelpreis	€	Ct
1	Gutzkow, Briefe		2	95
1	Diethe, Nietzsche		4	95
1	Benjamin, Fundbüro		5	-
			12	90

Betrag enthält € ____________ / ________ % MwSt.

43911-33	Datum 3.3.12	Verk.

Bei Irrtum oder Umtausch bitte diesen Kassenzettel innerh. von 8 Tagen vorlegen.

BRUNNEN Art.Nr. 10-25 060

Fünfzehnter Brief

Schon an die Herausgabe des *Geistes* Deiner sämmtlichen Werke denkst Du, und hast diese selbst noch nicht geschrieben. Wenn es Dir nur um jene Quintessenz zu thun ist, so brauchst Du ja diese nicht zu verfassen, viel weniger sie zu veröffentlichen. Du vergissest, Liebe, daß man den Duft des Samenstaubes ohne die bergende Hülle der Blumenblätter nicht geben kann.

Diese Deine Absicht bietet mir sechs Haken dar, woran ich einige moralische Redensarten, eine Verwunderung, eine Ermahnung, zwei Rührungen, eine Invective und eine Satyre, vielleicht auf die Männer, vielleicht auch auf die Frauen, aufhenke.

Mit Deinem *Geiste* willst Du ein ruhmvolles Muster literarischer Bescheidenheit geben; weißt Du aber auch, daß wenn Du die Menschen ehren willst, sie Dich für sonderbar halten werden? Die Gewöhnlichen lassen sich nur nach einer Durchschnittsrechnung behandeln, sie können zwar Stolz nicht, aber auch Bescheidenheit nicht ertragen. Die Großmuth ist ihnen jenes sanfte Joch; denn der großmüthige Sieger ist immer so edel, den Besiegten seine Unterwerfung nicht fühlen zu lassen! Lern' hieraus noch einige praktische Regeln!

Unter allen Blößen, die ich geben könnte, wäre die größte, sie einzugestehen. Du hältst die Aufrichtigkeit für die schönste Tugend, aber die Tugend ist nur da, um von Schelmen benutzt zu werden. Ich habe lieber, daß mich die Menschen mit ihren Vorurtheilen verdammen, als daß sie mich loben und betrügen. Schier Dich um nichts, Beste, tritt handfester auf, nimm kein Blatt vor den Mund, wirf mit Grobheiten um Dich. Sie küssen Dir die Hand, wenn sie von Ohrfeigen ermüdet ist. Darum gib keinen Geist aus Deinen Schriften! Wer dankt Dir die Mühe, die Du auf das Zurückbehaltene verwandt hast? sie werden selbst Deinen redlichen Willen, noch mehr die Mühe des Sichtens und Ausscheidens verkennen.

Mit Deinen noch nicht geschriebenen Werken kommst Du mir vor, wie Adams Lende und in ihr die Präexistenz des allgemeinen Menschengeschlechts. Der Gedanke ist nicht lächerlich, sondern grausenhaft. Vor den geheimen Werkstätten noch nicht ausgeschriebener Autorenköpfe fürcht' ich mich fast wie vor dem sonderbaren Rollen und Schnurren in Katzenleibern. Ich könnte mich zu Tod ängstigen, wenn Dir einmal so ein Buch, wie Werthers Leiden, aus dem Kopfe flöge! Thu' mir nur den Gefallen, und bestelle mich nicht zu Deiner Hebamme! Als Priester, der dem Kinde die Taufe gibt, d.h. als Kritiker bin ich zu Deinem Dienste bereit.

Nun aber ein Vorwurf, den ich besser unten zu mildern verspreche. Ich theile allerdings mit vielen meiner Zeitgenossen die Abneigung gegen schreibende Damen. Es ist das nicht Neid, nicht Anhänglichkeit an alten Castengeist und ständische Vorurtheile, Du kennst meine Vorliebe für das schöne Geschlecht als die Quelle meines Unglücks; doch kann ich dafür, wenn ich die Jungfrau von Orleans nicht gern sehe? Panzer und Schwert lieb' ich an Weibern nicht, schon weil ich dabei mich erinnern muß, wie der Mann Beides so oft nicht zu tragen versteht. Auch glaub' ich es wirklich nicht, daß die Männer ohne die Frauen Alles, diese ohne jene nur sehr wenig sind, darum möcht' ich aber auch Deine Schwestern nie an Stellen sehen, wo ich immer Männer zu sehen gewohnt bin. Zum Empfangen, nicht zum Schaffen sind die Weiber geboren.

Auf meinen Reisen durch Deutschland hatt' ich's mir zum festen Ziele gesetzt, keine Stadt vorbeizulassen, die etwa eine schriftstellernde Damenfeder aufzuweisen hätte. Ich hatt' es mir vorgenommen, solchen Autricen eclatante Sottisen zu sagen, und ich muß es gestehen, auf höchst feine und malitiöse Art hab' ich hier und da meinen Zweck erreicht. Aber warum soll ich's verschweigen? Vielleicht gereicht es Euch Weibern zur Ehre. Bei den Meisten, die ich aufsuchte, hab' ich heiße Thränen vergießen müssen. Alte, zitternde Mütterchen traf ich an, die in Kummer ihr karg zugemessenes Brod verzehrten. Außerdem hatten Viele noch die Bürde eines natürlichen Buckels, sie waren blind oder sonst gebrechlich. Zwei Thaler gäb' ihr der Rabenbuchhändler für den Druckbogen, klagte mir eine kleine Person, bei deren sanfthinschmelzenden Namen ich sonst bis an die höheren und höchsten Lichtregionen zu schwärmen pflegte. Dabei müsse sie noch Demüthigung erfahren, mit anzusehen, wie jener Mann ordentlich im Verborgenen dreimal das Kreuz schlage, wenn sie die steile Treppe hinaufgekrochen sei, und ihren Pompadour voll neuer Druckbescherung auszukramen beginne.

Gewiß, mein verehrter Menzel, Du solltest die stockfleck- und thränenfeuchten Strohsäcke nicht vergessen, wenn Du von unsern schriftstellernden Damen so sprichst, als säßen sie mit ihrer Begeisterung in Gartenlauben unter seidenen und goldgestickten Vorhängen; als ließen sie sich jeden Morgen von ihren Kammermädchen die schaffende goldene Feder auf Sammetkissen in Prozession überreichen; als ruhete eine Welt von Schooßhunden auf gepolsterten Sesseln zur Erregung der Sinnlichkeit um sie her. Die Wenigsten unter ihnen haben je einen Kronenleuchter im glänzenden Salon brennen sehen. Viele würden auf dem geglätteten Fußgetäfel ausgleiten, schon weil es ihren verschobenen Gestalten an allem Gleichgewicht und Schwerpunkt ermangelt. Ich kenne eine berühmte Schriftstellerin, in deren Nähe Du immer von Thee sprichst, die aber auch dem Kaffee entsagt hat, um Dein Literaturblatt lesen zu können. Weil es ihr oft am Gelde zu Papier fehlt, so beschreibt sie die weißen Ränder ihres planirten Exemplars mit neuen Erfindungen, indem ihr die heißen, schweren Thränentropfen auf die schneidenden Verurtheilungen ihrer frühern poetischen Gestalten fallen. Einst sah ich sie das schmerzenreiche Wort: Entsagung gerade in mitten in die Lorbeervignette einer Nummer mit ihren dürren Knöcheln malen; es ging mir wie schwarzer Staar über die Augen.

Wenn man die Beschäftigung mit der edelsten Kunst als eine Art Verlobung und Ehebündniß ansehen muß, so sollte man billigerweise für eine literarische Witwenkasse sorgen. Man sollt' es sich recht Herzenssache sein lassen, die armen Hungerleider, wenn sie alt und schwach sind, zu ihrem und der Literatur Besten zu verpflegen, die Nackten zu kleiden und die Hungrigen zu speisen; nur müßten die Buchhändler dabei nichts zu schaffen haben. Manche Bettler haben die Gewohnheit, erst das Vaterunser und Luthers ganzen kleinen Katechismus herzubeten, und dann um ein Almosen zu bitten, man gebe den invaliden Autoren das ersehnte Scherflein früher, und sie werden keine schlechten Schriften verfassen. So würd' ich mich über diese Unterstützungen noch weiter expectoriren, wenn mir nicht noch zur rechten Stunde einfiele, daß mein Raisonnement wirklich so klingt, als hätt' ich über Millionen zu commandiren, was doch – weiß Gott – nicht der Fall ist.

Du siehst nun, Geliebte, wie ich ungefähr über Deine bisherigen schriftstellerischen Leistungen urtheile. Ich wünschte Dir Deinen verstellten, männlichen Ton, den angeklebten Bart, das ganze masculinische Wesen von Herzen zu verleiden. Wie glücklich könntest Du mich machen, wenn Du Dir wieder Deine alten Kleider anzögest, die niedliche Haube, die zu Deiner geordneten Lockenunordnung so zierlich paßte, aufsetztest, und die verführerische Schürze mit den zwei Taschen und hundert Falten vorbändest! Verstehe mich recht! Ich verlange nicht, daß die Küche Dein Tempel sein soll, Du magst die Feder spitzen und die kritische Geißel schwingen, nur aber vom weiblichen Standpunkte aus. Das ist eben die versprochene Milderung jenes vorstehenden Vorwurfes. Du kannst die Fülle Deiner Gedanken zeigen, nur muß man es ihnen ansehen, daß sie unter einer Haube, nicht unter einem Hute ausgeheckt sind. Schreibe nicht mit Männern für Frauen, sondern mit den Frauen für die Männer. Ich will Dir meine

Ansichten der Kritik von ihrer weiblichen Seite nicht verschweigen und dabei manche noch nie ausgesprochene Gegenstände zur Sprache bringen.

Ich werfe mich zum wärmsten Vertheidiger Deines Geschlechts auf. Ich will die Blößen eines Systems aufdecken, das an der frechen Stirn der Einen so viel Rückhalt gefunden hat, als an der nachgiebigen Schwäche der Andern. Die Bestimmungen der Vernunft reichen weiter als die der Sitte. Die Macht der Gewohnheit ist freilich dann stark, wenn man ihr huldigt, aber nie schwächer, als wenn man ihr zu trotzen wagt. Ich sehe die eine Hälfte Deiner Schwestern unter Verhältnissen leben, die keinen Unterschied der Bildung aufkommen lassen, da die Nothwendigkeit dieser selbst geläugnet wird. Die zweite hat den Muth, sich in eine andere Carriere zu werfen, leider ist die aber auf jedem Schritt von dem Blendwerke falscher Grundansicht beleuchtet. Das größte Hinderniß zur Besserung dieses Zustandes ist der Irrthum, daß die Frauen nicht als Corporation, sondern nur als Individuen angesehen werden. Man hat gefragt, ob die Frauen Menschen sind, diese Frage hat man jetzt modificirt, daß sie bei einer Unverheiratheten in der That schwer zu beantworten sei. Niemand verfolgt diese Ansicht mehr, als die Frauen selbst. Sie wüthen gegen einander, Neid und Eifersucht lassen sie nicht zu dem Gedanken kommen, daß sie nach dem Muster der Männer auch eine Gemeinde, eine Union bilden könnten.

Man verachtet die Weiber, wenn sie ihre Sphären überschreiten, und will in ihnen doch mehr sehen, als willenlose Geschöpfe. Man führt sie zu einer Quelle, und heißt sie dort dasselbe Wasser der geistigen Bildung dieser Zeit trinken, das nachher als stagnant und trüb verschrien wird. Eure Weiber sollen Euch in den Himmel führen, und Ihr lehrtet sie nur die Hölle kennen!

Sieh, Geliebte, mit dem Gewichte solcher Redensarten tret' ich als Dein Anwalt auf. Ich werde die Lage dieses Verhältnisses um so weniger verschleiern, je glücklichere Mittel der Abhülfe ich gefunden habe. Hier kommt es eben darauf an, jene Grundsätze zu vertheidigen, die das System der weiblichen Kritik ausmachen. Suche mit Umsicht und Klarheit die Erscheinungen unserer Literatur nach dem Einflusse zu würdigen, den sie auf das weibliche Herz, dessen tiefste und geheimste Falten ausüben. Beweise mit standhafter Unerschrockenheit, welch ungeheuere Fülle des Unrechts und geistiger Grausamkeit in der Annihilirung des halben Menschengeschlechts enthalten ist. Man denkt sich die Menschheit in der Form einer Halbkugel und als ihre Bestandtheile nur die Glieder des Männerbundes. Behalte dies Bild bei, und stelle nun dreist Deine Rede so: Sollten wir Weiber auch nur jenen schmeichelhaften Spiegel abgeben, in dem Ihr die zweite Hälfte, also Euch wieder, und dann recht das Ideal aller Vollkommenheit, sehen möget, so hütet Euch zu Eurem eignen Besten, die Helle und Klarheit dieses Spiegels mit Eurem Nebelhauche zu trüben! Jede Eurer Handlungen sei nur dadurch vollendet und gerundet, daß sie auch das Stillleben weiblicher Seelen mit angemessener Wärme und Lebenskraft erfülle.

Du kannst Dich bei dieser Apostrophe eines Gleichnisses bedienen, das ich gestern aus dem Theater heimgebracht habe.

Heinrich *IV.* feiert mit seinen Kindern in Fontainebleau das Bohnenfest. (Das Polenfest? verwunderte sich mein Nachbar.) Ein Kuchen wird in fünf Theile zerschnitten. Vier Theilhaber sind zugegen, und das fünfte Stück wird von der kleinsten Königl. Hoheit für die Armen bestimmt. Man sieht die Satyre auf die Gouvernantenmoral prinzlicher Gemüther; was sollen die Armen mit drei Löffeln Reispudding? Aber in derselben Weise – so drück' Dich nur aus – müßten auch die Männer keinen Napfkuchen zerschneiden, ohne wenigstens einen zwiefachen Zehnten an die weibliche hohe Priesterschaft abzutragen.

Welche Dinge betreibt Ihr jetzt! – fährst Du fort – Wir sehen Euch die Höhen besteigen, Feuerzeichen anzünden, die Schwerter emporhalten, die Schilde aneinander schlagen, in Helmen gräßliche Töne erzeugen. Dann kehrt Ihr heim, berauscht von sonderbaren Entzückungen. Gegen uns seid Ihr roh und ungeschlacht, verlangt Dinge, die wir nicht besitzen, weil Ihr sie uns nicht gegeben habt, oder andere, die wir uns anzueignen keinen Trieb fühlen. Es ist entsetzlich, wohin Euch Euer verwegener Sinn führt. Ihr fordert Könige heraus, brecht und rüttelt heimlich an den Thronen, untergrabt die ehrwürdigsten Säulen ewig denkwürdiger Staatsgebäude. O, Ihr irrt Euch, wenn Ihr glaubt, wir begriffen den Sinn jener Toaste nicht, wenn Ihr Euch unter einander zu Gaste ladet. Jedes Bankett fangt Ihr mit dem constitutionellen Königthum an, und zum Schluß ruft Ihr die Republik aus. Was uns Weibern zuträglicher scheint, darnach fragt Niemand. Vergessen wird die Bedeutung des Weibes, wie sie durch das Christenthum in die Welt eingeführt worden ist. Vergessen wird, daß Maria es gewesen, die zuerst den Auferstandenen mit ihrem friedenvollen Rabbuni begrüßte, daß in den Zeiten, wo in hiesigen Gegenden das Mittelalter herrschte, Ritter die Farben unserer Wahl getragen haben. Man vergißt, daß nur die Monarchie die Sittlichkeit der höhern Gattung, vor Allem die Würde des Weibes aufrecht hält. Verschleierten Angesichts sollten wir geduldig die Hintertreppen der in althellenischer Republikenzeit verlassenen Gynäceen wieder hinaufsteigen? Es ist entsetzlich, welche Beschuldigungen Ihr auf uns wälzt! Wir sollen die Gräuel der französischen Revolution veranlaßt haben. Wir hätten nicht unterlassen können, Häuser und Honneurs zu machen. Aller Warnung früherer Beispiele ungeachtet hätten wir Besitz genommen von den prächtigen Meubles und Pallästen, deren Eigenthümerinnen eben zum Richtplatze geführt wären. Vor weiblicher Eitelkeit, vor ewiger Hinneigung zum Glanze der Monarchie hätte so des Mordens kein Ende werden können. Wie grausam, uns Verbrechen anzurechnen, deren Urheber unsere Männer waren, unsere Absicht zu verkennen, die Nichts sehnlicher wünschte, als den Frieden! Wir wollten die steinernen Stufen und Fußböden von den schauderhaften Blutflecken säubern, wollten durch die zarten Verkettungen des häuslichen Lebens Euren wilden, entmenschten Sinn fesseln und zähmen. So wie Ihr überhaupt gewohnt seid, Alles nur in seiner nächsten Aeußerung zu erfassen, so habt Ihr auch die Tiefe des weiblichen Charakters immer verkannt. Wenn wir auch nicht verlangen, Ihr solltet untertauchen, und Perlen aus uns fischen, so habt Ihr doch jene Tiefe nicht einmal mit einem Senkblei untersucht. Und dennoch wollt Ihr die Zuchtmeister unseres Seelenlebens werden? Nein, mein Entschluß steht fest, dieser Vorsatz ist unerschütterlich. Ich sollte doch meinen, wir hätten gewisse Mittel, Euch zu kirren. Die Frauen müssen für die Frauen wirken. Jene verderbliche Lehre, daß sich das Weib an den Mann als an seinen erst Lebenshaltung gewährenden Stamm anschließen soll, muß zuerst erschüttert werden. Man zeige die Sache von ihrer moralischen Seite! und ich selbst mit der zarten Weiblichkeit meiner Empfindungen werfe mich an die Spitze, den Krieg unter der einstweiligen Form eines Journals eröffnend. Die Männer können es lesen, ja sie sollen es lesen, um die Reife unseres Geistes zu bewundern: aber ihre Ansprüche werden nicht berücksichtigt. Um auch die noch unreifere Classe, die mit schwacher Bildung gewöhnlich das meiste Geld verbindet, für uns zu gewinnen, sollen neben jener speculativen Frauenwissenschaft auch die Gegenstände der Haushaltung, die Fächer der Speisekammer nicht unberührt bleiben. An prägnanter Bezeichnung der Bestimmung möchte der Titel einer allgemeinen Literatur- und Küchenzeitung von und für Frauen seines Gleichen suchen. Wahrlich! ich werde mich meiner Haubenspitzen würdig beweisen. Ich fühle eine Unendlichkeit der glücklichsten Folgen schon mit prophetischer Ahnung. Wir werden stark sein, so lange wir einig bleiben. Wenn man fürchtet, eine jüngere Generation möchte die Triebe ihrer Natur nicht besiegen können, die Lüsternheit dürfte sie zu schmählichem Verrath an unserer heiligen Sache bewegen, so daß sie mit unsern Gegnern wieder in Gemeinschaft träte, so ist diese Furcht ungegründet. Die beste Art Verrath zu hintertreiben ist die, Leute, die Verräther werden könnten, gar nicht aufkommen zu lassen. Schon jetzt werden wir es mit unsern

Männern so einzurichten wissen, daß eine junge Generation in funfzehn Jahren gar nicht vorhanden sein wird.

Und nun, Geliebter, muß ich auch von Dir wehmüthigen Abschied nehmen. Zwar weiß ich, Deine weiche Seele steht den zarten Eindrücken der Weiblichkeit mehr offen, als irgend ein männliches Gemüth des In- oder Auslandes. Aber die unvermischte Reine des Princips, die gänzliche Aufopferung jedes Interesses zwingt mich, Dir Lebewohl zu sagen. Wie in einem alten Liede, wo der Schwieger seinem geliebten Eidam gegenübertreten und den Willen seines Herrn ausfechten muß, so reich' ich auch Dir noch einmal schmerzbewegt die sonst so treue Hand. Daß du mir treu bleiben wirst, weiß ich aus zwei Gründen: einmal, weil in funfzehn Jahren die Minne nicht mehr *à l'ordre du jour* sein wird, und zweitens wirst Du es auch so sein. Hätt' ich es je ahnen können, daß sich eines solchen Streites wegen noch meine Augen in Wehmuth hüllen würden! Welch' eine Zeit!

Lebe wohl, Du Guter, Unvergessener!

Sechzehnter Brief

Gestern war doch der erste März, und Du bist nicht zu mir gekommen. Nun hab' ich den Geburtstag der badischen Preßfreiheit allein gefeiert. Du denkst wohl mit Kuchen und einem Glas Wein? o, das würde sich ja wie Satyre anhören! Nein, auf eine ungeheure Oblate hab' ich mir die erste Nummer des Freisinnigen abdrucken lassen. Einen von seinen vielen Ehrenpokalen hat mir Herr v. Rotteck abgetreten, und nun wollt' ich mit Dir in stiller Feier und Andacht das Abendmahl der Liebe und Treue begehen. Aber Du kamst nicht, und hast mich mit meinen Thränen allein gelassen.

Jetzt muß ich mich schon wieder über Dich entzücken. Wie Du das nur Alles so anfängst! Wären meine Ideen nicht immer fix, sie müßten mir jetzt vor Erstaunen im Kopfe still stehen. Du bist so die beste Acquisition für einen deutschen Zeitungsschreiber. Wie der Koloß von Rhodus stehst Du in partieller Allgegenwart mit dem einen Fuße in London, mit dem andern in Paris. Da Dir dabei die Hände an den alten Oertern Deines Körpers werden sitzen geblieben sein, so müßtest Du zu gleicher Zeit aus beiden Städten correspondiren können. Aber ich mag bei der Bewunderung dieses unerhörten Phänomens nicht stehen bleiben, sondern wie jede kometenartige Erscheinung am Nachthimmel der Gedankenwelt einen langen Schweif von Folgen und Ergebnissen nach sich trägt, so mach' ich daraus eine Nutzanwendung.

Ich trage mich mit dem Vorhaben, die ganze Weltgeschichte von Adam und Eva bis auf mich und Dich in einer neuen Weise zu bearbeiten. Man erzählt mir zu viel in der Geschichte, man schildert nicht. Man verwechselt das Bequeme in der Methode mit dem Passenden. Ich sage, die Gleichzeitigkeit, das Nebeneinander muß das Hauptziel der

Darstellung bleiben. Die Geschichte ist kein Drama, sondern ein Epos. Der Historiker muß seine Personen zu lebenden Bildern ordnen. Darum stehst Du mit dem einen Beine in London, wie dem andern in Paris, weil – ich glaub' an das Typische – weil die Synchronistik eingeführt werden muß. In jedem Wort, in jeder That die Anno 1000 vorkam, muß Alles enthalten sein, was zur selben Zeit geschah. Du lachst, wie ich heute auf einen so argen Docententon komme, aber vor Grimm gegen norddeutsche Ansichten könnt' ich zum Professor werden. Da unterscheiden sie nämlich einen Weltgeist, der eigentlich Niemand anders ist, als der liebe Herrgott selbst. Der wandert von Asien her, ist eine ewige Metamorphose, schlägt alle hundert Meilen und hundert Jahre seine Bude auf, wo er sich sehen und von seinen Propheten, Moses, Zoroaster, Christus sich ausrufen läßt. Das nenn' ich Blasphemie, und selbst dann noch so, wenn man den Weltgeist mit dem Geiste im Hamlet vergleicht, der wie ein Maulwurf bald hier bald da unterm Boden wühlt und ruft. Mein Gott, ich *muß* mich ja dawider erklären; denn Du als die letzte Erscheinung dieses Weltgeistes bist nun eben überall. Aber obschon Du so etwas Unbegreifliches bist, so laß doch um des Himmels willen jene wunderbare Eigenschaft Deiner zwiefachen Existenz nicht in Paris bekannt werden. Perier würde Dich auf ewig Deiner Freiheit berauben, weil Du damit dem Staate seine Söhne entbehrlich machen könntest. Du weißt, daß diese das Privilegium der französischen Courierstiefel haben. Dafür höre folgenden Rath.

Der Eigenthümer der Spenerschen Zeitung in Berlin ist Herr Spieker. Mit diesem äußerst feinen und eleganten Gentleman setze Dich in Verbindung, enthülle ihm offen das rätselhafte Geheimniß Deiner Fähigkeit. Nach Telegraphen hat sich schon lange sein Herz gesehnt, in Dir wird er die Grundlage, vielleicht gar Ersatz dieser großartigen Institution, mit der der preußische Thron umgeben werden soll, unstreitig dann gefunden haben.

Es verhält sich so, Herr Spieker verlangt eine Telegraphenlinie vom Rhein bis zum Memel. Der Ironie ist der Mann, obschon ein Eifrer in Sachen Shakespeare's, nicht fähig, sonst hätt' ich geglaubt, er wolle damit auf die Bandnatur seines Staatsverbandes anspielen. Ich fürchte, daß er bei seinem Vorschlag Vieles nicht erwogen hat. Durch einen gewandten Einfluß auf die höllischen Setzer in den Himmelshöhen kann wahrlich recht viel Ungewißheit und Verwirrung, mancher Auflauf, manche Revolution aus dem Stegreif herbeigeführt werden. Wie leicht versieht sich nicht selbst ein bewaffnetes Auge, und liest statt: Alles *schläft*, Alles *schlägt*! Während da noch die Fensterladen in Königsberg verschlossen sind, und der Bäcker seine Semmeln aus dem Ofen zieht, könnte in Berlin schon die breite Straße barricadirt, in Coblenz das Königreich Westphalen oder etwas Aehnliches proclamirt sein. Und nicht nur aus Versehen könnte das Unternehmen solche Folgen herbeiziehen, sondern auch die Verschlagenheit dürfte sich einmischen. Ich nehme an, der Kronprinz bereist den Rhein, in Düsseldorf ordnet sein Oncle die schönsten Feste und Ehrenbezeugungen, eine Ehrenpforte wird errichtet und weißgekleidete Jungfrauen überreichen Sr. Königl. Hoheit Blumen und Gedichte. Der Abend bringt vor das Hotel des geliebten Prinzen eine Serenade, und die Stimmen des begeisterten Volkes fallen mit »Heil dir im Siegerkranz« ein. Eilig berichtet nun der Telegraph, von Düsseldorf nach Elberfeld: man hat *Heil dir im Siegerkranz* gesungen. Was geschieht? Hinter dem Städtchen Schwelm hielt' ich dann schon an einer langen Stange die transparenten Buchstaben: die *Barcarole* gerad' in der Richtung empor, daß der Telegraph in den Städten Hagen oder Iserlohe nur lesen kann: Man hat die Barcarole gesungen! Im Braunschweigischen und Hannöverschen würden unsere Freunde bereits die *Marseillaise* daraus machen, und während so in Magdeburg, Berlin und Frankfurt schon die Kinder im Mutterleibe nicht mehr verschont blieben, wird hinter Landsberg, wo es schon ins Polnische geht, durch unsern feinen Vorschub die Nachricht daraus: »Man hat: *noch ist Polen nicht verloren*« gesungen!

Herr Spieker, Sie sind entsetzlich! in einer Nacht können Sie dem preußischen Staate das Garaus machen. Ist es Ihnen wirklich nur um die schnelle Beförderung der Nachrichten zu thun, so adressir' ich Sie an meine liebenswürdigste Freundin. Zwar ist sie weit entfernt, in ihr Glaubensbekenntniß die politischen Gesinnungen Ew. Herrlichkeit aufgenommen zu haben, doch besitzt sie so viel redlichen und rechtlichen Sinn, daß sie nur das wiedergeben würde, was ihr Ohr vernommen, ihr Auge gesehen hat. Ich bin da nicht so; aus Liebe zur Wahrheit gehör' ich zur Opposition, und weil ich zur Opposition gehöre, halt' ich seinen absichtlichen Irrthum für zulässig. Man braucht kein Jesuit zu sein, und kann doch von dem Satze ausgehen, daß der Zweck die Mittel heilige. Sie erlauben mir, diesen Gegenstand etwas zu verfolgen.

In Wien gibt es ein Bild, wo der Wolf den Gänsen predigt; das ist lächerlich: ebenso kenn' ich einen Kupferstich von dem genialen Disteli, wo ein Has zum Fuchs zur Beichte kommt. Aber wenn eine Gans eine Wolfsherde bekehren wollte, oder ein Has einen Fuchs, so sieht man nur die Dummheit, und über die lach' ich nie. Ich hab' es schon oft gesagt, daß die Klugheit nichts mit der Tugend gemein hat. Das ist die Homöopathie in der Politik, List mit List zu widerlegen. Wenn eine linke Seite erst Acten und Testimonien durchstudiren wollte, um endlich nach einigen Wochen eine Frage an die Ministerbank zu richten, so wollt' ich ihr diese mühevolle Ehrlichkeit sehr verdenken. Wie's der Augenblick bringt, jedes leise Wehen der geschäftigen Sage, jede noch schwache Vermuthung ist immer schon stark genug, den Zwecken der Opposition zu dienen. Will sie denn die Regierung besiegen? nein, sie will sie nur beschäftigen. Napoleon hat auch darin ohne sein Wollen dem Liberalismus gedient, daß er ihn kämpfen lehrte. Die heutige Taktik wird nicht mehr die Armeen vor den Festungen zerstreuen, sondern sie kühn und ohne Verzug mitten in feindliches Land hineinmarschiren lassen; die Festungen ergeben sich zuletzt doch. Sonst ist die Gewalt der Regierung mächtig genug, selbst Felsen aus der Richtung ihres Weges fortzuschaffen, aber das parlamentarische Leben zwingt sie, an jedem Steinchen anzustoßen. Ich bleibe der festen Meinung, daß Alles den Zwecken der Wahrheit dienen kann, am meisten ihr eigenes Gegentheil. Welch kindliche Thorheit der Deutschen, die in dicken Bänden noch immer die Zufälligkeit der Nothlüge bezweifeln! Wenn die polnischen Unterofficiere im Beginn der Revolution nicht dadurch ihren Muth bewiesen hätten, daß sie auszusprengen wagten, all' ihre Cameraden würden von den russischen Regimentern niedergemetzelt, würde dann noch die Geschichte unserer Zeit Wunder haben aufweisen können? Und Du, Geliebte, wolltest ohne Falsch die Wünsche einer Partei erfüllen, die Dich höhnen wird, wenn sie Dich benutzt hat? Du wolltest so ganz Himmel und Tugend sein, um Andere ihr höllisches Spiel mit Dir treiben zu lassen? Darum sollte die Wahrheit Anstand nehmen, in die irdischen Wohnungen und Herzen herabzusteigen, und ihrer Gegner Gestalt und Farbe anzunehmen, damit ihr hier unten nichts bliebe, als gestoßen und geschunden zu werden, und darauf ihre Hoffnung zu richten, daß einst das Gute belohnt und Böse bestraft werde? Nein, Freundin, bei jenem tödlichen Hasse, den Du mir einst bei den Altären der Hausgötter gegen die Römer hast schwören müssen, an meiner Seite wirst Du streiten, keinen Fuß weiter treten, den ich mit meinem rauchenden Stahle nicht erobert hätte, mit ihm nicht behaupten könnte! Siehe, um meine nervichte Linke hab' ich Deine wallenden Locken gewunden. Eher wollt' ich Dir, wie Virginia's Vater, das schöne, jugendliche Haupt vom Rumpfe trennen; eh' ich die Schmach erführe, Du hättest Dich ihnen hingeben müssen.

O, meine Gute, ich kenn' eine Telegraphenlinie, die geht durch alle Länder, in denen menschlicher Odem weht! Keiner hat es dem Andern gesagt, und doch wissen sie es Alle. Jeder Seufzer, jede Klage, jeder Schrei der Verzweiflung steigt wie Feuersäulen in die Luft, von Bergen zu Bergen sieht man Tausende solcher Flammenzeichen rauchen. Das sind die Geister der Abendwinde und die Mondscheinwellen, auf denen sie schiffen. Das sind die unsichtbaren Landstraßen, die die Engel in duftigen Frühlingsnächten gewoben und gedämmt haben. Das sind all die heimlichen Gedanken, die hinüber und herüber ziehen, tröstend und mahnend. Wie Irrlichter sieht man die großen, glühenden Buchstaben, hinter schwarzem, ölgetränktem Papiere auf dunkeln Moorgründen auf- und niedergaukeln. Wie Feuerkugeln fallen aus nächtlichem Himmelsblau die Abbreviaturen der großen Commandowörter, die zum Schrecken der Tyrannen die Bewegungen unzähliger Heerscharen ordnen und lenken. Der helle Nordschein mit seinen gelblichrothen Lichtströmen ist eine glanzvolle Übersetzung der Parole, die durch die kampfgerüsteten Reihen wie ein Bach murmelt. Die Natur hat es doch weise eingerichtet. Wo ein Thal aufhört, da fängt ein Berg an, und hinter ihm liegt wieder ein Thal. Wo Ströme und Meere fließen, da gibt es nicht nur diesseits ein Ufer, sondern auch eines jenseits. Wo endlich ein Gränzstein liegt, da ist eines Landes Ende, aber auch eines andern Anfang. Freilich mögen über Meilen sich die Zungen fremd sein und nicht verstehen, was sie sich zuflüstern wollen. Aber wie bei einem Baue oder bei einem Brande reicht Einer dem Andern den Stein oder Eimer, dieser wieder einem Dritten, und so hinauf bis zum Letzten. Das Geheimniß schreitet in Siebenmeilenstiefeln. Eine schöne Sommernacht, wo ein Nachbar mit dem andern aus dem Fenster redet, kann durch ganz Europa eine expresse Nachricht spediren. Ein edler Dichter hat die Bundschmecker auf den großen, ewigen Bund der Sterne verwiesen. Wahrlich, so lange denen noch ihre Bahn gezeichnet ist, kann es der guten Sache nicht an Fortgang fehlen. Die Ewigkeit der Sterne bedeutet mehr als die bloße Ausdehnung in der Zeit, sie ist auch der Sieg der Zeit, ihr ruhmvoller Sieg. Der Ideenschmuggel wird die Poesie des Lebens werden. So lange noch der Pflüger auf dieser Gränze seinen Pflug eine Weile stehen läßt, und mit dem Pflüger auf der andern im Schatten der Gränzeiche ein vertrauliches Gespräch halten kann, so lange noch keine Mauer verhindert, daß sie sich einander die Hand reichen, wollen wir nicht fürchten, die Wahrheit möchte abhanden kommen. Zwang und Gewaltthätigkeit kann wohl verhindern, daß man in Lausau weiß, was der Amtsschreiber in Kauzen den

Bauern für Grobheiten sagt; aber daß man in China ein erbärmliches Leben führt, hat selbst durch die hohe und lange Mauer nicht können verschwiegen werden. Durch Endliches läßt sich die Erkenntniß des Unendlichen weder befördern noch hindern. Wenn die Baumeister des babylonischen Thurms das Wesen Gottes mit Kalk und Steinen begreifen wollten, so ist das dieselbe Thorheit, die in den Versuchen der Gewalthaber liegt, wenn sie einen mächtigen Strom dämmen wollen. Der Strom glaubt ja nicht mehr an die Nothwendigkeit seines alten Bettes, wird er hier aufgehalten, so bahnt er sich dort einen neuen Weg, und das mit reißender, zerstörender Gewalt. So verfehlen sie nicht nur an der einen Seite ihre Absicht, sondern machen an einer andern Seite den Schaden größer, als er je zuvor war. Mit Congressen, Protokollen und verschärften Maßregeln droht man die Völker zu beglücken. Das Ungeheuere traut man sich zu, nicht nur die tief, ach! so tief geschlagenen Wurzeln des Hasses auszuheben, sondern sogar an ihre Stelle junge, frische Reiser, Liebe und Vertrauen, zu pflanzen. Neulich hieß es irgendwo, daß die republicanische Richtung, die das Leben in Süddeutschlands constitutionellen Staaten zu nehmen drohe, gefürchtet wird. In der That, dieser Brand ist noch klein, und doch hat er schon so weit um sich gegriffen, daß ich nur noch ein einziges Mittel kenne. Wie man am besten einen Brand erstickt; die Hoheiten müßten sich den Hermelinmantel ihrer Fürstengerechtsame vom Leibe reißen, und die Flamme mit dem Verlust der alten Schönheit ihres Kleides, mit der Entsagung ihrer meisten Vorrechte dämpfen. Aber dazu gehört Entschlossenheit, dazu gehört Demuth, Bescheidenheit. O welche sonderbare Pietät der Fürsten und des Adels! Sie schätzen die Ahnen nicht so hoch, als die Nachkommen, die ihnen noch in der Lende sitzen. Sie wollen ihren Kindeskinder nichts entziehen. Aber es wird eine Zeit kommen, wo die gierige Flamme, die die Väter jetzt noch unschädlich machen könnten, an die Kronen der gesalbten Enkel hinauflecken, und sie auf ihren Häuptern jämmerlich schmelzen wird.

Nicht wahr? Du hast mich doch nicht falsch verstanden? Wir sprachen doch von den Telegraphen der Liebe, die durch die Räume der unendlichen Welt aufgestellt wären? Von unserer Liebe, von den wunderbaren Chiffern, mit denen sich unsere Herzen verständigen? Wie es die Nachtigall Dir wieder sagen müßte, wenn ich so in stiller Nacht unter den dunkeln Zweigen ihrem Liede lausche? Wie die funkelnden Glühkäfer und die pfauenäugigen Nachtschmetterlinge es sehen und Dir erzählen müßten, wenn ich sie bei ihrem Kosen und Schwelgen in den Blütenkelchen so selig betrachte? Wie? Du schüttelst den Kopf? Sprechen wir nicht von den Thälern und Bergen, den blauen Himmelsfernen, den goldenen Gestirnen der Nacht, wie diese alle nur eine großartige Runenschrift für Liebende wären? wie das leise Waldesflüstern und Blätterrauschen Dir immer die Boten meiner Treue sein sollten? wie der geschwätzige Quell nur das wieder erzähle, was er von einer Blume gehört habe, die aus dem Schnabel einer Taube, die ich zu Dir sandte, gefallen? Also wirklich, das hast Du Alles vergessen? o wir reichten uns ja die Hände über Berge und Meere, und drückten sie uns meilenweit! Sprachen ja dabei von Morgenroth und goldener Hoffnung, von schöneren Tagen und herrlicher Zukunft! Im himmelblauen Gewande lagst Du in meinen Armen. Ein zweiter heiliger Christoph, mußt' ich das Jesuskind meiner Liebe durch die salzige Fluth meines Tränenmeeres tragen. Ja, es ist wahr, wir sprachen nicht von der Jugend, nicht von dem Alter, von Haß nicht, und auch von Liebe nicht, vom Geräusch der Welt nicht, nicht von der Einsamkeit, nicht von Dämonen und auch von Göttern nicht. Wir küßten uns ohne Mund, wir drückten uns ohne Hand, wir sahen uns ohne Auge. Du standest weit, weit von mir, und doch ruht' ich in Deinem Schooße. Weit übers Meer stehst Du mit Deinem Engelskopfe, und ich flechte Deine goldenen Haare, und diesen Zopf mach' ich so lang, daß er über alle Welt reicht, und nenne Dich die größte Närrin, die auf Gottes Erdboden je gewandelt hat!

Siebzehnter Brief

Also ist der Krieg unvermeidlich! Theure, schon kanonendonnern hast Du es gehört? Das Reich der Farben droht dem Reiche der Töne schrecklichen Untergang. Zwei Gebiete, die seit undenklichen Zeiten in dem friedlichsten Verhältnisse neben einander bestanden haben, die die Ursprünge ihrer Bewohner auf dieselbe Quelle zurückführen, wollen sich nicht mehr gegeneinander dulden. Die allgemeine Verwirrung, der Haß und die Leidenschaft dieser Zeit hat auch sie ergriffen, und die entsetzlichsten Folgen stehen zu erwarten. Es ließ sich voraussehen. Schon nach physikalischen Gesetzen ist jede Erschütterung diesen Gebieten gefährlich. Die Farben wechseln nicht nur unter sich die Farbe, sondern sie sind dann auch zu schwach, sich noch länger zu halten, und sie klingen allmählich in die Region der Töne über. Umgekehrt verstummen die Töne bei fortgesetzten Schwingungen, die werden farbig, vor Scham roth, vor Aerger blau. Diesmal aber soll nur einer von Beiden übrig bleiben. Zwar wissen wir noch nicht mehr, als Crösus, da ihm die Wahrsager sagten: ein großes Reich wird untergehen! Aber das ist klar, einem gilt es gänzliche Vernichtung. Werden die Maler oder die Tonkünstler aufhören? Wird man Gemälde aus Dur oder Moll schaffen, oder werden die Sonaten mit dem Pinsel componirt werden? Wird statt Abendröthe und Azurblau der Himmel voller Geigen hängen oder wird man die Winde nicht mehr blasen und wehen, sondern leuchten und dämmern hören? Werden die Blumen auf dem Felde, die Blätter im Walde nicht mehr in Farben spielen, sondern klingen wie Stimmen der Seligen, oder wird man den Jubel der Lerche, die Klage der Nachtigall in Bildern malen, die Farben sprühen wie funkelnde Krystalle? Geliebteste, der Regenbogen sollte der Himmelsbrief sein, den ich mit jedem meiner Blicke, jedem meiner Worte, jedem Seufzer an Dich schreibe? Theuerste, die Aeolsharfen, die in meinem Garten hängen, sollten nur dunkle Gluth Deiner Augen, Dein leuchtend Haar, Dein rosenrother Mund sein? Und, wie artig! statt daß ich Dir früher etwas gepfiffen habe, werd' ich Dir künftig immer etwas weiß machen! wenn Du mich besuchst, wirst Du auf der Gasse Dich schon melden, wie ein Saitenspiel! Wenn wir glauben, im Concerte zu sitzen, werden wir eigentlich in einer Gemäldegallerie sein.

Wenn ich nun, Geliebte, Dir offenherzig gestehe, daß wir längst die Vortheile dieses Kampfes ohne ihn errungen haben, so will ich damit nicht Deinen Stolz aufregen, und auch den meinen nicht verrathen. Wenn ich Dich, Du herrliche Titanide, mit den geflügelten Rossen auf goldenem Wagen im fernen Osten aufsteigen sehe, wenn der Rosenschein Deiner Purpurfigur auf die Spitzen der Berge leuchtet, dann läßt mich die Sage, weil ich Memnon bin, leise klingen: mein steinenes Gewand klingen: den Granitblock Deines Herzens klingen: o Gott, Freundin, hast Du je einen Stein klingen gehört, so hast zu mich gehört!

Sollten nun die Farben besiegt werden, sollten wir uns unsere dreifarbigen Sacktücher und Halsbinden umsonst angeschafft haben, so werden die Töne aufjubeln, und Alles, was Odem hat, wird sich auf den Gesang legen.

Ich begreif' aber nicht, daß Du heut meine Bilder gar nicht verstehen willst. Bis jetzt waren das alles nur Redensarten, und ich sprach eigentlich nur von der kommenden Reaction. Hast Du die Reaction schon gesehen? Bist Du es, die da kommen soll, oder sollen wir einer andern warten?

Gestern sollt' ich für die Tasse Kaffee zwei Kreuzer mehr zahlen. Warum das? Das macht die Reaction und der neue Zollverein!

Im Theater werd' ich heut' Abend zwei Offiziere statt des gewöhnlichen einen in den Zwischenacten zu uns Parterristen kommen sehen. Der neue ist von wegen der Reaction. Denn der Bundestag hat beschlossen, daß von nun an wieder in allen deutschen Bundesstaaten die Reaction herrschen soll.

Peter der Große fing seine Civilisation damit an, die ungeheuern Bärte seiner Russen zu stutzen. In Hessen reagirt daher die Reaction die Stutzbärte *ad nihilum*.

Das constitutionelle Deutschland ist verboten. Desgleichen die deutsche Tribüne, der Westbote, die Zeitschwingen.

Die österreichischen Buchhändler verbitten sich die Zusendung deutscher Verlagsartikel u.s.w.

Das sind die kleinen Thaten der großen Reaction! O, man wird sie noch größer machen! Man wird seines Einverständnisses mit allen gegenwärtigen Ministerien Europa's gewiß werden. Man wird eine größere Planmäßigkeit in seine Verfahrungsart bringen. Man wird den Samen des Unfriedens zu vertilgen glauben, wenn man die Blüthen abschlägt. Gleich als fielen dabei nicht Tausende von reifen Körnern auf den Boden, um in Kurzem mit üppiger Kraft neu aufzuschießen.

Ein thörichtes Weib (die Legitimität) hatte ein Kästchen voll schönster Pretiosen, Ringe, Kronen, Diademe. Um es vor jedem Einbruch aufs Sicherste zu verwahren, verriegelte sie es dreifach und vierfach. Ein Dieb mühte sich aber über Nacht nicht damit ab, es zu öffnen, sondern trug nicht nur die Kostbarkeiten, sondern auch das fest verschlossene Kästchen mit sich fort. Daheim mag er wohl Mittel gefunden haben, den Inhalt heraus zu bekommen.

Es ist wahr, wir haben Buchstaben beschworen, haben Verträge durch Handgelöbniß geheiligt: Aber Du bist ein einfaches Weib, und ein ironisches Lächeln setzt sich doch schon in Deine Mundwinkel. Wenn wir bei dem Schwur eine *reservatio mentalis* haben, so folgen wir nur dem Beispiel derer, denen wir geschworen haben. Der König und Kronprinz von Frankreich sprechen unaufhörlich von den *couleurs chéries*, sie nennen das Wort *la Charte* oder *la Révolution de Juillet* nie anders, als mit einer Art Andacht und religiöser Pietät, und doch gehen sie mit ihren Ratgebern den Weg, der ihnen beliebt. In Baiern hat die Camarilla des Hofes bis zum Ekel die Verfassung im Munde, und doch ist sie entzückt über Wasserburger und Gautinger Adressen, über die Erklärung eines Münchner militärischen Diogenes, er wolle jedem Gegner des Königs den Degen durch den Leib rennen.

Wir Deutsche sind doch sonderbar gestellt! In Baiern, Sachsen, Baden kann man ein Ausbund von Loyauté sein, und dabei den übrigen Residenten am Bundestage als bößwilliger Demagog erscheinen. Als Landstand irgend eines kleineren deutschen Staates könnt ich ordentlich aus Ironie meinem Fürsten und Herrn eine Macht zugestehen, seiner Würde eine so ungeheure Ausdehnung geben, daß er in die ärgste Verlegenheit kommen müßte. Sogar einen dramatischen Effect müßte so eine Scene geben, wenn er auf der einen Seite complimentirend und lächelnd ruft: Bitte recht sehr! und zum Publicum bei Seite grimmig flüstert: Die verdammten Verbindlichkeiten! Vor Souveränität kann ich zur höchsten Macht gar nicht kommen! Wenn man ihn dann allein läßt, wird er schweißtriefend mit Lafayette nach der berüchtigten Dankadresse der Kammer ausrufen: Es gibt Höflichkeiten, die man nicht ertragen kann! In der That, die deutschen Fürsten können uns doch auf keinem Wege, selbst auf dem langweiligsten, dem Wege Rechtens nicht entgehen! Man wird sie zu vernichten drohen, und sie zittern. Man wird sie verehren wollen, und sie entsetzen sich. Ueberall sind ihnen die Hände gebunden. Einer hat dem Andern ein Versprechen gegeben; sie möchten Alle davon befreit sein, und wagen doch ohne dasselbe nicht auf der Parade zu erscheinen. Selbst das verschlagene Preußen hat sich eine Grube gegraben. Warum gilt der Spruch *scriptum manet*? Warum mußten wir vor zehen Jahren Concessionen geben, nach deren Erfüllung sich jetzt Niemand mehr sehnt? Jetzt fühlt sich Alles glücklich und befriedigt; hätten wir je das Wort: *allgemeine* ständische Versammlungen brauchen dürfen? O hätten wir doch dem unseligen Edikt über Feststellung der Reichsschuld nie von »künftigen Reichsständen« gesprochen! Geliebte, was hilft Dir nun Dein sammtnes Kleid, Dein goldener Schmuck, Dein Glanzgeschmeid? Wohlangestellte Leute können es beweisen, daß wir Preußen ohne Vertretung glücklich sind; und nun dürfen wir die Kinder unseres eigenen Geistes, die schönen Früchte der Gesinnungen, die die Regierung bei uns nur hat aufkommen lassen, nicht anerkennen und genießen! Wir müssen einmal mit dem Papiere hervorrücken; denn Fürstenwort ist heilig.

Ob denn aber wirklich an die Restauration zu denken ist? Du siehst die weißen Stellen unserer Zeitungen und die Menge der Gedankenstriche. Soll das Restauration sein? O, Du weißt nicht, wie es in Deutschland während der Restaurationsperiode aussah! Erst wenn Du von zerknickten Fittichen eines sonst mächtigen rauschenden Adlers hörst, dann fürchte! Wenn Du den Wurm am Marke des deutschen Geistes nagen hörst, wenn man auf Sandhügel wieder schwache Hütten baut, wenn sich die Blätter des großen Geisterwaldes färben, falb und verdorrt zur Erde fallen, dann fürchte! Nur dann fürchte, wenn man Großes und Herrliches wieder zu sich herabzieht, weil man zu klein ist, es zu erreichen, wenn alle jugendlichen Herzen und Kräfte des Vaterlandes an die platte Gemeinheit der Mode, an die leere Alltäglichkeit sich wieder hingeben, wenn die Klänge einer sinkenden Kirche immer weiter, immer ferner hallen, und nichts mehr übrig bleibt, als die ausgebrannten Opferschalen. Dann werd' ich mein Angesicht abwenden, wenn ich sie die alten Werkzeuge ihrer kindischen Spiele wieder hervorsuchen sehe, wenn sie unersättlich sein werden im Verachten und schamlos im Preisen, wenn sie die gestürzten Götzen wieder aufrichten, und im Staube die Stirn baden. Dann flieh' ich mit Dir die Heimath, wenn die höllischen Geister der Tiefe, das schmutzige Froschgeschlecht wieder lärmen und jagen, und die müssige Menge sich an gemeinen Possen der Zotenreißer ergötzen wird.

Aber jene Tage sind vergangen. Können auch nie wiederkehren, so lange noch die Lehre gilt, daß man ein wenig ist, wenn man die Kraft hat, viel zu sein. Nur zu einer unreinen Mischung können sich die Elemente gesellen, die ein edles Getränk gährend von sich stößt. Ist je die Ruhe eines friedlichen, flachen Zustands mehr gewesen, als die verträgliche Wechselseitigkeit dessen, was man bot, und dessen, was man bieten konnte? Wie unrecht, wenn man die lange Nacht von den Befreiungskriegen bis auf die beiden letzt verflossenen Jahre nur denen zuschreiben wollte, die in die Nacht ein Licht hätten hineinstellen können, und nicht auch denen, die an der Finsterniß sich freuten, wie am Tage! Welche Beleidigung für die heutige Bildung unserer Zeitgenossen, sie unter dem Bilde einer *tabula rasa* zu fassen, auf die sich eben malen lasse, was die Pinsel dieser Welt nur wollen.

O, mein Kind, es ist ein Herrliches um jene Geister, die mit den schnaubenden Ungethümen jener argen Zeit gerungen haben. Gehe hin zu ihnen, wisch' ihnen den Schweiß von der leuchtenden Stirn, küß' ihnen die aufgelaufenen Adern ihrer Hände weg, und bedanke Dich schön! Wenn die Deutschen jene Jacken ansehen, in denen sie funfzehn Jahre gesteckt haben, jenen Riesenpopanz, den sie so lange Zeit hindurch in Procession durch's ganze Land geschleppt haben, so sind sie darüber jetzt so verschämt, daß sie ihren damaligen Zuchtmeistern gern aus dem Wege gehen. Man denke an Menzel, Heine, Börne! Und immerhin – das beste Geständniß alter Thorheit liegt in guten, braven Handlungen. *Facta loquuntur.*

An Restaurationen glaube nicht, Du Gute! Wir haben gelernt, auch Ketten mit Anstand und Würde zu tragen. Man wird den tödtenden, edeln Blick unserer Augen nicht ertragen können, man wird vor der Hoheit unserer Tugend in den Staub sinken, und reuevoll die Bande lösen, die wir in alten Tagen für Rosengewinde hielten. Die Fürsten werden uns Feste und Gastmäler geben wollen, und Niemand wird sie besuchen. Die Schauspiele werden unsern Händen wieder anvertraut, in der Hoffnung, sie müßten uns zu solchen Narren machen, die wir in den Tagen von Versailles waren. Aber eine veredelte Kunst wird auf die Höhe des Kothurns jene würdevollen Gestalten bringen, die durch ihre Tugend und Hoheit die Züge des Guten in die Gluth der Begeisterung, die hohlen Furchen der Bösen in die bleiche Kälte der Scham und der Furcht versetzen müssen. Auf dem Sokkus gaukelt dann jener heitere Scherz, der nicht mehr von den Flicken seines Gewandes und den Wundern seiner Pritsche spricht, sondern von den wilden Sonnenblicken der Hoffnung, die aus dem bald lachenden, bald weinenden Auge leuchten. Ihre Bibliotheken werden sie eröffnen und die lernbegierige Jugend in die bücherreichen Säle führen. Aber die Pedanten, die hier früher lehrten, haben sich neben ihren Perrücken in die Ruhe des Grabes gelegt, und die muntern Knaben werden nur die Zahl, nicht den Inhalt der Folianten bewundern.

O, Du Herrliche, daß ich doch morgen erst lesen lernte! Daß ich so Vieles nicht wüßte, was mich verhindert, Besseres zu wissen! Daß ich jene Fülle von geistiger Spannkraft und Energie zurückbekäme, die ich einst an den todten Buchstaben verwitterter Pergamentblätter nach der Sitte jener Zeit vergeudet habe! Warum muß ich so alt sein, und in dieser Frühlingsgegenwart nur Eis und Schnee unter meinen Augen haben, daß ich nun an ewigem Thauwetter leide! O, ihr Glücklichen, die ihr heute zum ersten Male in die Welt blickt! Und ihr dort auf dem grünen Wiesengrund, nehmt mich doch auf in euren fröhlichen Reigen! Fürchtet euch nicht vor dem alten Manne, der ja so gern mit euch tanzte und Blumen pflückte! Ich will euch Sagen erzählen und Geschichten, die ich selbst erlebt habe, und wie ich gewandert bin aus weitem, fernem Lande, um von euren Händen begraben zu sein! Dort unter jene Linde legt mich hin!

Aber meine Stimme zittert. Ich sinke todesbleich zurück. Die Augen willst Du mir zudrücken, liebes Kind? O ich schlafe nur, und bringe Dir Köstliches aus dem Himmel mit! Einen Gruß magst Du noch bestellen, an meinen treuesten Freund, den ich hier auf Erden hatte! Denselben, der Dir immer so zärtliche, liebevolle Briefe schreibt. Sag' ihm doch, er sollte mir bald nachkommen, ich würd' ihm da oben seine Wohnung bestellen! Leb' ewig wohl!

Achtzehnter Brief

Nur nicht in die Rosengärten Saadi's führe mich! Die poetische Weise Deiner Empfindungen, die Lust an jenen zarten Freuden, die jeden Schritt auf den Gedankenwegen des Gemüths mit Blumen bestreuen, setzt mich in Verlegenheit. Ich habe dann Noth, die aufjauchzenden Flügel meiner Begeisterung niederzuhalten, und da ernst und kalt zu erscheinen, wo ich nur Lied und Feuerstrom sein möchte.

Wenn ich wo von Poesie höre, von frommer, ungetrübter Naturanschauung, von Liebe und Treue, deren die Menschen noch fähig seien, von großen Gedanken, die wie elektrische Funken Tausende zugleich durchbeben können, so seh' ich mich ängstlich um, weil ich den Mephisto nahe glaube. Ob es ein Himmelreich auf Erden gibt, ob es keines gibt, ich weiß es nicht, nur das weiß ich, daß ich es nicht finden darf. Denn eine tiefe Philosophie lehrt, wer einen Engel begreift, ihn erkennt, macht ihn zum Teufel.

Es gibt Stunden, wo ich vor der Größe des Weltgeistes andächtig bete, wo ich nach heiligen Gräbern, Lorettohütten, ehrwürdigen Domen pilgere, wo ich heiliges Weihwasser schöpfe und meine brennende Stirn netze. Wenn ich mich aber vergeblich bemüht habe, jene Menschen nicht zu sehen, die die Nimbusstrahlen jedes Heiligenbildes auf ihr hirnleeres Haupt zu sammeln suchen, wenn ich vergebens mich gemüht habe, aus jenem Satze, daß die Menge nur das Nächste, das Sinnliche zu erfassen vermöge, den Wahnwitz wegzuschaffen, so kommt der Spott wie Windeswehen über mich, und ich bin aus meiner seligen Illusion heraus

Welche Verehrung zollt' ich früher der Monarchie! Wenn es sich um Ideen handelte, die die Grundlage der menschlichen Gesellschaft bilden müßten, so schien sie mir für solche die einzige Sicherstellung zu sein. Ein Monarch war mir dabei mehr als der erste Bürger, was Friedrich II. nur sein wollte, selbst noch mehr als die Personification der Gerechtigkeit. Mit der tiefsten Demuth beugt' ich mein Haupt, und fand in ihm jenes göttliche Moment, woran Kirche, Kunst, Wissenschaft, alle Gebiete unserer höchsten Geistesfähigkeiten ihre Wahrheit hätten. Als ich aber unter diesen lieblichen Blumen wandeln wollte, da sah' ich ein, daß es nur hölzerne Blöcke sein müßten, weil ich mir an ihnen den Kopf blutig stieß. Das Interesse des Augenblicks, die gehinderte Befriedigung eines Wunsches meines arglosen Herzens öffnete mir die Augen. Wenn ich die Verfasser der positiven Wirklichkeit einst beklagte, daß sie das von der Phantasie der Völker ihnen dargebotene Ruder, einen zarten Lilienstengel, nicht ergriffen, so dank' ich ihnen jetzt dafür, seitdem ich jede Mondscheinbeleuchtung in Sachen der Vernunft und Erfahrung verabscheue.

Ich hatte mich einmal auf die Teufelscanzel des Brockens gesetzt, und ließ die Weltgeschichte in ihren erhabensten Repräsentanten an mir vorübergehen. Ich erstaunte über jene Ordnung, jene unverkennbare Weisheit, mit der selbst das kleinste Beiwerk angelegt schien. Von den Hochgebirgen Asiens bis zu den Höhen Scandinaviens lag das weite Feld wie in systematischer Symmetrie. Einer sprach zu dem Anderen, und die im Leben mit tödtlichem Hasse gegen sich gewüthet, reichten sich freundlich die Hand. Da lag Cato in Cäsars Armen, Gregor weinte an Heinrichs Brust, Robespierre und Danton küßten sich mit ihren wieder aufgefügten Köpfen. Damals bildet' ich mir ein, in dieser Vision ein Gesetz gefunden zu haben. Ich lobte alle die, die sich haßten, und weinte schon im Voraus die Thränen, die sie einmal später auch vergießen würden. Später hab' ich den Grundsatz umgekehrt. Ich sah' ein, daß mein Haß eben so gut in der allgemeinen Welthistorie placirt werden muß, als meine Liebe. Und weil ich ferner einsah, daß jener auf Ueberzeugung, diese auf Täuschung beruht, so hab' ich mir nun vorgenommen, in Timons Fußstapfen zu treten.

Also, Du Süße, erinnere mich nicht so oft an jene Bilder der Vergangenheit! Sie wecken so schmerzliche Gedanken. Es thut mir weh, an Dinge geglaubt zu haben, die ich bei Andern so bitter tadle. Da sprichst Du von der Liebe zum Vaterland, und vergissest, daß überall die Welt Gottes ist. Bist stolz, daß Dich Berge von einem fremden Volke scheiden; und das Maulthier und das Saumroß des Kaufmanns bringen dem Nachbar Deine Waaren, und er Dir seine Sitten. Wenn das ganze linke Rheinufer verloren geht, hoffst Du auf den Rhein selbst noch. Aber nimm zwei Platten, verbinde sie durch einige flüssige Tropfen, und die Einheit ist so stark, daß einfache Menschenkraft sie schwer zerreißen kann. Du dringst auf das, was der Natur gemäß ist, willst den Geist in ihre Krystallisationen bannen, und diese hat eine entgegengesetzte Aufgabe. Ihre Fesseln sucht sie zu sprengen, um zum Geiste sich zu verklären. Du nennst den Krieg ewig, er steht Dir höher als der Frieden, weil Dir Sehnsucht mehr ist als Befriedigung, und der Krieg scheint Dir eine Sehnsucht nach dem Frieden. Aber der Krieg ist ein Irdisches, im Irdischen will die Menschheit immer befriedigt sein, nur nach himmlischen Dingen begnügt sie sich mit der Sehnsucht. Dich reizen noch die Trümmer alter Herrlichkeit auf Deinen heimathlichen Bergen, und aus Oekonomiegebäuden, Schenken und Judensitzen steigen Dir noch immer die Geister der Vergangenheit auf. Zünfte mit klingendem Spiel und den feierlich getragenen Insignien des Gewerks, voran der Fahnenschwenker mit seinen tollen Possen – o es ist das Deine größte Lust. Wenn Du einen wandernden Handwerksburschen die Straße heraufkommen siehst, schlägt Dir Dein Herz vor Freude, und Studenten scheinen Dir über und über in poetische Farben getaucht zu sein. Hast Du je gefochten, bist Du je relegirt worden? Es ist aus mit der stillen Heimlichkeit der Gemüther. Seitdem das Volk täglich einen Festtag hält (Thränen ohne Brod), kann Herr Percival mit seinem jetzt endlich durchgegangen Vorschlage nicht mehr in den Geruch der Heiligkeit kommen. Die Empfindungen des Volkes verflachen sich. Sie werden durch andere Eindrücke anders gestimmt. Man frage nur unsere Romanzendichter, ob noch all die alten Sagen gewußt werden, die von diesem Teiche, diesem Walde, diesem Berge erzählen. O sie wollen aufgeklärt sein, und schämen sich, sie mitzutheilen, man könnte ja denken, sie glaubten daran!

Du erwartest, der unschuldige, gemüthliche Sinn der Deutschen werde sich einmal mit furchtbarer Kraft an jenen Frevlern rächen, die sie in die gegenwärtige Verwirrung, in dieses gottlose Treiben des Tages gestürzt hätten. Ich versichere Dich, eine solche Reaction gäbe die schönsten Aussichten für den Flor unserer komischen Bühne.

Denke Dir, ich wäre so schadenfroh, ladete Dich zu mir, und brächt' es durch die muthwilligsten Mittel dahin, daß Du voll süßen Weines würdest, und so zu sagen Deine eigene Scham abdecktest. Es müßt' eine Lust sein, Dich mit Deinen sanften Empfindungen, mit jener himmlischen Weichheit Deiner Seele wie eine Rasende und Närrische gebärden zu sehen, wie aus Deinem ätherblauen Auge eine Hölle von jauchzenden Dämonen jubelte, wie Du unter den Ergüssen Deines fühlenden Herzens über Tisch und Bänke sprangest und mit lallender Zunge von Deiner Universalentzückung redetest. Die Engelfurie wird aber nüchtern werden, und zornig, daß sie einer zahlreichen Gesellschaft zum Ergötzen gedient hat. Du schwörst ihr blutige Rache, und nun frag' ich Dich, ob das nicht den vortrefflichsten komischen Effect gäbe, wenn aus allen Deinen Machinationen der Jubel jenes lustigen Abends hervorlachte, wenn jede Verlegenheit, in die Deine geschäftige Intrigue die ungefügen Lacher versetzte, sich in die Luft der Erinnerung, in die Du zuletzt einstimmen müßtest, wieder auflöste?

Eine solche Reaction muß einen neuen Don Quixote geben. Deutschland käme mir dann wie ein Mädchen vor, die gern Nonne sein möchte, von der aber das ganz Kloster weiß, daß sie ein Kind an der Brust säugt. Vorwärts!

Schon Viele sind der Sache des Liberalismus untreu geworden. Nicht darum lassen sie die Arme sinken, weil sie schwach und ermattet sind, sondern sie wollen bemerkt haben, daß sie da Streiche in die Luft geführt, wo sie nach den Befehlen der Ordner den dichtesten Scharen hätten begegnen müssen. Sie haben sich selbst auf einem gewissen Indifferentismus ertappt; sie sehen zwar ein, daß die Gegner hier und da im Irrthum befangen sind, erschrecken aber vor dem Gedanken, daß es doch etwas Bestimmtes, ein gewisser Inhalt, ein Interesse ist, was Jene vertheidigen. Auch sie wollen nun mehr sein, als ein Medium, woran sich die im Hintergrunde gähnenden Massen zersetzen. Sie wollen nicht nur zerstören, sondern auch aufbauen, neben dem Schwert auch den Scepter führen.

Von jeher hat es Männer gegeben, die über dem Kampfe der Parteien erst den wahren Mittelpunkt ihres Lebens finden wollten. Sie suchten das Außerordentliche, weil entweder ihre Bildung eigenthümlicher gestaltet war, oder der Drang ihrer Ueberzeugung sie trieb. Sie bedurften der Masse, aber nur des Gegensatzes und der Folie wegen. Der Eine suchte einen tieferen Frieden des Gemüths, den er im Lärm des Marktes nicht finden konnte, der Andere war Egoist aus Eitelkeit oder aus Reflexion. Diese Leute verlangen von der Wahrheit, daß sie auch immer neu, von ihrer Darstellung, daß sie Jedem überraschend scheine. Daher verschmähen sie eine Gemeinde, wo der Schüler vom Meister nur durch den Unterschied des Alters getrennt wird. Wir Deutsche würden mehr Vertheidiger der politischen Freiheit aufweisen können, wenn sie mit unserer Kunst, Wissenschaft und Literatur inniger zusammen hinge. Weil sich die politische Wirksamkeit selbst in den Weg treten würde, wenn sie tiefer eindränge, als in die Durchschnittsintelligenz des Volkes, so sind ihre Begriffe und Terminologien einfach.

Es gibt in Preußen Leute, die sich schämen, das Wort Constitution in den Mund zu nehmen, und es sind sonst die schlechtesten noch nicht! In Frankreich hält die Politik und der Kampf der Parteien alle Richtungen des dichtenden und denkenden Geiste zusammen. Dort sind die Helden des Tages auch Helden des Jahrhunderts. Wir Deutsche, bisher allem öffentlichen Leben entfremdet, haben von den Goldminen der Wissenschaft nie geahnt, daß sie unter dem Boden des Staatslebens sich fortziehen. Unser politisches Streiten ist demokratisch, wir sind aber gewohnt, nie die Feder zu greifen, als im Geiste unserer literarischen Aristokratie. All diese kleinen Momente unseres früheren Lebens, auf die uns eignes und fremdes Urtheil stolz gemacht hat, sollten von großartigen Triebfedern nun ersetzt werden müssen? Die Nothwendigkeit der Politisirung unserer Literatur ist unläugbar. Man gehorcht ihr zwar, aber mit welcher Zögerung! mit welchen fremdartigen Erscheinungen! Sie wird noch die häßlichsten Leidenschaften aufrufen. Die Eitelkeit der Originalität, die schmutzige Begeisterung, die fast anerkannter Ton unsrer Kritik ist, Neid auf literarische Berühmtheit, das Alles steht dem Siege der guten Sache entgegen. Noch werden sich Viele von ihr darum abwenden, weil die wenigen Erkennungs- und Stichwörter des Liberalismus ihrer Phantasie nicht zusagen. An Vieles gewöhnt, finden sie da nur wenig. Sie lesen oft so schwache, unreife Behandlung liberaler Doctrinen, die sich durch Nichts auszeichnen, als durch ihren guten Willen, aber wenn man auch die Tiefe der Begründung, die Form des Geistreichen selbst im Ausdruck schätzen muß, so dürfen sie doch in einer Zeit, wo nur die Massen siegen, sich von ihnen nicht lossagen, ohne eigenen Schaden.

Es gibt noch Andere, die aus andern Gründen dem Liberalismus untreu geworden sind. Sie konnten den Nachwuchs eines neuen Geschlechts nicht ertragen, sie wollten nicht, daß man munterer, dreister dem gemeinschaftlichen Feinde die Spitze bieten könne. Es ist Frankreich ebenso gegangen. Die in der alten französischen Kammer einst die äußerste Linke bildeten, die ausgezeichnetsten Glieder der ehemaligen Opposition sind nur darum in die rechte Mitte des Centrums hinaufgerückt, weil sie nicht ertragen mochten, daß eine Weisheit, die ihnen geborgt war, sich in jugendlichen Gemüthern lebendiger bethätigte. Die Menschen erschrecken nicht so sehr vor dem Was? als vor dem Wie? So sind in Deutschland die ehemaligen Heerführer des Liberalismus die legalsten Organe der Regierung geworden. Früher sprachen sie allein über gewisse Wahrheiten, jetzt thun es ihnen hundert Andere nach. Daher sind es nur Wenige, die sich den rüstigen Ersatzvölkern haben assimilieren können, und zu ihnen gehörst Du nicht, Geliebte, denn ich glaube wirklich, Du zürnst mir, seither ich so, wie Du, empfinde? Aber das hindert mich nicht, Dir wieder in einem sehr wichtigen Punkte beizustimmen. Ich gebe ja nicht nur der Wahrheit, sondern auch Dir gern die Ehre.

Du hast Recht. Wir kämpfen nur um die Wege zum Ziele, kennen aber das Ziel selbst nicht. Der letzte Grund unserer Wünsche ist doch kein bestimmter Zustand, sondern nur die Möglichkeit, sich frei zu bewegen, das Mittel, einst irgend einen Zustand herbeizuführen. Wir wollen die Freiheit haben, künftig das zu sein, was wir sein werden. Dies ist aber auch das Gesetz unserer Zeit. Die Willenskraft muß bis zu dem Letzten im Volke wieder geboren werden. Erst muß ein Jeder das unbeschränkte Gefühl seiner Person gewonnen haben, und dann mag er hintreten, und anfangen, was seines Geistes Gebot, seines Herzens Gelüst sein wird. Das Zeitalter der Revolution deutet auf eine neue Schöpfung. Ihr erstes Werk innerhalb der Menschengeschichte muß der dritte Adam sein, der in der Welt erschienen ist. Wie in Christo die Menschheit in die Einheit gesetzt wurde, so muß sie einst in die Besonderheit gesetzt werden. Wer da weiß, was er sagt, wenn er Ich sagt, ist ein neuer Heiland der Welt. Ob dieser Ausbruch des allgemeinsten Fichtianismus auch jener Augenblick ist, wo Alles, was sonst der Mensch aus der Vergangenheit als geschichtliches Erbe auf seinen Lebenspfad miterhält, rein verschwunden ist, wo alte gesellschaftliche Ordnung, Christenthum, wissenschaftliche Bildung nur wie ferne Erinnerung an die menschliche Seele klingen wird, wo man Nichts mehr findet, als die Sehnsucht nach einer neuen Erfüllung des ausgeleerten Bewußtseins? – vielleicht weiß Dein Scharfsinn mir darüber Auskunft zugeben. Wird man wieder eine Idee brauchen, um damit die Welt zu regieren? werden die Gesetze in todten Buchstaben, oder in den Herzen der Menschen geschrieben sein? Wird es wieder Personen geben, die man für die sichtbaren Träger des Gesetzes hält? Werden überhaupt die kleineren Geister wieder größere zu Vormündern, zu Gesetzesvollstreckern wählen, oder wird man alles Redens und Strafens überhoben sein? Gib mir Antwort, Beste!

Um die Zukunft zu erkennen, sieht man in die Vergangenheit. Ich thue das, find' aber nirgends eine passende Analogie. Die Verhältnisse werden verschieden, daher auch die Bedürfnisse andere sein. Natürlich ist die Zukunft das Werk einer allgemeinen Revolution, sollten also die revolutionairen Zustände unserer oder früherer Zeit nicht einiges Analoge zur Hand geben? Sie lehren freilich das ewige Bedürfniß des Menschen, ein Gesetz, eine Idee, die Alle zusammenhalte, an die Spitze jeder Gemeinschaft zu stellen. So viel Blut ist nur geflossen, weil man wollte, daß es nicht flösse. Nur darum war die Anarchie an der Tagesordnung, weil Alle die Einigkeit wünschten. Aber wie? man wollte ein Gesetz, und doch keinen, der es gäbe. Man liebte die Menschheit, und haßte die Menschen. Darum glaub' ich es nicht, Geliebte, daß einst in Buchstaben wieder geredet wird. Die Liebe wird herrschen. Aber die Liebe steht nicht unter dem Gesetz, sie ist Feindin des Gesetzes, wie Du schon in der Bibel lesen kannst. Viele Dinge werden dann aufhören, besonders die, die jetzt schon keinen Sinn mehr haben. Auch wird es keine Helden und Hofräthe mehr geben, weil man die Dummen von den Klugen nicht mehr unterscheidet. Du verstehst mich doch? Diese haben sich bisher so unterschieden, daß die Klugen an den Dummen zu Rittern, die Dummen an den Klugen immer zu Hofräthen geworden sind. Das nimmt Alles ein Ende. Nur die Liebe nicht, und die Treue nicht.

O liebe mich, und bleibe treu, dem Treuen! –

Neunzehnter Brief

Wenn der Schwätzer Plutarch noch lebte, Theure, so müßt' er die Parallelen unserer Lebensgeschichte ziehen. Aber wenn Du glaubst, wir Beide zusammen machten erst ein vollkommenes Ganze, so irrst Du Dich. Ich fühle mich wohl gern in Deiner warmen Lebenshelle, Du milde Sonne, aber ich will doch lieber durch Dich erklärt, als von Dir ergänzt sein. Wenn Du in die Dunkelheit meines Lebens wie Sonnenlicht fällst, so denk' ich, Finsterniß kann nicht ohne Helle hell werden, aber wer schon wie Du, hell ist, bedarf der Nacht nicht. Ich könnte meinen Werth durch Deine Mischung erhöhen, aber Du verlierst durch die Zuthat meiner Schwäche. Gerade will ich klein sein, um Deine Größe bewundern zu können.

Dies Ansinnen hab' ich aus Bescheidenheit zurückgewiesen. Aber da Du es auch mit vieler Consequenz auf das Ganze und Große der Geschichte bezogen hast, so gesteh' ich offen, daß Du zwar die Kunst, aber nicht die Wahrheit gefördert hast. Du denkst nun, die absolute Vollendung der Weltgeschichte construirt zu haben. Du beschreibst mir Deine allerdings erstaunenswerthe Sammlung von Supplementen zu den vorhandenen theils unvollendeten, theils verfallenen Ueberresten alter Kunst. Alle die Nasen, Hände, Zehen, Füße, die an diesen Statuen fehlen, hast Du nachformen lassen und sie in einem Museum gesammelt als Symbole unserer historischen Zukunft. In so fern Du die Kunst mit der Geschichte in Verbindung gebracht hast, stimm' ich Dir bei; denn allerdings ist die bildende Kunst in früherer Zeit der unmittelbarste Ausdruck des nach Formen ringenden Weltgeistes gewesen. Aber mit der ganzen Fülle nachsichtiger Freundesliebe frag' ich Dich, ob wir nichts Anderes suchen sollen, als was die Vorfahren verloren haben, nichts Anderes verfolgen sollen, als was ihnen entgangen ist? Ist nicht die schwächste Art, in das großartige Spiel der gelösten lebenden und lebenschaffenden Kräfte einzugreifen, jene Reflexion auf die Vergangenheit, wo wir uns ihr gefangen geben, und nur das wollen, was ihr nicht gelungen oder verborgen geblieben ist? Im dreizehnten Jahrhundert wollte man das Revolutionswerk, wie es bei Brutus und Cassius einst stehen geblieben, in Rom unmittelbar fortsetzen. Das war eben so thöricht, als wenn man im neunzehnten die Reformation im Sinne Luthers vollendet. Im funfzehnten Jahrhundert gaben die pedantischen Narren, die man die Wiederhersteller der Wissenschaften zu nennen pflegt, beständig vor, sie kämen eben von den Brüsten des classischen Alterthums und hätten vor einer Viertelstunde mit Cicero gesprochen. Nicht besser haben vor einigen zwanzig Jahren poetische Phantasten solche Töne auf ihren Lauten angeschlagen, als könnten sie stündlich an den Hof des Landgrafen von Thüringen, oder gar an Artus Tafelrunde gerufen werden.

Du ahnst gewiß nicht, daß Du dergleichen durch Dein Beispiel geheiligt hast. Du vergissest außerdem, daß eine einzige Frage den Schlüssel zu Deinem so kostbaren Cabinette verbirgt. Wer hat von irgend einer Zeit ein Schema, das anzeigen könnte, was sie an sich selbst vergessen, was im Gedächtniß der Nachwelt sich von ihr verloren hat? Wenn wir ein altes Bild restauriren, welches ist die Probe, daß wir die erste Fassung vollständig wieder gegeben haben? Wer bürgt Dir dafür, daß Du mit Deinen Armen und Beinen die Welt der Antike, wie sie ursprünglich war, erreicht und ergänzt hast?

Laß uns nie die Bände der Weltgeschichte überspringen, sondern nur so handeln, wie es der gestrige Tag dem heutigen befohlen! Ein Ganzes weist Dir die Geschichte der Menschheit so lange nicht nach, bis sie selbst ihren Lauf vollendet hat. Der Gedanke mag seinen Mittelpunkt und vollkommenen Umkreis in dem ihn denkenden Geiste finden, aber die That wird ewig Torso bleiben. Kann denn eine Blume ewig blühen? Hat nicht die Natur dafür gesorgt, daß jeder Tag eine neue, nur an ihm blühende aufzuweisen hat, gleichsam seinen Blumenheiligen? Wenn wir nun wirklich unser beiderseitiges Dasein zu einem Ganzen zusammenfügen wollten, wie sollen wir wissen, daß wir so dem Ideale der Humanität näher stehen, als wenn von uns Beiden Jeder sich für sich behielte? Ich habe mich in meinem Leben unendlich oft verwandelt, und bin nicht nur dabei stets derselbe geblieben, sondern habe mich auch dem Wesen des göttlichen Geistes näher gefühlt, als wenn ich mir einen unveränderlichen Normalzustand angeschafft hätte. Ich habe oft heute da Ja gesagt, wo ich morgen Nein sagte, und das hat mich unendlich mehr erquickt, als eine entschiedene Meinung. Ich glaube an die Palme als das allein der Menschheit würdige Symbol. Nichts destoweniger steck' ich gern ein Schwert vor mir in die Erde, und bet' es an als meinen König, wie wilde Völker thun. Man spricht da unaufhörlich von der Consequenz. Woher weiß man, daß die Consequenz die Wahrheit ist? sie ist nicht einmal die Ueberzeugung von der Wahrheit. Ueberzeugt kann auch ein Spitzbube sein. Der Teufel kann sich auf die Consequenz seiner Ueberzeugung berufen. Ich habe mich unaufhörlich gehütet, in der Metamorphose meines Lebens ein Gesetz aufkommen zu lassen. Schon darum nicht, weil man in meine Fußstapfen hätte treten können. Ich will die Wahrheit meines Lebens für Niemanden verbindlich machen. Wer sich zuerst meinen Anhänger nennt, wird in mir selbst seinen ersten Gegner finden.

Ich will Dir die drei Hauptverwandlungen meines Lebens vorführen. Urtheile selbst, ob ich meine Hand abhauen muß, weil sie erst eine Oriflamme, dann eine Pritsche und zuletzt ein Schwert führte!

In der Zeit der Reifröcke und Perrücken geboren, trug ich mich doch immer *à l'enfant*, und ging offen in meiner nackten Schönheit. Ein tausendfach gefaltetes Gewand war die Welt in meiner Jugend. Schon früh hatt' ich den Muth, es an seinen Enden zu ergreifen und es faltenlos zu ziehen. Ich glich einer Blume, aber gedörrte, gelbe Blätter machten meine Blüthenkapsel. Ich konnte nicht einmal meine eigne noch verschlossene Herrlichkeit betrachten, nur ahnen. Da brach endlich die lästige morsche Hülle, und die verschämte Gluth meiner entfalteten Pracht durfte sich frei in den flimmernden Wellen des Lichtes baden. Die Vorurtheile meiner Zeitgenossen, die ihnen anerzogene Bildung erfüllten mein Herz, das nur für das Wohl der Menschheit schlug, mit tiefster Wehmuth. Vergebens rief ich in die Salons meine ernsten Warnungen; noch waren sie aber zu schwach, das Geräusch dreist ausgesprochener Lügen zu übertäuben. Darum trat ich an die Wiege des Unmündigen. Aber auch hier mußt' ich erst die geschwätzigen Ammen mit ihren Mährchen und albernen Erfindungen vertreiben, eh' ich die bedrohte Unschuld in die Einsamkeit der abgelegenen Natur retten konnte. Das süße Lallen der Kleinen flößte in die Empfindungen meines Herzens die innigste Wärme. Ich glaubte, in einem Paradiese zu leben, in dem die Schlange der Verführung nicht wäre, aber ich stand nur wie eine Cyane unter reifen, überreifen Aehren. Ich glaubte, wie der göttliche Gesandte von der Höhe Nebo in ein gelobtes Land zu sehen, wo nur Milch und Honig flösse, und es war Blut, das die Schar meines Volkes erwartete. Hab' ich es aber ahnen können, daß ich es war, der die Völker in die Thäler des Schreckens führen half! Daß ich meine Blumen zusammenbrachte, nur um ein Schaffot zu errichten! So wahr man mich damals *Rousseau* nannte, mein Herz wollte nur das Beste!

Ich stieg die Ufer des Genfersees entlang, auf die höchsten Gipfel der Alpen, und machte sie zu meiner Sternwarte. Millionen Sterne tauchten aus der blauen Himmelsdecke, die wie ein Baldachin über die schlummernden Erdbewohner ausgebreitet war. Mein lauschendes Ohr vernahm die Seufzer, die der beängstigten Brust so vieler Dulder entfuhren. Sie rannen zu einer großen Blume zusammen, die ihre Blüthenblätter sehnsüchtig in die Seite des Himmels streckten. Sie flehten nach Linderung der Leiden, nach kühlendem Thau, und fanden Beides in ihren eigenen Thränen. Engel stiegen eine wie Harfentöne klingende Himmelsleiter herab, und flochten einen großen Blumenkranz, den sie rings um die Eiszinken der Alpen wanden. »Heil – sangen sie, und es tönte lieblich wie Flöte und Glockenklang – Heil allen müden Lebenspilgern! wir führen sie an die Quelle der ewigen Genesung! Sie haben ihr Leid verloren, denn über unsere Sänge haben sie es vergessen!« Ich stieg hinab in die Thäler, und die Menschen verehrten mich wie einen Propheten. Wenn sich mein Geist in blitzende, leuchtende Strahlen spaltete, so war ich Regenbogen und Sonne zugleich, Wärme so gut, wie Licht. Gern sah' ich in die Kreise des menschlichen Lebens, auf die sonst der Stempel des Gewöhnlichen gedruckt ist. Aus den tiefsten Schachten einer reinen Gemüthswelt sah' ich reines Gold blinken. Mit dem Zauberstabe meiner sanften Rede führt' ich die Engel, die der irdische Glaube der Menschen an den Hütten der Unschuld und ungezwungenen Sitte unsichtbar gemacht hatte, wieder heim in diese Wohnungen des Friedens. Wie grünende Inseln schwammen meine Gedanken lange unentdeckt auf den Gewässern meiner Zeit. Nur verirrte Schiffer oder ein Unglücklicher, dessen letzte Rettung ein erhaschtes Boot gewesen, fand sie. Dann labt' er sich an dem süßen Quellwasser, das aus meinen dunkeln, heimlichen Grotten floß, an den fröhlichen, muntern Tönen geschwätziger Waldbewohner. Aber oft hat sich in einer Welt voller Flachheit und Entartung die Unschuld mit scharfem Strahl gewaffnet, so hab' auch ich die dunkeln Schatten meiner Zeit mit Feuerlilien vertrieben. Meine Frühlinge keimten meist nur aus Asche, wie aus den Lavaströmen des Vesuvs die *Thränen Christi* keimen. Die Biene war mein Symbol. Schwärmend voller Luft im weiten Raume, den süßesten Staub aus allen Blumenkelchen saugend, aber auch stechend den, der den Heiligthümern, deren Dienst mein Leben geweiht war, nicht mit frommer Scheu nahete. Damals hieß ich *Jean Paul*.

Ist die Welt eine Schöpfung Deines Gedankens, oder hat sie nur Deinem Gedanken Licht, Deinem Gefühle Wärme gegeben? Wenn Du eine Blume an der Quelle eines Stromes in die Fluth warfest, hast Du sie noch da, wo sie ins Weltmeer trieb, duftend und schön gefunden? Wenn die Welt verlangt, daß wir die Herren unserer Einbildung seien, fühlten wir, daß wir ihre Sclaven sind. Wenn einst himmlischer Seelenfriede mein Traum war, jetzt welch ein Erwachen! Die Liebe soll die Zauberformel sein, die uns die Hölle in den Himmel verwandelt. Liebe! Liebe ist die Frucht der Eitelkeit. Hört sie nicht auf, Liebe zu sein, wenn sie Treue wird? Ehe! Sie ist ein Institut des Staates, das Gefühl der Hinfälligkeit, künftigen Schwäche und Verlassenheit ihre Grundlage. Religion! Es gibt einen Gränzstein, wo sie Lüge wird, wo ist er? Auf welcher Station bin ich noch im Gebiete Gottes, auf welcher schon im Gebiet des Teufels? Solche Fragen nannte meine Zeit Zweifel, Doctor Faustthum. Sie beklagte mich, daß ich nur an der Vorhalle zum Tempel des Verständnisses der Welt stehen geblieben sei. Welch thörichter Glaube! Theilweis Haltbares fassen die Menschen zusammen, und lassen sich dadurch in ihren Handlungen bestimmen. Viele halbe Wahrheiten zusammen genommen, geben ihnen zuletzt die vollkommene Wahrheit. Wenn ich an der Vorhalle des Heiligthums, wo meine Zeitgenossen anbeten, schon meine Hand in ein Becken tauchen muß, um mich mit magischem Wasser zu segnen, so wag' ich auch keinen Schritt weiter, bleibe draußen und bete lieber die todten Steinbilder an, die vor dem Eingange Wind und Wetter getrotzt haben. Einst ließ ich mir einen Schädel als Pocal zurichten, und hab' aus ihm die reine ewige Lust des Lebens getrunken. Das nannte man bizarr, und rechnete mich unter jene kleinen Geister, die sich die Welt als Widerstand ihres Willens dichten, um nur unter den Titanen aller Zeiten mitgenannt zu werden. Dann floh' ich meine Heimath. Die schwachen Nerven meiner Zeitgenossen wollten gesehen haben, daß ich von den brennenden Fackeln meiner Reue unstät getrieben würde. Ich hab's wohl tiefer, als man es geahnt hat, selbst gefühlt, daß ich in mir keinen Frieden fand; aber ich sah, daß der Geist dieser Zeit in eben solchem Drange sich selbst verfolgte, was konnte mir größern Trost gewähren? Ich weiß, daß das Buch des Lebens nie mehr enthält, als was wir hineinschreiben, daß der die Zeit verstand, der seinen Geist zu dem ihren machte. Wer jede Stunde benutzt, hat einen Tag genossen, auch Jahrhunderte bestehen nur aus Tagen. Mein junges Leben hab' ich wie in Augenblicke getheilt, und wenn mir jeder dieser Augenblicke einen Freudenbecher an den Mund setzte, so hab' ich ihn getrunken. Verstand ich also nicht mich, nicht meine Zeit? Weil ich aber nie rechte Entzückung empfunden, so starb ich an der ersten, die ich empfand. Ich starb im Morgenroth eines schönen Tages, sah noch die aufgehende Sonne der Freiheit, und ganz Europa erfüllte die traurige Kunde, *Lord Byron* sei zu den Todten gegangen.

Aber noch leb' ich, Geliebte! Ich gleiche dem Gedanken und der Natur, die sich ewig zerstört, um sich ewig wieder zu erzeugen. Die Leidenschaften der Menschen läutern sich immer mehr. Jetzt hoff' ich auf sie, weil sie selbst hoffen.

Diesen Morgen, Unvergeßliche, als noch Finsterniß im Thale lag, die Sterne aber schon immer matter und ferner glommen, ergriff ich den Wanderstab, um meine Lebensreise fortzusetzen. Einen Strom ging ich entlang. Von den morschen Weidenstämmen, die in der dunkeln Fluth ihre zitternden Blätter suchten, hielt sich grünes Wiesengras in bescheidener Ferne. Im Vorübergehen übersah ich keine Blume, schon schmückte der schönste Strauss meinen Hut. Während ich so unter Gesang und Selbstgespräch rüstig weiter schritt, fiel endlich mein Blick auf das jenseitige Ufer des Baches. Es schlich mir etwas Dunkles nach, das ich in der noch tiefen Morgendämmerung nicht zu unterscheiden vermochte. Erst glaubt' ich meinen Schatten zu sehen. Der war mir von jeher der fatalste Gesell. Schon in meiner Jugend machte mich mein Schatten oft schwermüthig; ich wollte gern über ihn wegspringen, und versuchte dies mit den possirlichsten Biegungen und Wendungen. Oft ging ich aufs Feld hinaus, lief eine Weile im Sonnenschein, mich zwingend, an den Schatten nicht zu denken; dann aber sprang ich plötzlich auf, weil ich nämlich so hoffte, den Schatten überrascht zu haben. Heute ging aber der vermeinte Schatten auch dann weiter, wenn ich still stand. Bald erkannt' ich einen Mann, der mich freundlich über den Bach grüßte. Von unsern beiderseitigen Ufern sprachen wir viel von den noch schlummernden Menschen, ihren Träumen, ihrem Alpdrükken, von frischer Morgenluft, von Hahnenschrei. Jetzt ward aber die Gegend immer heller, und endlich verwandelte sie meinen Begleiter in ein Weib. Nun zogen wir auf unser Gespräch andere Saiten. Wir sprachen von Freundschaft und Liebe. Dich, Freundin, gebraucht' ich für alle meine Behauptungen zum Beispiel. Ich schilderte Deine Schönheit, ohne Dir zu schmeicheln, pries die Milde und Zartheit Deines Gefühls, und sprach von der Sehnsucht, die mein Herz nach Dir empfände. Da verhüllte die weibliche Gestalt am jenseitigen Ufer ihr Haupt und weinte. So gingen wir den Strom hinauf und dem Sonnenaufgang entgegen, schweigend und zur Erde blickend. Siehe! da standen wir endlich an der Quelle des Baches, schlugen unsere Augen auf, und lagen uns in den Armen. Aus der Tiefe des Thals leuchteten schon die Strahlen der aufgehenden Sonne herauf, sie küßten uns den Morgenthau von den Wangen. Jetzt hatten wir uns wiedergefunden, und werden uns nie, nie mehr verlieren. Wache und träume Dein Leben in meinen Armen, ich trage den Himmel in Dir! Du Getreue!

Zwanzigster Brief

Es summt mir noch immer im Kopfe. Wie viel Fledermäuse waren wohl gestern Nacht auf dem Schlosse? Die Sterne schienen so hell wie flackernde Kerzen, der Mond glänzte so milchweiß, daß ich's um mich herum noch immer leuchten und blitzen sehe. Auch klang's aus den Schläuchen des Aeolus so träumerisch süß, die Käfer strichen so tactfest mit dem Fidelbogen ihrer haarigen Schuppenfüße auf den summenden Flügeln, und Eule, Primadonna, erntete bei ihrem Debüt als erste Kammersängerin so rauschenden Beifall, daß ich's noch immer musiciren und klatschen höre. Die bunten, bemalten Scheiben wurden lebendig und Türken, Polen, Griechen, Lindwürmer und heilige George schritten abgemessen durch den weiten Saal, der vom Jubel der Fledermäuse, von Denen Du eine, meine Ewige, warst, wiederhallte. Auch Alpenkinder, Tyroler, Barfüßer, Ritter von Blech und Damen, die französisch sprachen, gingen im bunten Gewirr durch einander, und lachten einen zusammengeflickten Lumpenkerl aus, einen Lappenhanswurst, der ich selbst war. Du weißt, ich kann nie fröhlich sein, wenn man es von mir erwartet, und mache meinem Kleide immer selbst die größte Schande. Ein Polizeiofficiant hatte sich an der Thür des Redoutensaales davon überzeugt, daß in meiner Pritsche kein Dolch, kein Stoßdegen, noch sonst eine tödtliche Waffe verborgen sei, aber ich brach mir und meinem Schneider das Wort. Statt wacker unter die tanzenden Paare zu stürmen, hierhin, dorthin lustige Schläge auszutheilen, zweimal, dreimal über mich selbst wegzuspringen, lehnt' ich mich wie ein blinder, enthaarter Simson an einen Säulenpilaster, und sah nach Dir und schwamm in Thränen. Ein weinender Hanswurst!

Ich bin ein Kind meiner Zeit, und trage mein braunes, haariges Muttermal drittehalb Zoll vom Herzen. Statt die Freude zu genießen, zergliedr' ich sie. Ich will sehen, was man nur hören darf, und wie die Kinder Alles zum Munde führen, zieh' ich Alles zu Gemüthe. Die Maskerade war im Schlosse des Fürsten. Seine jüngste Tochter, die aber schon sehr alt sein muß, weil ich Dich schon so lange kenne, hatte die Hand eines werbenden Prinzen angenommen, und weil Heirathen gleich Demaskiren ist, so pflegt in diesem Falle Freiredoute zu sein. Es war ein Lärm entstanden. Pierrot hatte Colombinen küssen wollen, und traf sie mit Harlekin in einem dunkeln Winkel. Beide beriefen sich auf das Versprechen der Kleinen, und alle Drei auf die Maskenfreiheit. Einem Sensenmann wollte die einzige Person, die auf Redouten ohne Maske erscheint, die Polizei, das Recht des Bartes und der Ueberladung mit Emblemen der polnischen Nationalität streitig machen, aber auch dieser berief sich auf die Maskenfreiheit. Ja, selbst der muthwillige Spaß eines kleinen Essenkehrers, der Bäuerinnen und Königinnen die Schleppen nicht nur schwärzte, sondern selbst arge Figuren, Eselsköpfe, Brillen, Hexenkreuze anmalte, mußte durch diese Maskenfreiheit entschuldigt werden. Und ich sah's, wie selig die Uebermüthigen auf ihre Freiheit trotzten, wie nekkend sie die Artikel jener uralten Charte des Herkommens citirten, und unter den Masken Gesichter schnitten, daß ihnen vor Lachen die Augen ausgingen. Zum ersten Male in meinem Leben ward' ich an der Republik irr. Ich kenne den Zauber, den die Neuheit auf die Menschen ausübt, kenne den Reiz des Versteckten, und war für jenen Augenblick davon überzeugt, daß man eine Freiheit, die zuweilen harte Opfer verlangt, verkaufen würde gegen eine Sclaverei, die jährlich zur Carnevalszeit den Leuten viermal erlaubt, sich mit Vergnügen frei zu nennen.

Auch auf die Masken hat sich die Politik der Könige ausgedehnt. Sie sind ursprünglich demokratischer Natur, und verbargen oft den Schmerz, den Unwillen und den Spott, den ein Hof wie der römische und das Treiben der norditaliänischen Aristokraten veranlassen mußte. Der alte Kunstgriff der Schlauheit, den Gegner in ihr Interesse zu ziehen, ließ sich in diesem Falle vortrefflich anwenden. Seitdem haben die Fürsten nicht aufgehört, die geflissentlichste Sorgfalt auf die Maskeraden zu wenden, damit es nicht heiße, der Grundsatz der Gleichheit gelte in den Monarchien nirgends. Und es ist wahr, jede andere Art Belustigung wurde in den Zeiten der französischen Republik zugelassen, die Bälle ermangelten des alten Glanzes nicht, die Theater waren nicht verschlossen, aber die Maskeraden hörten auf. Natürlich; denn für jeden Tag im Kalender war ja damals die Freiheit als Heiliger angesetzt. Aber was kümmert das die Natur der Menschen, die so gern das Außerordentliche dem Gewöhnlichen vorziehen, selbst wenn sie Schlechteres statt Besseres eintauschen!

Ich weiß nicht, bist Du es, die mich heute so monarchisch stimmt? Die Republik versagt jedem Bunde die Existenz, der nicht so groß ist, als sie selbst. Nun ist es aber wieder ein altes Gesetz, daß die Gesellschaft sich gern in Gruppen sondert, abgelegene Oerter sucht, um im Stillen mit den Liebhabereien seines Herzens zu buhlen. Man flüstert sich zu, und auf dem mondscheinglänzenden Rüttli hebt man so gern die drei vermessenen Finger zum Schwure auf. Die Monarchie macht keinem Geheimbunde sein Recht streitig, wenn sie sich von seiner Unschädlichkeit überzeugt hat. Dagegen wurde z.B. die Freimaurei von der Republik untersagt, ein Verbot, das der Menschheit grausam scheinen muß, weil sie weiß, daß in einem Lande vielleicht in der That kein Raum für den salomonischen Tempel, aber doch immer Platz genug für eine Tafel von hundert Gedecken vorhanden sein wird.

Die Brücke, die zur Wahrheit führt, ist oft nur eine Eselsbrücke. Auf diesem Weg kommen vielleicht noch einmal die Freimaurer zu ihr. Ich hätte mich schon längst Dir gegenüber zum wärmsten Vertheidiger dieser modernen Tempelherren aufgeworfen, wenn ich die Menschheit und ihr großes Ideal mit dem rothen Adlerorden, dessen Band fast Jeder in der preußischen Staatsgesellschaft nach oben hin angestellte

Maurer im linken Knopfloche trägt, in rechten Einklang bringen könnte. Ich muß lachen, wenn ich in den Tabernen der Antiquare nach alten Büchern stöbere, und auf die als Manuscript geduckten Lieder der Maurer stoße. Da umschlingen sich Millionen und reichen sich den warmen Bruderkuß, Freude, der schöne Götterfunken, Tochter aus Elysium, senkt sich auf die seligen Zunftgenossen herab, sie jubeln und jauchzen den Brüdern aus fernen Zonen entgegen, und, wenn ihr Tritt schwankend wird, so gilt's den geliebten Antipoden. Die Absicht bleibt schön und wahr. Seitdem keine Peterskirchen und Straßburger Münster mehr gebaut werden, baute man Casinos, Börsen, Admiralitäten. Man begegnet sich im gesellschaftlichen Verkehr, den fremden Zungen ist ihr Fremdartiges genommen, von den Vögeln und Früchten Indiens ist der mythische Farbenstaub gewischt, die Menschen werden stückweise wie die Pferde auf die Maschinen gerechnet, die Arbeit der Hände ist in Dampf aufgegangen, der mathematische Calcül ist der Mittelpunkt, um den sich die Tellerscheibe der Welt mit ihren Bewohnern equilibrirend herumdreht – ach! wir werden vor Steinkohlen und Prosa nichts, gar nichts mehr sein, als Freimaurer. Du erlaubst, Gute, daß ich an dieser Stelle einige Thränen rinnen lasse, denn ich habe sämmtliche Schriften von *Henrik* Steffens gelesen, habe in alle Bäume, die im Thiergarten der Rousseauinsel nahe stehen, die verschlungenen Buchstaben K und R eingeritzt, und dabei Gedichte gemacht *an Sie*! Aber dennoch, würd' es nicht thöricht sein, einen Zustand, den uns die flache, kahle Zukunft schon zurecht fegt, dadurch noch betrübter zu machen, daß man das Schöne in ihm nur durch die Vergleichung der Vergangenheit nicht bemerkt, das Wahre und Nothwendige gar nicht anerkennt? Gewiß, die Maurer sind in ihrer Art auch poetisch ; sie haben so schöne, dunkle Laubengänge, so nette Partien hinter ihren heimlichen Clausen, und ich kenne viele geheime und wirkliche Räthe, die ordentlich schwermüthig sind, wenn sie einmal am Besuch der Loge verhindert werden. Wenn ich nur erst das gesetzliche Alter, einen ehrlichen Nahrungszweig und soviel damit erübrigt habe, daß ich die Rechnungen des Bruder Speisewirths und Armenpflegers honoriren kann, so laß' ich mich in Royal York oder in die große Landesmutterloge zu den drei Weltkugeln einschreiben, und magst Du mir tagelang zu Füßen liegen und nach Deiner Anhänglichkeit an den alten Volksglauben mich vom Bunde mit dem Satan abhalten wollen. Es fehlt den Maurern nichts mehr, als was der Christenheit vor drei Jahrhunderten, ein Reformator. Die Maurer sollen geschworne Feinde der Standesunterschiede sein, aber sie bilden sich ein, damit sei nur der Brudername gemeint und die Freiheit, in vertraulichen Mittheilungen den Titel Wohlgeboren wegzulassen. Sie müssen nach ihren Evangelien die Freiheit lieben, müssen in jedem Staate die Opposition bilden, und die Rechte des Bürgers wahren, weil sie die allgemeinen Menschenrechte verehren. Sie müssen sich für die Cortes todtschlagen lassen, und keine Theorie des Staates höher schätzen, als die eines Jeremias Bentham. Ich habe eine Festrede gelesen, in der dem Könige gedankt wird, daß er es nicht unter seiner Majestät gehalten, das Schurzfell vorzubinden, und an dem Tempel der Humanität bauen zu helfen. Wahrlich, wenn die gesellschaftliche Stellung der Bundesglieder bei ihnen so viel gilt, daß sie ihrer selbst nicht in den stillen Hütten ihres Wirkens vergessen können, so sieht man leicht, bis zu welcher Ferne sie die Gesetzte ihrer Einigung verlassen haben, und es wird nicht mehr auffallend scheinen, wenn sie selbst von einem schon längst eingetretenen Untergang ihrer ursprünglichen Heimlichkeiten reden. Aber ich vergeß' es ja! Verstehen wir nicht schon längst die Kunst, Diener zweier Herren zu sein? Die Freiheit zu lieben, wenn wir dem Aristokratismus Vorschub leisten? Hat die Torheit nicht schon oft den Demokraten den Rath gegeben, sich zur Erreichung ihrer Zwecke bei den Aristokraten einzuschmeicheln? Und sind wir nicht stark und unermüdlich in seiner Befolgung?

Du drohst schon wieder mit dem Zeigefinger, Geliebte! Erschrickst vor den sengenden Blitzen, die jetzt durch mein grollendes Redegeroll zucken wollen, und ahnst, daß meine Worte immer mehr sagen wollen, als sie zu bedeuten scheinen. Ja, Wolken können über die klare Bläue des Himmels ziehen, selbst Fliegen in der Milch sind mir nicht so zuwider, wie Coalitionen fremdartiger Elemente. Jeder freie Geist ist ein geborner Scheidekünstler. Die reine Hand darf sich nicht in die schmutzige legen, sonst geht's wie in dem schlechten Sprichworte, daß eine die andere wäscht. Der Republicaner haucht im Arme eines Royalisten seine Seele aus. Man redet soviel von gesetzlicher Freiheit, aber dies Ding hat nur dann Sinn, wenn sich die Freiheit diese Gesetzlichkeit selbst gegeben hat. In den constitutionellen Staaten Süddeutschlands trifft man aller Orten auf Leute, die von der Regierung ein Privilegium erkauft haben, Demokraten sein zu dürfen, Demagogen, die der Staat schon im Mutterleibe purificirt hat. Die Absicht dieser Männer kann edel und rein sein, aber sie thun selbst Nichts, daß man sie mit jenen Hochgestellten, die ohne zu wissen wie? in den Ruf des Freiheitsliebe gekommen sind, nicht verwechsele. Wir haben nämlich genug besternte und bebänderte Herren, die man für Freunde des Volks ausgibt. Ich pflege bei der Namennennung dieser Personen an jene Ludwig den Vierzehnten vorstellenden Reiterstatuen zu denken, an deren Schwerte, diesem hochverrätherischen, liberticiden Schwerte das entzückte französische Volk in den ersten Jahren der Revolution mächtige Nationalcocarden von Eisenblech anheftete, ein Scherz, der als Scherz zu viel Wahrheit enthält, als Ernst aber mindestens geschmacklos ist. Die Freiheit trägt nie den Kammerherrnschlüssel.

Warum nur die Frauen nicht frei mauren dürfen? Wie geschickt würden Deine Schwestern Kalk und Mörtel herantragen! Wie angenehm würden sie die Freuden des Mahles würzen! Leider hast Du mich einmal vor Jahren versichert, Du Himmlische wollest Dich in keinen andern Bund einlassen, als in einen mit meinem Herzen; zu welchem Zwecke? hab' ich vergessen: wollten wir nicht Beide einen königl. sächsischen Mäßigkeitsverein ausmachen? oder wie war das?

Eines aber darf mir Deine seelenvolle Güte nicht wehren, nach Vollendung des großen Tempels der Weisheit Dich zu vergolden und als die Kuppel oben aufzusetzen. Ach! dann werd' ich gläubig in dem Heiligthume beten, denn ich weiß ja, daß Du den himmlischen Friedensbogen über mich ausbreitest! Lebe wohl! –

Ein und zwanzigster Brief

Dieser Eindruck war unbeschreiblich. Ich hab' ihn wohl gefunden, den Brief, den Deine Liebe und meine Aufwärterin heut Morgen an das Fußende meines Bettes gebunden hatten, ich löste die rothseidenen Bänder, die ihn verschlossen hielten, und las die Ausbrüche Deiner Zuneigung und den unverstellten Ausdruck Deiner Theilnahme für mein Schicksal. Wie mich dieser sanfte Ton der Liebe rührte! Wie ich vor der Tiefe der Empfindungen bewundernd stand, und in den ruhigen Spiegel Deines sanftfluthenden Herzens hinuntersah! Nein, ich bin so hingerissen von diesen unvergleichlichen Zeilen, daß ich nichts Eiligeres thun kann, als Dich mit ihnen bekannt machen. Keine Freude ist wahr, als die wir gemeinsam theilen. Lies, und ich werde jauchzen, wenn es Dir wärmer ums Herz wird. Auf den wallenden Fluthen Deines Busens werd' ich in den Hafen meines Glükkes segeln, und Dir, dem freundlichen Elemente, eine dampfende Hekatombe opfern.

* * * * *

»Nun mag es schon eine halbe Stunde sein, daß meine sehnsuchtsvollen Beine auf Ew. Wohlgeboren endliches Erscheinen warten. Die meisten Paare sind schon ermüdet, es schwärmen die Tänzer mit ihren bis auf den Siedepunkt gekommenen Tänzerinnen schon durch das Dunkel der Seitenzimmer und Laubengänge, und neckend ziehen sie Alle an mir vorüber, die ich ihnen den Arm, ja den vielverlangten Arm abschlug, der zur ersten Ecossaise Ew. Wohlgeboren versprochen war. Was haben wir Weiber von den Versprechungen, die wir den Männern, und sie uns geben! Wer glaubt, dem Treue halten zu müssen, der keine Mittel besitzt, für Treulosigkeit sich zu rächen!

Die Marzurka beginnt, und noch weiß ich immer nicht, an welchen Mann ich meine Grazie bringen soll. Theseus, so holen Sie doch Ihre verlassene Ariadne!

Wie die glücklichen Wirbler im Fluge vorüberrauschen! In einem einzigen Pas liegt ein Kampf aller Charitinnen ausgesprochen, der sich immer zu Gunsten der Schönheit und Anmuth endet. Die ewige Unruhe des Beines, die leichte Hebung des Armes, die gesenkte Lage des Kopfes, aus solchen Exponenten ließe sich nicht die erhabenste Größe bilden? Mit Recht hat man den Tanz eine Musik für Auge genannt; warum wir Beide nur zögern, sie vollstimmig zu machen!

Der endlose Mechanismus unseres Lebens hat die neuern Völker verführt, bei der Vollendung der Künste da inne zu halten, wo man den Uebergang vom Schönen zum Nützlichen nicht entdecken konnte. Man hat sich gewöhnt, den Nutzen nur immer gleich im ersten Resultate einer Bemühung zu finden, für entferntere Beziehungen war unser Auge nie scharfsichtig genug. Die Gewöhnung an eingewurzelte Irrthümer hat aus vielen Dingen ihr Gegentheil gemacht. Die Philosophie ist unter unsern Händen und Büchern eine Wissenschaft geworden, die nur Sätze aufstellt über ihre eigne Nichtigkeit. Die Religion ist in Dinge gesetzt, deren Zusammenhang mit Gott man selten, den Zusammenhang mit dem menschlichen Herzen man nie einsehen wird. Die Wände unserer Kirchen sind mit weißem Kalk übertüncht, und kein Bild in ihnen, als das ein zärtlicher Liebhaber von seiner Schönen vielleicht auf der Brust tragen mag, da hingegen die Tempel der Alten selbst zeugen konnten, wie hoch sie die Kunst als das Opfer schätzten, mit dem man den Göttern dienen müsse.

Die Musik ist freilich längst in ein Recht getreten, auf das sie seit dem ersten Tone, der durch die zitternde Luft flog, so begründete Ansprüche hat. Niemand wagt mehr in die Oper zu gehen, um sich ein Vergnügen zu verschaffen, ja die Welt weiß längst, daß die Bühne der Kanzel gleich kommt, einem Orte, von dem nur Belehrung ausgeht: einen Prediger zu hören, macht ja so selten Vergnügen.

Auch die bildenden Künste haben eine willkommene Stellung gewonnen. Wir haben nicht nur Maler, die in den schattigen Friedenspalmen, die zu den Thronen führen, ihre Staffelei aufrichten, sondern auch Könige, die ihre Throne nicht auf die Herzen der Unterthanen bauen, sondern auf die Ateliers derer, die unter ihnen mit Pinsel und Meißel umzugehen wissen. Die Orchestik aber ist in diesen Begünstigungen sehr zurückgeblieben, wie eine Tänzerin, die auf ihren Tänzer wartet. Nein, es scheint, als hätten sie mich doch wahrlich vergessen!

Ich weiß wohl, daß die erste Sorge eines Finanzministers ein Plus für den Staat und die erste Tänzerin sein muß. Aber wie interessant sich auch die Beine einer Tänzerin mögen anatomiren lassen, so wissen wir doch mit den Fürsten zu gut, daß die Künstlerin außer jenem Gliede noch andere und ein fühlendes Herz hat, und daß sie nur den in ihre Arme schließen wird, der dieses gewonnen. Ich muß gestehen, gegen diese Theilnahme an der Kunst, in der man nur die liebt, die sie betreiben, sträubt sich meine Einsicht und in anderer Rücksicht mein weibliches Zartgefühl.

Wenn wir dem Tanze eine höhere Stufe in unserer Cultur einräumen, so denk' ich nicht an die wilden Völker, von denen wir freilich selten mehr hören, als daß sie schwarz oder braun oder gelb sind, Muscheln in der Nase tragen, sich das Gesicht zu einer blutigen Fleischmosaik schneiden, Menschenfleisch über Alles lieben, und endlich leidenschaftliche Tänzer sind. Das ist es eben: ich will die Begeisterung von der Leidenschaft reinigen und sie zur Besonnenheit zurückführen.

Die Griechen sind in allen Dingen meine Muster; auch über die Würde und Kunst des Tanzes können sie allein Aufschluß geben. Unter sanfter Begleitung einer lydischen Flöte tanzten sie auf dem Theater ihren tragischen Menuettreigen. Sie sprangen nicht; denn wie Jener, der aufgefordert wurde, einen Mann zu hören, der die Töne einer Nachtigall treffend nachahmen könne, erwiderte, er könne ja die Sängerin des Haines selbst hören, so hätt' auch jeder Athener gesagt, Böcke könn' er am Ilissus viele springen sehen. Menschliches wollten die Griechen überall; denn sie wußten, daß wir beständig zum Thiere tendiren und der vollkommene Mensch der göttliche ist. So fanden sie in den abgemessenen Bewegungen nur die Ausdrücke der Liebe und des Hasses, der Verwunderung und des Entsetzens; sie wußten, ob der Tänzer weine, wenn er den Fuß dorthin, ob er lache, wenn er ihn hierher setzte. Selbst die Römer waren, wie in Allem, so auch hierin ernst. Ohne daß Roscius sprach, entlockte er ihnen Thränen, und Roscius war nicht einmal Tänzer. Genug, wir können dem Tanze keine höhere Ausbildung geben, als wenn wir ihn einmal mit der Pantomime verbinden, und um die höchste Gelenkigkeit zu erzielen, außer den Beinen auch den Armen die Knochen, dem Nakken das Genick brechen, sodann aber ihn mit der großen Sache Gottes und der Priester, mit der Religion, verbinden.

Eine Annäherung an diese Vollendung, bei der die Kunst und die Religion nur gewinnen können, findet sich bei den Bekennern des römischen Glaubens. Ich seh' oft in ihren Tempeln eine Feierlichkeit, die der Pantomime vollkommen gleich käme, wenn man nur von einem neuen Concile noch einige Veränderungen in der hergebrachten Form der Procession festsetzen ließe. Statt der hölzernen Christuspuppe sollte sich besser ein lebendiger Gott, dem die scheinbar eingerammten Nägel am Blocke nichts schaden müßten, schicken, ja die Würde der Handlung höbe sich dann auch mehr, wenn die Größe des Schauplatzes sich der natürlichen näherte. Die Chorknaben, Priester und Leviten, die die römischen Kriegsknechte, jüdischen Priester und Leviten vorstellen sollen, würden bei einer größeren Entfernung des geistlichen Publicums mehr bedacht sein, auf ihre Bewegungen zu achten und ihnen jenen Reiz zu geben, den die Verbindung der Kunst und Natur immer nach sich zieht.

Bei uns Protestantischen – ob da nicht der Redner, statt mit den Händen zu declamiren, lieber tanzen könnte? ob sich nicht die Wiedergeburt, das Ausziehen des alten Adams und das Ankleiden des neuen, das Wälzen im Blute Christi, die Ewigkeit der Höllenstrafen durch untrügliche Gesten ebenso darstellen ließen, als würde die fürchterlich fechtende, auf den Rand der Kanzel schlagende Hand von Worten begleitet? Ließe sich nicht das Schlußgebet für das Wohl und die Fülle der königlichen Gesundheit und der blechernen Becken an den Kirchthüren ebenso charakteristisch ausdrükken? Das sind leise Andeutungen, deren Ausführung ich Andern überlasse.

Die südlichen Völker tanzen häufiger als die nördlichen. Unter einer Pinie ist im Campanerthale des Abends bald eine Partie arrangirt, während unsere Bauern immer bis auf den Sonntag und die Ankunft des Stadtpfeifers warten müssen. In Italien findet man die Blüthe des Ballets, die hier so gereift ist, daß der Ausländer gern von Extravaganzen spricht. Eine Reisende sah in Neapel ein Ballet aufführen, das die Geschichte Heinrichs des Vierten vorstellte. Dieser große König hielt es verträglich mit seiner Würde, seine Schritte nach den Touren des Balletmeisters einzurichten, und mit Sully ein Pas de deux zu tanzen. Dieselbe Dame, von der ich diese Notiz entlehne, wie sehr sie den Widerwillen gegen diese Art des historischen Ballets nicht zu unterdrücken vermochte, mußte doch eingestehen, daß ein junger Italiener ihr zur Seite ausrief: »Bei Gott, Heinrich war ein großer Fürst! Wie glücklich mußten die Franzosen sein, einen König zu haben, der ein so großer Tänzer war!«

Ein italienischer Balletmeister war in dem Grade von seiner Kunst ergriffen, daß er jeden Kampf mit der Musik wagen wollte. Lange genug schien ihm das Vorurtheil, daß man Worte und Thaten nur in Musik setzen könne, gegolten zu haben, er wollte beweisen, daß sich Beides mit ebenso gutem, vielleicht noch besserem Erfolge in Tanz setzen lasse. Und es ist wahr, er hat den Livius von seiner Truppe tanzen lassen, und gezeigt, daß man erst dann über den Tod des

Cäsar weinen könne, wenn er mit einem Entrechat vor der Säule des Pompejus niedersinkt.

Du weißt, Freundin, daß ich jedes Ding in seiner Stellung zum Staate betrachte. Es ist das auch ein Despotismus, den wir Freunde der Freiheit ewig üben werden, weil wir nie aufhören dürfen, Menschen zu sein. Die Freiheit ist ein Talent, und als Anlage und ebenso nur angeboren, wie die Sclaverei. Um den Menschen als vollkommen zu erziehen, dient für beide Eigenschaften die Zuchtruthe. Die Sclaverei muß ebenso erlernt werden, wie die Freiheit.

Kann der Tanz im Staate geduldet sein? Ich erinnere mich, Dir gezeigt zu haben, daß der Staat im Tanze sich vortrefflich ausnimmt, daß die Sitten und Gebräuche der Völker von ihrer niedersten Stufe bis zur höchsten staatsrechtlichen Uebereinkunft wegen Rechte und Pflichten durch Nichts anschaulicher gemacht werden, als durch die fünf ersten Stellungen der Füße, gleichsam die Kategorien und Elemente des Tanzens, und die höchste Stufe, die nur ein Fuß im behenden Sprunge erreichen kann. Darf sich also auch der Tanz schmeicheln, zu dankbarer Anerkennung im Staate gern gesehen zu werden? Ich sage mit vollkommner Ueberzeugung: Ja! aus positiven und negativen Gründen.

Wir sind zum Leben im Staate nicht geboren. Es kann Gottes Wille nicht gewesen sein, daß wir Einem oder Mehreren gehorchen, die nicht er selbst sind, daß Männer für die Ordnung sorgen sollen, da die Unordnung an ihnen keinen Theil hat. Wir sollen friedfertig und einträchtig nebeneinander wohnen, und Rechte uns zugestehen, als seien wir Alle Brüder. Staat ist nur Uebergangspunct in einen andern Zustand, und daß dieser glücklich ist, muß aus der Monarchie sich noch die Republik, dann aber erst aus der Republik sich das große Philadelphia bilden. Der wahren Bestimmung des Staats dient also Nichts, als seine Zerstörung: sein zärtlicher Freund wird immer sein geschworner Feind sein müssen. Macht aus dem Erdenrunde einen Staat, und wir werden ihn selbst zerstören, weil wir das Bedürfniß des Bauens haben, und auf das Gebäude des Staates alles Material verthaten.

Freilich ist das Firmament ein Staat, und Gott ein Monarch, der sich die Gesetze und die Bahnen unterordnete, aber die Sterne des Himmels werden einst auf die Erde fallen, und Gott wird sein strahlendes Scepter und die Sonnenkrone von sich werfen, und den Menschen weinend in die Arme fallen, und die zitternden Seelen um Vergebung bitten, daß er sie so lange in seinen allmächtigen Banden gefangen gehalten. Siehe da! warum ich der Taglioni die Tausende gönne, mit denen sie in Hamburg aufs Dampfboot stieg, warum ich mich freue, wenn die Fürsten die Tänzerinnen zu Ehren erheben und sie und ihre Kinder ernähren. Die Pirouetten der Coupé, die Solopartien der Vestris waren die Präludien der Revolution, für die man ihnen Bildsäulen setzen sollte. Hätten die Damen Allart und Guiman nicht Gelegenheit gehabt, für sich einen Hof zu unterhalten, dessen Tafel allein über 100,000 Franken aus dem Einkommen der Prinzen, die zu ihren luftigen, wundervollen Füßen lagen, wegzehrte, so würden jetzt noch alle Höfe, solche Nebenhöfe, so würde die Revolution nicht bewirkt haben, daß auf den meisten Höfen schon nicht mehr zu ernten ist, als zweimal im Jahre Gras.

Ist dieser negative Nutzen der Tanzkunst mit der Monarchie erst untergegangen, hat man sich in der Republik daran gewöhnt, dem Ballet nur eine kalte und gleichgültige Theilnahme zu schenken, so wird in der Zeit, da die Heiligen, da Alle herrschen und Alle gehorchen, doch noch immer der Fuß sich heben, aber nur wenn auf dem Felde eine Schalmei, oder aus dem Walde ein Horn tönt. Ach! für eine solche Partie, Geliebte, bat ich mir das Recht des ersten Tanzes aus. Schon liegt mein leichter Hut bereit, und die seidenen Bänder flattern im Winde. Schon Viele sammeln sich zum Reigen, fröhliche Bursche und Mädchen, sie schenken sich Blumen und wieder Kränze. Hier um diese grüne Linde, auf diesem blumemreichen Rasen wollen die Paare zum Tanze gehen. Daß Du aber nur hier bist, wenn die Flöte beginnt, und ehe die Sonne sinkt! –

Zwei und zwanzigster Brief

Solche Melodien haben die Karthaunen noch nie gespielt. Heut' ist der erste Tag angebrochen, da sich die Deutschen frei nennen dürfen, Ursache genug zur Freude, da dieser ersehnte Tag nicht der jüngste ist. Vor Jahren glaubten wir noch, nur die Todten dürften ohne Ketten durch das Schattenreich wandeln.

Palmen und grüne Zweige auf allen Wegen, bunte Fahnenwimpel flatternd in der Luft, schwellende Segel auf den blauen Strömen und Gesang aus allen Kehlen. Das entzückte Volk strömt durch die Gassen, hier und da vor den gebrochenen Zwing - Uris den Fuß inne haltend und die Steine bewundernd, in denen einst ihre Hoffnungen bei Wasser und Brod siechen mußten. Freunde, die sich nur des Nachts beim Mondenschein auf den stillen Plätzen begegnet waren, weil sie ihren Schmerz nur den plätschernden Brunnen und dem leisen Nocturnus anvertrauen durften, sinken sich in die Arme, von jubelnden Scharen umringt. Väter heben ihre Kinder hoch über die Menge, und lehren sie, welchen Tag sie heut erlebt hätten.

Warum schleichst Du mir so leise nach? Was birgst Du dort in den Falten Deines Gewandes? Diese Bürgerkrone willst zu mir geben? Zerr' mich nicht auf die Rostra, Du ungestümes Weib! Diesen Ort hab' ich nie betreten wollen.

Wär' es nur dies, daß ich in der Versammlung ein kühnes Wort spräche, und zum Troste und Rathe redete, warum nicht? meine Zunge ist ein zweischneidig Schwert, und ich opfre der Freiheit gern. Aber Du willst mehr, willst mich auf einen Schild und die Schultern des Volkes, die mich tragen sollen, heben, willst mich mit einer Krone zieren und zu einem Manne des Volks machen. Dazu fehlt mir Alles.

Die Geschichte ist reich an Beispielen, da Männer Könige waren, ohne das Scepter zu führen, Archonten, ohne daß das Jahr nach ihnen benannt wurde, Consuln ohne Lictoren, die ihnen vorangingen. Ebenso saßen Fürsten auf den Thronen, die die Menge noch öfter in ihren Hütten sah und jeder glückliche Vater als Pathe seines Erstgebornen einlud. Um ein Mann des Volks zu werden, durfte man nur zu ihm herabsteigen, befehlen, indem man zu gehorchen schien, und einen Rock tragen, den man sich leicht von dem Geringsten unter der Menge auch hätte borgen können. Aber so schön es ist, an den Fingern einen Ring zu tragen, den uns das Volk am Tage der Verlobung schenkte, so schnell verlischt sein Glanz, oder er wird täglich größer und weiter, daß er uns zuletzt von den Fingern gleitet. Nimm eine simple Weltgeschichte, und wenn es die simpelste von allen, die von Pölitz ist, zur Hand, und lies über die Helden, die einst Männer des Volkes genannt und überall von einem Triumphwagen gezogen wurden, dem sich das Volk selbst vorspannte. In einer Nacht war der Triumphbogen aufgerichtet, in der nächsten stand er schon nicht mehr.

Wie Perikles ein Mann des Volkes war, so möcht' ich keiner sein. Die Menge liebt' ihn nicht einmal aufrichtig. Diejenigen, die unter dem Volke ein Schiff im Hafen hatten, oder ihre Sclaven in der Fabrik brauchten, oder mit Gewürz und Colonialwaaren handelten, die Aristokratie der Ruhe- und Friedliebenden haßte ihn, weil sich die Beiträge zum Kriege gegen Sparta täglich mehrten, und die Wege ihres Verkehrs verschlossen wurden. Wenn es auch Augenblicke der Noth gab, wie in der Pest, wo Aller Augen auf ihn sahen, so mußt' er sich doch oft selbst auf dem Markte vertheidigen, und es gelang nur dem Zauber seiner Rede, nicht immer seinen Beweisen, daß er sich die verlornen Herzen wieder gewann.

Alexander wurde nur von Soldaten geliebt, und Cäsar möcht' ich nie sein, weil ich gern bei Philippi gegen ihn gefochten hätte, und die Liebe des Volkes verschmähe, wenn ich sie mir mit vertheilter Beute und hundert Sestertien auf jeden Bettler erkaufen kann.

Auch an Karls des Großen Ruhm beim Volke glaub' ich nicht, weil das Volk weder wiederum jene Bettler sind, die an der Thür des Aachener Doms auf seine spendende Hand warteten, noch jene Ritter, die ihn in ihre Tafelrunde einführten. Man verfolge die ganze Reihe der römischen Kaiser, von Augustus bis Franzerl, man wird Keinen finden, dem jedes Herz im *tiers état* offen gestanden hätte, und wenn es hier und da, bei dem es sich der Mühe verlohnte, ihn zu beneiden. Die schwäbischen Bauern zerstörten den Stammsitz der Hohenstauffen, die für sie gekämpft hatten; und wie viele Wegelagerer aufgehängt wurden, die Habsburger sind mir immer zuwider gewesen.

Friedrich der Große wird zwar selbst in Spanien vom Volke auf die Bühne gebracht, und jeder Bauer in Deutschland klebt sein wasserfarbnes Conterfei an die braune Stubenthür, aber wie sehr ich ihn als Doctrinär verehre, und für die demagogischen Gesinnungen, die sich bei ihm überall finden, empfänglich bin, so hör' ich doch immer mit Unwillen, daß man ihn einen Mann des Volkes nennt. Er hat es verkannt. Ich weiß wohl, daß das große Niveau zügellos in seinen Leidenschaften, in Liebe und Haß ist, ja daß es selbst patriotische Absichten falsch auslegt. Karl III. von Spanien, ein Fürst, von dem die Geschichte meldet, daß er ein sehr geschickter Drechsler gewesen ist, wollte sich um Madrid verdient machen, und er konnte nichts Besseres thun, als von den Straßen den berühmten Madrider Koth kehren lassen. Was thaten aber die Einwohner? Sie schrien und beklagten sich, man wolle sie in ihrer Nationalität verletzen. Solche Eigenthümlichkeiten, wie die Liebe zum Schmutz, hat allerdings das Volk, aber ein Feind der Gerechtigkeit ist es nie gewesen. Das läugnete Friedrich; denn er sagte: »Das Volk ist ein aus Widersprüchen zusammengesetztes Ungeheuer, das stürmisch von einem Verbrechen zum andern übergeht, und nach seiner Laune beliebig bald die Tugend, bald das Laster in Schutz nimmt.« Und dennoch soll der große König ein Mann des Volkes bleiben? Für diesen Ausspruch verdient er, daß man ihn an seinem Zopfe heraus zieht aus dem Gedächtniß des

Landmanns und Bürgers, und die Invaliden, die auf dem platten Lande mit Mäusefallen und Anekdoten vom siebenjährigen Kriege hausiren gehen, aus dem Lande jagt.

In neuerer Zeit sind drei Männer zu der Ehre gekommen, Männer des Volkes zu sein, der alte Nettelbeck in Colberg, Napoleon und Lafayette. Den ersten haben die undankbaren Patrioten bald wieder vergessen, und Napoleon, wie sehr er die staunende Bewunderung der Fremden und die entzückte Liebe der Franzosen sich zugewandt hatte, konnte auf die Zukunft doch nur in ein Pantheon großer Männer gestellt werden, die Herzen der Völker mußt' er schon früh räumen. Ich glaube nicht, daß er in Frankreich noch so populär ist, wie es manche alte Militärs wohl wünschen möchten. Auf Lafayette's Ruhm wird Niemand eifersüchtig sein, der Robespierre verehrt und weiß, daß er von ihm sagte, des Herrn Marquis La Fayette ganzes Talent bestände in der Fähigkeit, ein gewisses sanftes Lächeln zu erkünsteln, und daß ihn die Jacobiner den Helden vom weißen Pferde nannten.

So weit wir gegenwärtig in Deutschland gekommen sind, kann man behaupten, daß von Seiten des Volks es eben sowohl an der Begeisterung fehle, die einem Einzelnen allein könnte zugewandt werden, als auch daß Keiner unserer Köpfe die Fähigkeit zu haben scheint, jene für sich zu erregen. Die politische Regsamkeit ist noch nicht bis auf jene Classen gedrungen, die sich durch Nichts, als durch ihre Kleider und selbst durch diese nicht einmal unterscheiden, wo der Vater wie der Sohn, dieser wie sein Schwager, und Jeder wie sein Nachbar denkt. Noch steht die Liebe zur Freiheit auf einer Stufe, wo die Verschiedenartigkeit der Bildung das Recht, auf die kleinlichsten Dinge trotzige Ansprüche machen zu dürfen, behauptet. Die Wege, auf denen wir zur Einsicht in den Lauf der Zeiten gekommen sind, sind bei Wenigen dieselben gewesen. Der Eine las zufällig eine Ode von Klopstock, aber er schlug den Tacitus auf, dem Andern mißfiel es, daß er nicht rauchen dürfe, wo er wolle, einem Dritten bekommt die Königin zu viel Kinder, nur Wenige sind, die die Tyrannen hassen und die Steuern nicht lieben.

Es ist wünschenswerth, daß es vor dem Anbruch der Revolution zu großen Versammlungen komme, in denen sich die Bedürfnisse auch in der Art, wie sie sich am Verständlichsten gegen Jeden aussprechen lassen, zu erkennen geben müßten, worüber in einem Weinhause oder in den Spalten eines Zeitblatts immer nur sehr unvollkommen geurtheilt werden kann. Das Talent der populären Rede, das in einer Ständeversammlung oder selbst in einem patriotischen Vereine nie rechte Nahrung finden kann, bildet sich unter dem freien Himmel, in einem Thale, dessen Terrassen rings von Tausenden besetzt sind, allein sicher und fest aus. Man lernt dadurch eben so sehr die allgemeine Stimmung des Augenblicks zu der seinen machen, als sie benutzen, um die nöthigen Zwecke zu erreichen.

Ich höre, daß in Deutschland hier und da ähnliche Versammlungen zusammengetreten sind, daß sich aber selbst hier die den Deutschen angeborne Aristokratie, und wenn es zuletzt nur die des Magens sein sollte, nicht verläugnen konnte. Es soll Volksredner geben, die mit Weib und Kind im Lande herumziehen, und in den Orten, wo sie nach solchen Festen zurückkehren, die Stimmung des Volks und die gute Zubereitung der Speisen, die sie angetroffen, nicht genug loben können. Außerdem klagen die Gemäßigten über die ungewöhnlich kühne Sprache, denen manche Redner dem Volke und den Fürsten gegenüber sich bei solchen Gelegenheiten bedienen, als wenn man eine Ausflucht von 15 Stunden machen würde, um sich sagen zu lassen, die Mäßigung sei in allen Dingen gut! Die Adressen, die Pocale, die Versammlungen sind offenbar vortreffliche Mittel, seine Wünsche und Neigungen an den hellsten Tag zu legen, nur seh' ich es schon kommen, daß selbst in diesen Aeußerungen die Deutschen anfangen werden, sich gegenseitig an Gesetzmäßigkeit übertreffen zu wollen, daß sie in der Mäßigung sich unter einander den Rang ablaufen werden. Den Volksversammlungen stürmischer Art gegenüber wird man gemäßigte veranstalten, ich weiß nicht, um den Patrioten der gesetzmäßigen Freiheit eine Komödie zu geben oder die Fürsten zu trösten, daß man nicht mehr von ihnen wolle, als was sie zu geben versprochen hätten. Mit dergleichen muß man aber aufhören, selbst wenn man behauptet, diese scheinbare Enthaltsamkeit gehöre zur Taktik der Opposition. Die Phantome von Oppositionen, die sich in Deutschlands Duodezstaaten bilden, als gält' es dem Englischen Ministerium, führen zu Ergötzlichkeiten, deren Ende nur das Klagelied der wahren Freunde des Vaterlandes sein kann. Es gibt eine Fabel von Fliegen, die sich in die Wunden eines Fuchses festsaugen. Die Fliegen können sich allerdings rühmen, daß sie dem Fuchse in einer wunden Stelle sitzen, aber der Schlaue hält geduldig still, weil ihm diese alten Fliegen nichts schaden, wenn er sie aber abschüttelte, neue kommen würden, die ihm ärger zusetzen dürften. Das könnte in Deutschland die Opposition und die Regierung werden, so daß jene ihren Ruhm, diese ihre Macht behielte, wenn nicht anders gesorgt wäre.

Die Gemäßigten und die Stürmischen unterscheiden sich vielleicht blos durch ihr Temperament: ihre Gesinnungen bleiben dieselben. Das wäre herrlich; denn sie werden sich vereinigen, wenn man ihre Gesinnungen in die Acht erklärt. Für diese Aussicht läßt sich das Schönste vom Bundestag erwarten. Wir bedürfen einiger Gewaltstreiche, die den Unterschied der Parteien aufhöbe und die gute Sache wieder allgemein machte, und in Deutschland ist es Niemanden so unter die Hand gegeben,– –
– – – – – – – – – Hoffen wir also auf Frankfurt!

Du ziehst mich noch immer am Rocke, Freundin? Willst Du in der That, ich soll hinaufsteigen auf die Rednerbühne und die versammelte Menge haranguiren? Wohlan, ich gehorche Dir! Drücke mir noch einmal die Hand! Sorge für meine Frau und Kinder, wenn man mich in Preußen für diese Rede hängt!

Vergiß nicht, im Falle des Steckenbleibens mir diese aufgeschlagene Seite des Moniteur von 1793 hinaufzureichen!

Lebe wohl, dort auf dem Balcone sehen wir uns wieder.

Drei und zwanzigster Brief

Es war um die siebente Stunde, als ich Dein leises Klagen vernahm.

Ich war hinausgetreten in den blauen, duftigen Raum; die Hollunderhecken trennten sich in weite Gänge, um mich in ihre kühlen Schatten aufzunehmen; die frisch entknospeten Rosen nickten mir einen freundlichen guten Morgen; Bienen und Käfer summten heran, und küßten mir die Hand. Die ganze Natur schien in der Weinlaube mit mir Kaffee trinken zu wollen.

Aber, ich weiß nicht, die Lüfte wehten doch nicht, und die Käfer schwärmten nicht mehr, auch lag der silberfluthende See zu fern, als daß seine schäumende Brandung sich an meinem Ohre hätte brechen können, aber es hörte nicht auf, um mich zu flüstern, dann stärker zu rufen, bald wieder leiser, wie eine Harmonica, dann war's wie Sturmwind; und doch rauschte kein Blatt, keine Blume fiel.

Ach! daß ich Deiner Rede wohlbekannten Ton vergessen, daß ich die Freundin nicht erkannte, wie sie oft schon so aus der Ferne zu mir sprach!

Diese leisen Accorde waren die Vocale Deiner Aeolssprache, dieser schwellende Orgelton die bindenden Consonanten, die Du immer so weich und sanft, so lispelnd und westphälisch auszusprechen wußtest.

Und ich verstand Deiner süßen Klage bangen Sinn.

Vor vielen tausend Jahren solltest Du die Feuerprobe der Zeit überstehen, so war es des Schicksals und des Vesuves Wille. Glühende Lava, feurige Steine und lodernde Schwefelkränze begruben Dich einst in Herculanums Mauern. Die Feuermassen flossen damals in einander, und tauchten Alles, was nicht höher stand als die Bogenspitze Apolls auf der

Kuppel seines Tempels, in ihren brennenden Pfuhl unter. So eben saßest Du noch an der Brüstung Deines Fensters, in Gedanken und Briefe an mich versunken; kaum röthete sich der ferne Spiegel des Meeres von den Zornesflammen Vulcans, da warst Du schon weggerissen von dem allgemeinen Strom, und standest eingegossen wie in einer ehernen Form.

Aber Du hast Alles, selbst das Feuer und die Zeit überwunden. Ich hatte Dich längst aufgegeben; nun aber weiß ich, daß Du noch lebst und auf den Augenblick harrst, da Dein treuester Gefährte Dich aus dem calcinirten Gestein herausmeißeln wird.

Da steh' ich nun mit Hammer und Brecheisen. Weit vor mir liegt das öde Feld einer Zerstörung, um die Jahrhunderte sich mit grauenvollem Schweigen gelagert haben. Der Vogel flieht über dieses weite Lavagebirg hinweg zu jenem grünen Kranze von Olivenbäumen und dem hohen Weingeländer, das sich wie ein krauser Haarwall um den nackten Scheitel der Tonsur gelegt hat. Die Kuppeln der Tempel blicken zur Hälfte aus den Schachten hervor, die die Wißbegierde der Dilettanten in diesen Felsengesteinen gebrochen hat. Hier und da der Kopf eine Statue, der Spieß eines Kriegers oder die Spitze seines Helmbusches.

Du warst immer eine Freundin der Kunst, und wohntest daher gewiß dem Theater in der Nähe. Ich kenne Deine Vorliebe für die schaukelnde Bewegung eines Kahns, also wird die Richtung Deines Zimmers dem Meere zugewandt gewesen sein. Du warst ein Muster der Sittsamkeit, und wirst, um die begehrlichen Blicke der herculanischen Elegants zu vermeiden, weit in den hintern Gemächern Deines Sitzes Dich befunden haben. Auch mußte die Landstraße fern von Dir gelegen sein, damit Dich das römische nach Bajä reisende Badepublicum nicht gleich am Thore, wo noch heute in unsern gegenwärtigen Städten die Unschuld nicht zu Hause ist, zu Augen bekam.

Medius fidius! (Ein römischer Schwur, der wohl schwer zu übersetzen, aber nicht unerklärlich ist.) Da bewegte sich der Erdboden! Ich höre die vertraute Stimme meiner Freundin! –

Nur einen Augenblick noch, Du steinenes Räthsel, ich will dich mit Pulver lösen!

Ach! Ich sehe Dein liebes Haupt, Deine blonden Locken sind noch so geringelt, wie zuvor. Du schlägst das Auge auf, mein tausendjähriger Engel?

Daß nur mein Meißel die Spitze Deiner griechischen Nase nicht verletzt!

Du athmest mit lebendigem Hauche. Von Deinen Lippen löst sich das steinene Siegel. Der Busen wallt unter dem warmen Schlage Deines Herzens.

O seliges Entzücken! Du breitest Deine Arme aus, entwindest Deinen schlanken Götterleib diesem marmornen Kleide. O weine nur, Du mehr als Sechswöchnerin, Du hast Dich ja selbst aus Deinem Schooße geboren.

Hörst Du, wie Vulcan drüben grollt und donnert, daß ich seine Venus aus einer Masche dieses großen Steinnetzes herausgelassen habe? daß das Göttergesindel dort unten, das kleine Gezwerg nicht mehr Stoff zum Lachen hat, wenn es vom Mahle berauscht aufsteht und hinausgeht, um sich an dem Anblick, wie Du in den Armen des kalten, gepanzerten Kriegsgottes erfrierst, zu weiden? Jene doppelte Flammensäule soll Dir und mir gelten. Wie er die Kugeln aus seinem krachenden Mörser auf uns zu zielen weiß! In seinem grauen Aschenblute will er uns ersticken; aber wir fürchten nichts; denn wir haben ein gut Gewissen, geben den Armen, was wir erübrigen, lieben Gott und den König – was kann uns die Hölle?

An der Thür jenes Theaters, das Dein staunender Blick wiedererkennt, standen wir oft vor Sonnenuntergang, und überließen unsere Körper aus Liebe zur Kunst den Stößen des harrenden Publicums, bis es mir gelang, zwei Parquetbillets zu erdrängen. Noch siehst Du jene steinenen Stufen, von denen wir auf die Spiele der Histrionen und Mimen lauschten, noch ist es als rauschten die Geigen durch die melodienreiche Luft, als ginge der Sorbettier mit Gefrornem durch die Logenreihen. Ach! die Herzen fühlen sich noch wehmühtig ergriffen von dem rhythmischen Fall der Declamation und den Empfindungen der Liebe, der Leidenschaft, des Hasses, der Begeisterung, des Schmerzes, den sie ausdrücken. Noch seh' ich Elektren in der Urne die Asche des Bruders tragen, noch den blinden Greis von Theben an dem stützenden Arme der Tochter wanken. Der Vorhang rollt auf, und Prometheus schmerzenvolle Klage stöhnt durch die hilflose Luft, die Danaiden tauchen aus den Gewässern mit fluthendem Haare, und der greise Meergott weissagt dem Unglücklichen seines Schicksals glücklichere Wendung und den Untergang der alten Götter des Neides. Klage nicht, Menschheit, daß dir die Götter mit ihrem Ebenbilde auch die Fesseln der Sclaverei gaben; in deines himmlischen Feuers allgewaltiger Flamme wird sich der goldne Thron dieser alten Despotie verzehren!

Wir wandern querfeldein nach Pompeji, dem Filiale Deiner Heimathstadt, dem die Auferstehung leichter geworden ist, weil es nur in Asche und nicht in Stein begraben war.

O, siehe dort das dunkle Gestrüpp von Myrtensträuchen, die sich zum wohlbekannten Landhause des Aorius Diomedes hinaufziehen! Ob man diese auch jetzt erst ausgegraben hat? Du weißt, wir sprachen einst so oft von ihnen, als von unserer Liebe.

Aorius war ein Freund der Wissenschaften, und darum aus seinem Sclavenstande frei gelassen, von uns geliebt und oft besucht. Aus diesem Brunnen im Vorhofe zogst Du oft den Eimer herauf, und erquicktest den Freund, der Dich hier am Sichersten traf. Dann traten wir in die Büchersäle unseres Gastfreundes, die er Jedem mit ausgezeichneter Liberalität zugänglich machte. Er zeigt uns die neuesten Erscheinungen in der Literatur, die Werke von Schiller, Göthe, die gesammelten Novellen von Wilibald Alexis, aber alle nur im Manuscript, weil damals die Buchdruckerkunst noch nicht erfunden war. Dann begleitete er uns auf einen terrassenförmigen Hügel in seinem Viridarium, wo wir Männer in einer Muschelgrotte Tabak rauchten, während Du uns den Kaffee einschenktest, aber dazumal noch ohne Zucker, weil dieser gleichfalls in neuerer Zeit erst erfunden worden ist. Wir sahen dann hinüber nach der fernen Fläche des Meeres, oder dem rauchenden Vesuv, von dem wir es nie erwartet hatten, daß er das bekannte königlich oder vielmehr prinzmitregentlich sächsische Sprichwort: Vertrauen erweckt wieder Vertrauen! so wenig beachten, und die Hoffnung, die die ruhigen Ansiedler auf seinen Fuß setzten, von Seiten des Kraters so sehr täuschen würde, oder endlich schweiften unsere Blicke nach der Stadt hinüber, die wir einst oft und immer mit so vielem Vergnügen betraten.

Die Kirchhöfe sind auch noch jetzt die Vorstädte unserer modernen Niederlassungen; Du weißt, daß wir unsern Eingang in Pompeji durch die Gräberstraße nehmen müssen.

Welche Todtenstille und wie lebendig scheint doch Alles! Ich denke, aus jener Taberne muß ein Mann treten, der sich so eben den Bart hat scheeren lassen. Ich höre, wie der geschwätzige Bartkratzer die neuesten Zeitungsnachrichten seinen Kunden nicht ohne Urtheil mittheilte.

In diesem Hause hier hab' ich mich oft gebadet und mit köstlichen Salben meinem Körper jenen eigenthümlichen Glanz gegeben, der immer so sehr Deinen Beifall fand. Der Bademeister war jener Rufus, den der Gott in Pästum einst einmal den Engel der Unschuld genannt hat, weil er nicht wie andere seines Gewerbes außer den Röhren, die in die Badewanne kaltes und warmes Wasser leiteten, noch eine dritte unterhielt, durch die junge Nymphen der Donau oder der Spree herzuströmten oder wohl gar Knaben von der Art, wie sie Graf Platen in seinen Gedichten besungen hat und Johannes von Müller sie liebte.

Ich höre noch immer in den Säulengängen, wo sich die Pompejaner in den langen Badehemden ergingen und transspirirten, den kleinen Lullus, dieses Poetengenie, das von hinten dem Aesop, von vorn dem Thersites glich, seine Priapea vorlesen, oder den liederlichen Milivius, der ohne Hut und Hosen bei Tage auf dem Markte lag oder in den Straßen umherrannte, und des Nachts draußen auf den Gräbern schlief, seine Spottgedichte auf den Kaiser und Senat krächzen, die ihn zuletzt in die Lautumien von Syrakus brachten, wo er unter dem Ruf: es lebe die Freiheit! sich von einem Felsen gestürzt haben soll, oder den wohlriechenden und wohlredenden Philosophen Capito, der auf die Toilette seines mächtigen Bartes täglich eine Stunde zubrachte, wie er pathetisch von der Unerschütterlichkeit der philosophischen Ruhe und der Göttlichkeit des Bestehenden declamirte und den Satz erklärte, daß alles Wirkliche auch vernünftig ist.

Ich habe dies Philosophenvolk nie leiden mögen, weil sie mehr Schuld an dem damaligen politischen Elende, das mit der Philosophie immer noch fortdauert, trugen, als die Schlechtigkeit der Kaiser selbst. Die Keime der edelsten Anlagen wurden durch den Pesthauch früher Schmeichelei erstickt. Die Auszeichnung des Mannes, die Würde des Regenten wurden in die thörichtsten Dinge gesetzt, so daß es kein Wunder nahm; wenn gerade die wohlerzogensten Kaiser eine tyrannische Herrschaft führten. Man kann nicht begreifen, wie Nero ein solches Ungeheuer werden konnte, da er doch die herrlichste Erziehung unter der Leitung eines Seneca genoß? Aber man vergißt, daß Seneca nächst seinem Schüler der eitelste Geck seiner Zeit war, der seinen Zögling glauben machte, durch wohlgestellte Redeformen, durch die Affectation moralischer Grundsätze lasse sich das Ruder des Staates am Weisesten lenken. Man lese Tacitus, und achte auf dies bittre Lächeln der Ironie, wenn er von dem gepriesenen Declamator und Stoiker Seneca spricht! Die Staatsphilosophen haben sich nie verläugnet.

Statuen, Münzen, Gemälde haben die Conservatoren nach Neapel und von dort die archäologischen Agenten nach allen Gegenden der Welt von hier weggeführt, die Todtenschädel will Niemand.

Diese hohe Gestalt da mit der zerbrochenen Rippe ist vielleicht mein Bruder, den die wüthenden Rabbiner bei der Zerstörung Jerusalems so gezeichnet haben. Er eilte in seine Heimath und kam durch Pompeji, um uns drüben in Herculanum zu begrüßen: da hat ihn der Vesuv vielleicht hier überrascht. Dort liegt das Skelett eines Kindes, das sich vor dem geharnischten Manne fürchtete und dem Eilenden aus dem Wege floh. Ein weibliches Geripp wendet den Kopf nach ihm um; denn er war schön und männlich, und hatte blaue Augen, wie sein gegenwärtig noch lebender Bruder.

O komm, Du geliebtes Bild, laß diesen Ort der Zerstörung und wehmüthiger Erinnerung! Eilen wir hinauf auf die flammende Höhe!

Hier windet sich der Weg durch lachende Weingärten, wir sehen noch einmal den fernen Golf, das grüne Ufer von Sorrent, die weite Ebene der Campagna Felice, und blicken nun hinauf auf den rauchenden Aschenkegel, dem wir durch schwarzes, furchtbares Lavageröll uns nähern.

Schon hör' ich unter mir das ferne, dumpfe Rollen der empörten Eingeweide des Berges, blaue Flammen zucken unter meinem Fußtritt, in eine Schwefelwolke bin ich eingehüllt, daß mir der Athem vergeht.

Jetzt steh' ich am Rande des Kraters, blicke noch einmal zurück in die Ferne, und dann hinunter in die grauenvolle Tiefe –

Mein Gott! ich habe in einer Psychologie gelesen, daß man vor Schwindel verrückt werden kann. Beharrst Du aber auf Deinem Vorsatz, daß ich das Gefährlichste unternehme, so schreibe mir mit nächster Post Deinen unwideruflichen Entschluß.

So lange harr' ich. Sagst Du *Nein!* so kehr' ich da zurück, wo ich heraufgekommen bin.

Sagst Du *Ja*! so setz' ich über den Krater weg, und geh' auf des andern Seite ins Thal zurück.

Du Wütherich dachtest wohl, ich sollte mich hineinstürzen?

Ja, daß ich doch ein Narr wäre!

Vier und zwanzigster Brief

Du hast mich falsch verstanden, Gute.

Nicht die großen Talente werden einst aufhören, sondern nur ihre Pläne. Die Unternehmungen des Genies, die Absichten des großen Geistes, waren immer nur Entwürdigungen der Menschheit, da diese von jener als Maschine gebraucht wurde. Nur Wenige haben die Völker beglückt, ohne dabei ihren Ruhm zu bedenken. Die großen Männer waren selten Freunde des Volkes.

Ich ehre Deine Absicht, denn sie ist so uneigennützig; aber den Lohn Deiner Bemühungen wirst Du verfehlen.

Du wohnst den Uebungen des Militairs bei, forschest in den Gesichtern nach gewissen Ausdrücken, nach einer trotzigen Miene, einer Erhabenheit des Auftretens, nach einer gewandten Bewegung, nach der Farbe des Haars, der Form des Kinns, der Sprache der Augen, und so willst Du jene Helden finden, an denen die Gegenwart freilich arm ist, von denen ich aber behaupte, daß wir ihrer nicht bedürfen.

Du mischst Dich unter die Spaziergänger vorm Thor, beobachtest einzelne Gestalten, die aus dem Gewühl heraustreten, und bist schon oft einem Bettler zu Füßen gefallen, weil Du ihn einer Krone, und seine Begleiterin eines Diadems für würdig hieltest.

Ich bin Dir zuweilen nachgeschlichen, wenn Du Dich von dem offenen Luftwege entferntest, in die Seitenalleen tratest, um die einsamen Spielplätze der Jugend aufzusuchen. Ich seh' es dann, daß Du Gebacknes unter die Fröhlichen austheilst, aber wohl auf die bedacht warest, die sich mißtrauisch von Dir wandten und die Leckerbissen Deiner spendenden Hand verschmähten. Solchen Knaben liefest Du dann nach, lasest in ihren Augen, suchtest die Falten der Stirn zu zählen, verglichst das Profil der Nase gegen den Vorstand des Mundes und die Rundungen des Kinnes, und wie oft hört' ich Dich entzückt ausrufen, Du habest einen großen Feldherrn, einen geschickten Staatsmann, ein philosophisches Genie, ein dichterisches Talent, einen scharfsichtigen Mathematiker entdeckt!

Für solche Opfer Deiner Liebe und Begeisterung kannst Du nicht einmal den Dank Deines wärmsten Freundes ernten, Du Arme!

Ich will nicht unbillig sein. Ich weiß, daß in dem stillen Niveau der Masse Tausende sich befinden, die die Plätze der gegenwärtig Berufenen und Verordneten am Ruder des Staates oder im Rathe des Feldherrn oder an der Spitze einer Colonne besser ausfüllen möchten, als diese. Man erschrickt, wenn man dies geistige Capital bedenkt, das in den untersten Classen angelegt ist, diese dynamische Kraft, die durch die Energie eines äußern Umstandes plötzlich zu den herrlichsten Wirkungen könnte geweckt werden. In dem unscheinbarsten Kreise, der sich auf einer Landstraße oder in einem Wirtshause zusammenfindet, werden alle Fähigkeiten des Geistes, Witz, Scharfsinn, Beobachtungsgabe, wie leichte Federbälle einander zugeworfen; man sieht, es fehlte nur eine angemessene Stellung, ein würdiger Gegenstand, und der Geist hätte hier von sich ein erhabenes Zeugnis gegeben. Es ist mir oft, als hört' ich im Innern der Masse ein heimliches Rollen und Schnurren, als wenn alle Räder und Wellen eines Uhrwerks losgelassen wären, und ich erstaune vor meiner Umgebung, daß sie mir Gesetze vorschreiben könnte, wenn sie nur wüßte, daß ich ihr gehorchen, oder daß ihr die Kraft nicht fehlen würde, mich dazu zu zwingen.

Daß dem nicht so ist, muß wohl eine weise Anordnung sein, die uns zugleich aber auch bestimmen kann, das Heil der Welt von keinem Einzelnen zu erwarten! Nicht durch die Riesenpläne eines Eroberers oder die Träume eines Staatsweisen wird die Welt regiert, sondern durch die zufällige Begegnung verschiedener Entwürfe,. durch die Macht der kleinen Umstände.

Die Züge Alexanders sind vielleicht der Menschheit zu einem Segen gewesen, wenigstens behaupten es die Philologen, weil man in Alexandria seither anfing, die Alten zu tractiren; aber wahrlich, nicht zu dem, den der junge Eroberer beabsichtigte. Brachten Cäsars Legionen auf ihren Triumphzügen jene Güter heim, nach denen sich das römische Volk sehnte? Ist Napoleon darum groß, weil er das Wohl der Völker wollte, oder weil er so außerordentliche Fähigkeiten entwickelte, um es zu zerstören?

Das große Gebiet der Geschichte ist nur ein falscher Schein der wahren Fortschritte der Gesellschaft. Stellen die Historiker nicht immer das Krampfhafteste in den Bewegungen der Völker als die Gränzpunkte der Perioden hin? Gleichen sie nicht Kindern, die sich im Theater an dem Lärm der blechernen Gefechte, an brennenden Lagern, an feierlichen Umzügen immerhin mehr ergötzen mögen, als an der meisterhaften Schürzung des Knotens, der geschickten Wendung der himmlischen Intrigue, die man im Trauerspiel Schicksal nennt, an dem zermalmenden Schmerz des vierten Acts und der versöhnenden Schlußscene des fünften? Unsere Historie spielt immer nur im Vordergrund, da doch die Vollendung des großen Planes der Menschenerziehung in jener Mittelgegend zwischen der gährenden Masse und den lenkenden großen Geistern liegt. Hier, wo nicht die Drohungen der Tyrannen, nicht die Einflüsterungen eitler Gecken, die sich zu Rathgebern der Fürsten hinaufgeschlichen haben, entscheiden, wo andrerseits der Ungestüm der wilden Menge keine Schreckengesetze vorschreibt, entwickeln sich jene bleibenden Folgen, die dem Leben sein Glück und seine Würde geben.

Auch im Gebiete der Wissenschaften haben sich die kleinen Umstände erfolgreich bewiesen. Columbus sah am Ufer des Meeres die Gewächse fremder Zonen herantreiben, ein Menschenleib von wunderlichen Farben bestimmte ihn, ein Land zu entdecken, das in der Geschichte jetzt schon die glänzendste Rolle spielt. Galiläi mochte in der Kirche zu Pisa sehr zerstreut gewesen sein, als sein Blick auf eine in der Luft schwebende Ampel fiel, die ihm Veranlassung gab, die berühmten Gesetze der Pendelschwingungen in Anregung zu bringen. Newton mochte unter seinem Apfelbaume eben gedacht haben, er wäre durch seinen heutigen Fleiß der Unsterblichkeit mit vollen Segeln näher gekommen, als ein Apfel vom Baume herabfiel und er anfing über den Einfluß, der Schwere und der Höhe auf die Beschleunigung des Falles nachzudenken, Untersuchungen, die zu seinen größten Verdiensten gehören.

Ich weiß wohl, daß mir tausend Aepfel auf die Nase fallen könnten, ehe ich anfinge, darüber Berechnungen anzustellen, daß ich stundenlang den Seifenblasen meiner Kinder zusehen möchte, ohne daß mir dabei gewisse Gesetze von der Brechung der Lichtstrahlen einfielen; aber was war dem Galiläi und Newton ihr Genie, wenn die Wünschelrute des Zufalls es nicht auf einen silberhaltigen Gang geführt hätte?

Ebenso in der Geschichte. Der Tyrann Hipparch hätte seinen Nachkommen vielleicht auf Jahrhunderte den Besitz Athens und von hier aus des ganzen Griechenlands gesichert, wenn er nicht in einen nackten Jüngling entbrannt gewesen wäre, ihn zu seiner Lust gezwungen und die Rache des Liebhabers des schönen Harmodius auf sich gezogen hätte. So wurde eine Tyrannei vertrieben, die die schlauen Kunstgriffe der Despotie, die sehr oft in dem Scheine eines milden Regimentes und der übertriebenen Förderung der Kunst und Wissenschaft bestehen, schon vortrefflich zu üben wußte. Die Gänse des Capitols sind bekannt.

Der neapolitanische Aufstand unter Mas Aniello kam von einem Fruchtkorbe her, der auf dem Markte in Neapel versteuert werden sollte.

Die Fortschritte der deutschen Reformation würden nie allgemein geworden sein, hätte sich das persönliche Interesse der Fürsten nicht eingemischt. Dem Calvinismus half nur ein Gassenhauer auf, dessen Refrain hieß: o Mönche, Mönche, ihr müßt freien! Die englische Kirche sagte sich in jener Nacht von Rom los, als Heinrich VIII. zum ersten Male in den Armen der schönen Anna Boleyn schlief.

Und was wär' aus der französischen Revolution geworden, hätte ein berüchtigtes Halsband nicht dem Königthume die Kehle zugeschnürt?

Noch eine kurze Zeit und die Oeffentlichkeit hat alle weit angelegten Pläne zerstört. Weder verzweigte Verbindungen einzelner Stände oder Individuen, noch die Verschwörungen der Fürsten gegen die Völker können nicht nur glückliche, sondern überhaupt keine Folgen mehr nach sich ziehen. Wir haben uns zu sehr daran gewöhnt, aus jeder Bewegung der Hand die Absicht dessen, der sie macht, zu erfahren; wir können untrüglichst von einer unbewachten Haltung des Kopfes oder der leisesten Krümmung der Nase auf die geheimsten Absichten des Herzens schließen; ein absichtlicher Betrug wird bald nicht mehr möglich sein. Wir haben uns zu viel gerührt, sind zu mannigfach thätig gewesen, als daß wir uns in unserm Thun nicht sogleich errathen sollten. Alle Anstöße kommen von Außen; es wird Zeit sein, die Menschen an eine höhere Lenkung der Ereignisse zu erinnern.

Es ist eine thörichte Verblendung der Fürsten, wenn sie durch Couriere, versiegelte Depeschen, Privataudienzen und Gesandtschaften die Wünsche der Nationen zu befriedigen denken. Man braucht Herrn Martens *Guide diplomatique* nicht zu studieren, und wird doch finden, daß die Diplomatie kein Geheimniß mehr ist. Ich habe einen Vetter in London, Gesandtschaftssecretär im Auswärtigen Amte, der mir die Entwürfe der Protokolle schon mittheilt, die in einem Jahre erst sollen publicirt werden. Aber auch ohne ihn wüßt' ich den Inhalt der officiellen Noten, die gegeben würden, wenn sich Irland von England, Italien von Oesterreich, Polen von den drei Mächten und Deutschland von sich selbst, vom Bundestage losgerissen hätten. Diese Kunst des Regierens ist vorüber, wie die großen Entwürfe des Genies, die sich nie anders, als mit Tyrannei endigen. Die kleinen Umstände werden regieren.

Eine Revolutionirung Deutschlands hat unendliche Schwierigkeiten. Den Bewohnern des flachen Landes fehlt es für ihre Coups an Concentration. Die Anzahl der schlagfertigen

Masse in den Hauptstädten ist zu gering, als daß sie Garnisonen von 10-50,000 Mann widerstehen könnte. Eine Revolution Deutschlands wäre interessant, weil sie zur Poesie des Lebens gehören müßte, aber einen glücklichen Ausgang nimmt sie nicht, wenn man nicht etwa die Dictatur eines militärischen Befehlshabers einen solchen nennen will.

Die kleinen Umstände werden uns helfen. Die dreisten Plänkeleien, die Rücksichtslosigkeiten der Presse, die Huldigungen, die man einzelnen Freunden des Volks darzubringen nicht aufhören wird, müssen die Gegenmacht ermüden; sie wird unter Zischen und Pochen von der Bühne treten.

Fast alle Völker haben eine Sage von einem hartherzigen Könige oder Priester, den zwar nicht das schwache, hungernde, entwaffnete, gefesselte Volk, aber der Zorn Gottes bändigte. Es ist dann von Mäusen oder Ratten oder anderem kleinen Gethier die Rede, das den gottlosen Mann um Liebe und Leben gebracht hat. So wird unser deutsches Fürstengeschlecht jener Kölner Bischof sein, der für den frevelhaften Uebermuth, mit dem er seine Unterthanen täuschte und würgte, durch diese Macht der kleinen Umstände bestraft wurde. Er baute sich, von Mäusen verfolgt, einen Thurm auf einer Insel im Rhein, auf den ihm aber seine Peiniger auch folgten, bis er jämmerlich zerfressen war.

Die Polen haben eine Sage von einem Könige, namens Popel, den Gott für seinen Frevel durch dieselben Geschöpfe strafte. Der russische Nikolai dürfte vielleicht einst dieser polnische Popel werden, den die kleinen Unannehmlichkeiten seines Sieges bis aufs Blut zerfleischen.

Ich gönne es diesem verdüsterten Fanatiker, der es auf den Straßen von Petersburg unter dem freien Himmel, dem wir auch unsere Blicke zuwenden, gewagt hat, einen Gott, den diese Tollen den christlichen, also unsern Gott, nennen, um Rache und blutige Zeichen anzuflehen.

Dich eigentlich sollt' ich zur Verantwortung ziehen, dieses Kaisers eifrigste Vertheidigerin! Ich denke mir, Du willst in Dorpat angestellt, Collegienrath und Wladimirritter werden. Denn nur ein deutscher Professor kann auf den Gedanken kommen, daß eine solche Erscheinung, wie sie Nikolai darbietet, erhaben ist.

Das nennt Ihr Religion, wenn man von Gott Dinge verlangt, die nur ein Bewohner der Wüste dem Götzen, den er unter dem Sattel seines Pferdes trägt, zumuthet?

Das kann Dich rühren, wenn Nikolai als russischer Kaiser anderes handeln müßte, denn als ein ruhiger Beobachter, dem keine Rechte verletzt, keine Pflichten aufgekündigt sind?

Muß Nikolai aufhören, Mensch zu sein, wenn er anfängt, russischer Kaiser zu werden?

Solche Fragen, meine Verblendete, sind diese Mäuse und Ratten, die ohne viel Geräusche das große Netz zernagen werden, worin der tapferste Löwe gefangen liegt, und bei der Gelegenheit Dich auch auffressen dürften.

Sieh' Dich vor! Du russisch-polnischer Popel!

Fünf und zwanzigster Brief

Die Gesellschaft war von der Tafel aufgestanden, hatte sich in mehrere Gruppen gesondert, und trat aus dem hochgelegenen Pavillon heraus.

Eine Terrasse, deren Seitenwände aus den duftigsten Blumenstöcke aufgeführt waren, führte in den Garten hinunter, dessen vielfach sich kreuzende Gänge bald die fröhlichen Gäste aufnahmen.

Das lachende, mit tausend Blumenfarben gezierte Hellgrün der Beete, die Parallelen großer fruchtreicher Feigen- und Orangebäume verloren sich bald in den dunkleren Rebenlauben, deren hohe, und gewölbte Dächer die Strahlen der Sonne schützend zurückhielten, bis selbst dies Dunkelgrün in den Schatten eines sich um die Lustwandelnden öffnenden Parkes aufgenommen wurde.

Einen Erlenpfad, der sich in vielen Windungen allmählich zu einem Hügel hinaufdachte, hatte ein Theil der zersprengten Gesellschaft eingeschlagen, während man durch das nächste Gebüsch und weiterher das fröhliche und lebhafte Gespräch der andern Spaziergänger noch unterscheiden konnte.

Unsre Gruppe war vielleicht durch Zufall aus den heterogensten Elementen zusammengesetzt. Die Uniform glänzte neben dem Civilrocke, der sich bei dem Einen kühner, bei dem Andern bescheidener an den Leib schloß. Ordenskreuze und Bänder der verschiedensten Nationen vereinigten sich nur in der einen Bestimmung, Belohnungen des Verdienstes und Zeichen der Ehre zu sein. Der trotzige, ungeduldige Gang des Kriegers konnte mit dem bedächtigen Fuße des Diplomaten und Geschäftsmannes nicht immer gleichen Schritt halten. Nur die Frauen vermittelten die Lücken, die durch eine so ungleiche Bewegung entstanden, obschon auch sie wie Rosen und Schneeballen gegeneinander abstachen.

Jetzt schien aber das lose Gewebe sich immer dichter zusammenzuziehen. Das lebhafteste Gespräch legte sich um die Spaziergänger wie ein bindender Reifen oder eine magische Zauberformel. Ein Jeder nahm Antheil an einer Unterhaltung, über deren Gegenstand die Meinungen eben so verschieden, als das Interesse daran groß zu sein schien. Man war durch einzelne Uebergänge unvermuthet auf eine Debatte gekommen, die eine Ausgleichung der verschiedenen über das *Wunderbare* gefällten Urtheile bezwecken sollte.

»Sie verfahren zu kriegerisch gegen unsern Gegenstand, Herr General, – sagte eine Dame, die Schwester des Wirths zu einer kräftigen Gestalt, die sich nachlässig den goldstarrenden Rock lüftete – Sie hauen in die Wunder ein, als gält' es ein Quarré zu zersprengen. Ich mag nicht behaupten, daß Alles, was die Phantasie oder das Vorurtheil für Wunder ausgibt, vor den Richterstuhl eines Unbefangenen treten darf, ohne zu erröthen; aber wir sollten Sorge tragen, die verschiedenartigsten Erscheinungen, nach ihren Ursachen und Absichten zu unterscheiden.«

»Das Leben selbst – fuhr ein jüngerer Mann mit lebhaftem Ausdruck fort – ist ein Räthsel. Obschon es uns zuweilen gelingt, es zu lösen, so wird uns doch der wunderbare Zusammenhang des Willens und der Fügung ewig unerklärlich bleiben. Die Gränze zwischen der Erklärung und dem Erstaunen ist sehr bestimmt abgesteckt. Ich halt' es für eben so unzulässig, das Wunderbare alsbald zu verwerfen, wenn wir jene Gränze nicht auffinden können, als von einem gelösten Räthsel auf die zu schließen, die ewig ihres Oedipus harren werden.«

Der General wandte sich zu dem letzten Sprecher um und sagte: »Ich hör' es Ihnen an, Verehrtester, daß Sie einst in einer Synode sitzen werden. An dieser raschen Trennung zwischen Ja und Nein erkennt man den Theologen. Ich hab' es bei solchen Fragen immer für nöthig gehalten, vor der Unterscheidung der Gegenstände nach jenem trennenden, sondernden Prinzip mich umzusehen, das doch unstreitig den von Ihnen verlangten Gränzwall aufwerfen müßte.«

Den jungen Mann verdroß die Beschuldigung, als Theolog gesprochen zu haben, wo er voraussetzen mußte, Jeden beschäftigte nur der Gegenstand, Keinen sein Interesse. Er entgegnete also: »Sie sehen in mir ungern einen Advocaten des Positiven, Herr General, und doch zwingt mich Ihre Entgegnung auf dem Felde der interessirten Doctrin stehen zu bleiben. Sie sprachen von diesem ersten Gesetze, dessen Sie früher gewiß sein müßten, als des Gegenstandes, worauf es sich anwenden lasse. Allerdings! das ist die alte Frage der Philosophie, die ich aber nicht vertheidigen will, nicht sowohl der Abstrusität wegen, als wegen der Aussicht auf den künftigen Katheder.«

»Der Mensch ist das Maß aller Dinge!« – sagte eine Figur, deren sonderbarer Aufzug mit der Achtung contrastirte, die man ihr allgemein bewies, der kleine Mann trug sich in seinen Kleidern durchaus nach dem Schnitte einer längst vergessenen Mode, nur sein graues Haar flatterte unter dem dreieckigen Hute, den er bald lüftete, bald wieder aufsetzte, ohne Zwang in langen Locken, deren natürliche Kräuselung sich noch nicht ganz verloren hatte. Seine Mienen sprachen Jugendmuth und eine Begeisterung aus, die er auf das Lebhafteste mit einem starken, goldknöpfigen Bambusrohre accompagnirte. Schnell fuhr er fort: »Wir müssen die Welt in unserer Brust tragen. Der Schmerz, der einem Andern Thränen auspreßt, kann mir oft sehr lächerlich vorkommen, ohne daß ich Jenem darum zu verstehen gebe, mit seinem Schmerze sei es nur Scherz. Für die Bergleute, die in Wielicza arbeiten, sind die Sterne nicht geschaffen, so wie diese meine Dose für Keinen da ist, der sie nicht gesehen, oder wie Sie jetzt thun, Herr Präsident, daraus geschnupft hat. Mit dem Wunder hat es seine ähnliche Bewandniß. Das Wunder ist etwas Zwiefaches: eine verborgene Erkenntniß und ein unerklärtes Gefühl: Geist und Herz muß an ihm Nahrung haben. So lange mir der Schlüssel des Geheimnisses fehlt, werd' ich an das ganze Wunder glauben. Hab' ich ihn gefunden, so bleibt mir das Wunder des Herzens, die erwärmte Lebenskraft, das gläubige Gefühl noch übrig, und es wird lange währen, ehe mir dieses klar wird. Für mich sind keine Todten auferstanden, keine Geschiedenen ins Leben zurückgekehrt, keine Irdischen bei lebendigem Leibe in den Himmel gefahren: und dennoch weiß ich die frommen Zustände zu achten, in die solche Nachrichten die Gemüther zu setzen pflegen.«

Eine junge Dame von ausnehmender Schönheit, die sich mit zärtlicher Sorgfalt dem alten Manne, der so eben gesprochen, angeschlossen hatte, begann mit anmuthiger Stimme: »Es freut mich, daß sich endlich Gelegenheit darbietet, unsre Frage in ein Gebiet zu spielen, in dem ich und meine Freundinnen vielleicht heimischer sind. Wenn nur die Verschiedenheit der Individuen die Frage des Wunders entscheiden soll, so werden auch die Zeiten mitzusprechen haben, deren Werth dem Interesse der Poesie genau verbunden ist. Die alte Sage hat von Wundern zu erzählen, die sich in einem modernen Epos lächerlich ausnehmen würden, in einem Drama vollends abgeschmackt sind. Was trägt davon die Schuld? Sind die Menschen andre in einer andern Gattung der Poesie, oder sind die Lagen, in die sie kommen, ungleichartig? Ist die Illusion die Ursache, daß wohl in einem Epos Ritter mit Lindwürmern kämpfen dürfen, in einem Drama dagegen schon ein ganz besonderer Duft dazu gehört, eine Fee oder einen bösen Dämon einführen zu dürfen? Wer trägt die Schuld? die Handelnden, der Ort, die Zuschauenden oder die Gattung?«

»Sie würden Unrecht thun – antwortete ein junger Officier – eins dieser Momente zu vergessen. Sie geben alle eine Sylbe zu jenem mystischen Abrakadabra, das man Wunder nennt. Der Glaube der Völker und Zeiten entscheidet nicht nur über seinen Werth, sondern die Völker und Zeiten selbst haben ein Anrecht auf gewisse Gattungen der Poesie. Es wird schwer fallen, das volksthümliche Epos von jenen himmelstürmenden Riesen, den neckenden Zwergen und Goldhütern, das künstliche von den Feenpallästen und den

Zauberregionen Ginnistans zu trennen, eben so schwer, als auf der heutigen Bühne ein Wundervogel zur Personenrolle eines Trauerspiels sich würde zählen lassen. «

Inzwischen hatte die bis auf einige Wenige geschmolzene Gesellschaft den Hügel schon hinter sich. Die Fehlenden hatten sich oben auf eine Rasenbank niedergelassen, um die Aussichten, die sich durch einzelne Lücken der dichten Bäume öffneten, zu verfolgen. Die Weitergehenden näherten sich einem Thale, das zwischen dem eben verlassenen Hügel und einem noch höhern sich ausbreitete. Einige Ruinen alterthümlicher Bauart auf dem letztern gaben dem General Veranlassung, das vorher abgebrochene Gespräch wieder anzuknüpfen.

»Unstreitig – begann er – machen solche Ueberbleibsel einer vergangenen Zeit einen Eindruck auf Sie, dessen Zusammenhang mit dem geheimen Schauer des Wunderbaren Ihnen zu errathen nicht schwer sein wird. Ich sage Ihnen aber, dieser Schauer ist nur die Folge der Ueberraschung, der Neuheit, einer gewissen poetischen Erziehung. Mein Schicksal hat mich nicht nur oft in die Nähe solcher geheimer, abgelegener Oerter, auf die die Zeit ihr geheimnißvolles Siegel gedrückt hat, geführt, sondern ich war selbst in einem Lande, wo solche Ruinen von all den Gestalten, die unsre Phantasie und Romanenkenntniß uns nur vorführen kann, belebt waren. Ich war Offizier in dem letzten Invasionskriege Frankreichs gegen Spanien. Die Geschichte einer Liebe verwickelte mich in Verlegenheiten, die alle die Absicht hatten, mich durch Ueberraschung, durch den Reiz des Wunderbaren zu verwirren. Die geheimen Umtriebe einer pfäffischen Partei, die Vermummungen an geheimen Oertern, die sonderbarsten Begebnisse, die mir wie aus dem Stegreif zufließen, waren aber alle so natürlich, daß ich die Absichten des Eigennutzes, das Schleichen der Intrigue und die Bosheit des Neides bald errathen könnte.«

Die Zuhörer waren überrascht, den sonst so verschlossenen General aufthauen zu sehen. Es war Niemand mit seinen nähern Lebensverhältnissen genauer vertraut. Nur der junge, angebliche Theolog, spanischer Geburt, aus einer angesehenen Familie, und in der That zum geistlichen Stande bestimmt, schien von der Erzählung betroffen. Die Frage des Wunders ganz vergessend, sagte er bald ungestüm, bald forschend:

»Ich kann die Geschichte der Zufälle, die den Herrn General in meinem Vaterlande betroffen haben, nicht errathen. Die Andeutung einer Liebe und einer fremden Intrigue führt mich aber auf Folgendes: Es gibt Lagen, wo man keine Mittel scheut, um sich eines lästigen Verhältnisses zu erwehren, und wo man die Wahl dieser Mittel durch dies Verhältniß selbst, seinen Unmuth, das Gefühl seiner Schwäche im offnen Kampfe, durch die Sitten eines Landes entschuldigen muß. Ich hatte einst das traurige Geschäft, einen französischen Officier, dessen Name und Rang mir niemals bekannt geworden sind, von einer Leidenschaft zu heilen, die meiner Ehre und dem Glücke einer angebeteten Schwester hätte Gefahr bringen können. Meine Schwester verschmähte den Officier als einen Fremden, und als Verlobte eines Tapfern, der die Sache der Cortes vertheidigte, und in einem der spätern Einfälle Mina's seinen Tod gefunden hat. Der Beichtvater meiner Schwester und ich haben vielleicht lächerliche Mittel gebraucht, um unsern Zweck zu erreichen, aber die schwierige Stellung gegen einen mächtigen Feind entschuldigte sie. Meine unglückliche Schwester, deren Verlobter von seinem heimathlichen Boden verbannt, und sich nur auf Augenblicke in ihrer Nähe sehen lassen durfte, ist vor einiger Zeit an Schwermuth, über den Verlust ihres Geliebten gestorben.«

Der General blieb betroffen stehen, wandte sich um, und sah dem Spanier einen Augenblick flüchtig ins Gesicht. Dann fuhr er scheinbar beruhigt fort: »Sie vergessen unsern Gegenstand! Wir sprachen von Wundern und ähnlichen Geschichten. Es ist merkwürdig, daß wir oft Jahre lang einem bestimmten Ziele nachgehen, es aber niemals treffen, weil es die schlimme Eigenschaft hat, selbst wandelbar zu sein, und einen freien Willen zu haben. Um zwei mir theure Menschen aufzufinden, hab' ich mich zuletzt sogar auf Divinationen gelegt, weil die Register der Municipalitäten und Paßbureaux nicht mehr helfen wollten. Ich habe mich gewöhnen wollen, an Ahnungen zu glauben, und – wie sie mich zu täuschen pflegen, davon find' ich in diesem Augenblick ein Beispiel – Ich würde das heutige Gastmahl nicht besucht haben, wenn ich mir nicht wieder hätte zuraunen lassen, die vergebens Gesuchten sollten auf diesen Ruinen, die wir jetzt erstiegen haben, gefunden werden. Ja, selbst dieser Stein, auf dem Sie, Fräulein, stehen, war mir traumartig als der Ort des Wiedersehens bestimmt. Aber, mein Gott, warum erblassen Sie?«

In der That schwankte die junge Dame in die Arme des altmodischen Alten. Dann hob sie ihre Augen wieder auf und rief, dem General zugewandt: »Mein Vater!«

Das Erstaunen war allgemein. Der General erkannte sein vergeblich gesuchtes Kind, und in dem Alten einen von ihm nie gesehenen Oheim, dem er jenes beim Marsche nach Spanien durch einen Diener anvertraut hatte. Mannigfache Schicksale, die ihre Aufklärung in den Verhältnissen zu dem spanischen Geistlichen fanden, hatten ihn längere Zeit von seiner Heirath zurückgehalten, bis er in diesem Augenblicke das geliebte Pfand seiner ersten Liebe an sein väterliches Herz drücken konnte. Die spanische Verirrung löste sich bald durch einige Verständigungen mit dem Geistlichen, und man sah, daß der General sich eine Thräne aus dem Auge wischte. Die auf dem andern Hügel zurück gebliebene Gesellschaft staunte über diese sonderbare Wendung, die ein Disput über das Wunderbare genommen hatte.

* * * * *

Nicht wahr, Geliebte, ich kann den Romanschreiber machen? Einzig durch eine Schlußscene hab' ich Dir ein so großartiges romantisches Gemälde hingestellt, daß Du alle Vorgänge leicht wirst ergänzen können. Du wirst Dir die Spukscenen auf den spanischen Schlössern, die Heimlichkeit der Liebe der Donna zu ihrem Constitutionellen ausmalen können, ohne daß ich davon mehr erwähne, als ich that. Es muß Dir die Ergänzung dieser Andeutungen noch besonders leicht sein, weil wir beide zu den handelnden Personen der Geschichte gehören. Leider hab' ich nur vergessen, welche Rolle ich eigentlich spielte.

Der General hat bei Don Pedro Dienste genommen, der junge Officier ist seiner Tochter Gatte geworden, und fiel bei der Eroberung von Constantine in Afrika, seine Tochter ist darüber wahnsinnig geworden, der alte Oheim soll auch immer schwächer an Verstand werden, und den Spanier haben die Pariser als einen Jesuiten in die Seine geworfen – wer von diesen bin ich? und wer bist Du?

Und es sollte keine Wunder mehr geben?

Sechs und zwanzigster Brief

Das Jahr 1836 rückt immer näher heran. Haben Sie den tiefsinnigen Bengel auch so mißverstanden, daß in diesem die Welt untergehen werde? Unmöglich, sonst würden Sie Furcht und Besorgniß geäußert haben; dagegen sehen Sie der nächsten Zukunft mit jener Fassung, jenem beispiellosen Anstande entgegen, den ich an Ihnen, Verehrteste, immer so sehr habe bewundern müssen. Entweder verlassen Sie sich auf Ihr gutes Gewissen, oder auf Ihre richtigere Einsicht in dem Sinn der merkwürdigen Prophezeiung; vielleicht auf Beides.

Es bleibt wahr, daß wir am Vorabende großer Ereignisse stehen. Das Jahr 1836 ist dieser heilige Abend, auf den ein tausendjähriger Festtag folgen wird. Die drei Jahre, die wir zunächst noch zu durchleben haben, werden mit Vorbereitungen hingebracht. Es wird aufgeräumt, alles Alte nicht nur an den alten Ort gestellt, sondern gänzlich weggeschafft werden. Wir sind noch jung, Vortreffliche, wir bleiben. Wir werden noch die Palmen und grünen Zweige sehen, über die das neue Heil der Welt einziehen wird, werden in das begeisterte Hosianna der Heiligen einstimmen können.

Aber Sie zweifeln wohl noch? Ja, ja, Sie müssen zweifeln, weil ich Sie belehren will. Da liegt die Bibel neben mir aufgeschlagen, die betreffenden Punkte der Offenbarung Johannis sind mit rother Dinte angestrichen. Sie verschmähen gewiß nicht den nachfolgenden Beitrag zu einer gründlicheren, tieferen Schriftauslegung, o! er ist ja ein Saamenkorn der schönsten Hoffnungen.

Aber ich will neu sein, nicht in meinen Resultaten, sondern in der Art, wie ich zu den alten komme. Das Jahr 1836 ist unstreitig sehr richtig angegeben. Nur konnte Bengel vor hundert Jahren nicht so die Zeichen dieser ihm zukünftigen Zeiten deuten, als der, der selbst in ihnen lebt. Viele typische Ausdrücke der Apokalypse werd' ich anders erklären, und Ihres Beifalls bin ich – o, ich schmeichle mir ja so gern – schon im Voraus gewiß.

Ohne Zweifel wird es Ihnen bekannt sein, wo nicht, so lernen Sie es von mir – Schämen Sie sich nicht, man lernt nie aus! – daß die prophetischen Ausdrücke der Offenbarung nicht hintereinander zu stellen sind, so daß sich etwa ein Zeichen an das andere, eine Zeit an die andere, reihen müßte, sondern die Briefe, die Posaunen, die Siegel, die Hornschalen sind alle nur verschiedene Modificationen der Bezeichnung einer und derselben Zeit. Was Johannes bei der fünften Posaune gesehen hat, das hat er auch bei Eröffnung des fünften Siegel gesehen: nur mit dem Unterschiede, der zwischen irgend einer Empfindung, während ein Cavallerieregiment unterm Fenster vorbeizieht, und derselben Empfindung, während man das Siegel eines Briefes löst, Statt finden mag. Wenn Sie ein Thier mit sieben Hörnern und zehn Kronen sehen, so werden Sie anders erschrecken, als wenn Sie eines mit zehn Hörnern und sieben Kronen erblicken, nur bleibt der Schrecken Schrecken.

Jetzt bitt' ich Sie, gefälligst Ihre Bibel aufzuschlagen. Sollten Sie keine besitzen, Fräulein, so – ja, was thut man dann? Nun, dann glauben Sie meinen Citaten.

Im 18. Capitel fällt das antichristliche Reich: im 19. beginnt die Herrlichkeit des neuen. Was also im Vorhergehenden mit der Sechs oder Siebenzahl zu schaffen hat, deutet näher oder entfernter auf die Zeit, in welcher ich die Ehre habe, mit Ihnen zu leben.

Die Visionen beginnen mit 7 Leuchtern; vielleicht um in das Ganze der Offenbarung Licht zu bringen. Diese 7 Leuchter sind aber auch 7 Sterne, und eigentlich wieder keine Sterne, sondern 7 Briefe. Die ersten Briefe betreffen die Zeit bald nach Christi Tode, die letzten gehen uns an. Schon die Namen der Gemeinden, die von diesen brieflichen Sternen angeleuchtet werden, geben einen Schluß auf die Zeit, der sie zur Erklärung dienen. Z. B. ist einer nach *Smyrna* geschrieben. Sie begreifen die Andeutung der bittern *Myrrhenzeit*, wo die Christen den Märtyrertod erleiden mußten. Das S an Smyrna? o Liebe, das ist unwesentlich, lesen Sie nur fleißiger im Buttmann!

Der fünfte Brief ist nach *Philadelphia* geschrieben. Erstaunen Sie nicht? Unstreitig denkt der Apostel an den nordamericanischen Freiheitskrieg. Hören Sie doch die Worte, die dorthin geschrieben sind:

»Siehe, ich habe Dir gegeben eine offne Thür, und Niemand kann sie zuschließen!«

Ein Stich auf die Engländer. Die Nordamericaner erhielten damals für ihren Handel eine freie Bahn und offne Thür, und Niemand kann sie zuschließen.

»Halte, was Du hast, daß Niemand Deine Krone nehme!«

Die schönste Regel für Könige und Minister! Begnüge Dich mit dem, was Dir zugefallen ist, sonst verlierst Du auch dies noch! Die Nordamericaner folgen diesem Gebote, darum wird Gottes Finger bei ihnen so merklich. Dieses Buget! dieser Finanzzustand! Vor einigen Monaten haben sich alle Finanzminister Europas auf einen Tag deshalb in Flor gekleidet.

Endlich kommen wir auf unser Zeitalter. Der Engel schreibt nach *Laodicäa*. Mit Ihrer Erlaubniß übersetz' ich Ihnen dies Wort. Es heißt *Volksgericht*. Wir leben im Zeitalter der Demokratie. Das wollt ich meinen! Das Volk richtet, seine Stimme ist Gottes Stimme.

Jetzt fangen die Sticheleien auf Deutschland an. »Ich weiß Deine Werke, daß Du weder kalt noch warm bist.«

Müssen wir uns nicht schämen? Die Halben, die da wollen, und nicht können, die weder Fisch noch Fleisch, die hat der Engel in der Off. Joh. 3,15 schon gekannt! Ist's nicht gerade so, als hätte Wolfgang Menzel jene Stelle geschrieben? »Ach, daß Du kalt oder warm wärest!« wird seufzend hinzugefügt. Daß man doch wenigstens wüßte, wo man Dich angreifen soll! Wir wollen ja lieber lauter Bettler, als einen, der heute in Lumpen geht, und sich morgen für einen

Crösus ausgibt. Nein, in der That, hierin ist unsere Zeit consequent, sie will nicht arm sein; denn stolz und hochmüthig sagt sie bald darauf:

»Nein, ich bin reich, und habe gar satt, und bedarf Nichts.«

Falsche Scham! Man weiß es besser: »Du bist elend und jämmerlich, arm, blind und bloß.«

Leider, die Noth, des Volkes ist aufs Höchste gestiegen. Armes Irland, wie sehr bedarfst du des nachstehenden Trostes, daß nur die der Herr züchtigt, die er lieb hat.

Wenn Sie nun jetzt in der Bibel weiterläsen, so würden Sie einen Engel finden, der ein versiegeltes Buch trägt, das Buch der Weltgeschichte. Niemand ist da, der es öffnen kann. Die Zeit steht still und kann sich nicht mehr entwickeln. Da tritt endlich das apokalyptische Lamm hervor. Christus ist's, der die abgelaufene Uhr der Geschichte wieder aufzieht. Er öffnet sechs Siegel, und zuletzt ein siebentes, und dann – o, ich zittre schon an allen Gliedern. Zittern auch Sie, Fräulein! Man hat Ursach!

Beim sechsten Siegel kommen wir in Nähe unserer Zeit.

»Siehe, da ward ein großes Erdbeben.«

Das große Erdbeben in Lissabon ward ein Schauder der Erde, welche Dinge sie noch tragen müßte. Die alte Mutter sollte in Strömen das Blut ihrer Kinder trinken. Jetzt bricht die Revolution an.

»Und die Könige auf Erden, und die Obersten und die Reichen, und die Hauptleute und die Gewaltigen verbargen sich in den Klüften und Felsen an den Bergen.«

Wir Beide haben uns nicht verborgen; denn wir sind keine Könige, keine Obersten, keine Hauptleute, auch durchaus nicht gewaltig, am wenigsten aber reich. Die wissen's recht gut, die sich verborgen haben. Weil es aber die Stimme des Unglücks ist, schon typisch in der Bibel gezüchtigt zu werden, so will ich die Merkwürdigkeit weiter nicht verfolgen, und nur so im Stillen mich ein Weniges deshalb entzücken.

Jetzt endlich soll das siebente Siegel geöffnet werden. Ehe dies noch geschieht, tritt eine kleine Stille ein. Sie verstehen mich, das ist die Restauration. Eine apokalyptische Stunde ist ein Menschenalter, eine halbe also 15 Jahre. So lange hat die kleine Stille und die Restauration gedauert.

Wie wichtig muß das siebente Siegel sein! Noch immer bedarf es zu seiner Lösung ungewöhnlicher Vorkehrungen. Mit Posaunen wurd' es nach und nach geöffnet. Wie sich von selbst versteht, sind diese Posaunen die sogenannten Schreier des Tags, die Journalisten, die Männer *sans loi et foi*.

Es muß Ihnen bekannt sein, daß es in Deutschland beinahe das Ansehen gewann, als wären die Bestrebungen der Restaurirenden durchgedrungen. O! in den Jahren 20-30 waren wir seelenvergnügt. Wir trugen unsere Ketten aus Ironie, mit Vergnügen, lachten drüber. Wir glaubten Tage in Aranjuez zu leben, solche Richtung nahm die Literatur. Süß war sie, überzuckert, wie Honig. Wer sie aber verdauen wollte, bekam Bauchgrimmen. Darum nun verschlingt Johannes während der 6ten und 7ten Posaune ein Buch. Hören die darüber ihn selbst:

»Ich nahm das Büchlein von der Hand des Engels, und verschlang es. Und es war süß in meinem Munde, wie Honig: und da ich es gegessen hatte, grimmte mich's im Bauche.«

Da nun der Engel die siebente Posaune blies, wurden die Erscheinungen so mannigfach, daß wir wohl daran tun, Alles gehörig zu unterscheiden. Es beginnt nämlich ein Kampf zwischen den Vorboten des Himmels und der Hölle. Die Zeichen sind so ausdrücklich, daß ich keinen Anstand nehme, die himmlische Erscheinung für die Hoffnung der Völker, die höllische für die Legitimität, heilige Allianz u.s.w. zu nehmen.

»Und es erschien ein großes Zeichen am Himmel: ein Weib mit der Sonne bekleidet, und der Mond unter ihren Füßen, und auf ihrem Haupt eine Krone von zwölf Sternen.«

Das ist die Volkssouveränität! Ja, daß ist sie!

»Und sie war schwanger und schrie, und war in Kindesnöthen und hatte große Qual zur Geburt.«

Gott, daß ich ihr helfen könnte! Fräulein, Sie werden

roth, aber in der That, jetzt ist nicht Zeit zum Rothwerden! Die Sache ist bedenklich, sehr bedenklich! Hören Sie nur:

»Und siehe, ein großer rother Drache, der hatte sieben Häupter und zehn Hörner und auf seinen Häuptern sieben Kronen. Und sein Schwanz zog den dritten Theil der Sterne, und warf sie auf die Erde. Und der Drache trat vor das Weib, die gebären sollte, auf daß, wenn sie geboren hätte, er ihr Kind fräße.«

O, fallen Sie doch nicht in Ohnmacht! Gott nimmt ja das Kind auf seinen Stuhl und schickt die Mutter so lange an einen sichern Ort, bis die Herrschaft ihres Kindes beginnt.

Jenen großen rothen Drachen muß ein Jeder für das Königthum im Allgemeinen und die heilige Allianz im Besondern halten. Die Dreizahl ist deutlich hervorgehoben. Sieben Häupter und zehn Hörner und nur sieben Kronen! Ziehen Sie gefälligst 7 von 10 ab, so bleiben 3. Diese Drei haben keine Kronen, ein Zeichen *ab eventu*: denn gerade diesen wird der kommende Sturz die Krone abstoßen.

Im Folgenden sind zwei Thiere merkwürdig und die große –

Allmächtiger Gott, hätt' ich das gewußt! Fräulein, was fang' ich nun an? das hab' ich nicht ahnen können. Verzeihen sie mir! Nur dies eine Mal noch! Verzeihen Sie mir! hab' ich denn die Bibel geschrieben? Hab' ich sie denn übersetzt? Es steht doch nun einmal da. O dem Reinen ist Alles rein – also die zweite Merkwürdigkeit ist die große Hure. Alle drei sind nähere Modificationen des Königthums.

Das siebenköpfige Thier der Lästerung ist die Wissenschaft (sieben freie Künste), wenn sie sich dem Dienste des Staates ergibt. Darum trägt auch sie 10 Kronen auf 7 Häuptern und 10 Hörnern, und es ist ausdrücklich gesagt, daß ihr der Drache des Königthums seine Kraft, seinen Stuhl und große Macht gegeben hat. Die königliche Wissenschaft gleicht einer Parabel; denn sie ist geschmeidig, ihr Mund dem Mund eines Löwen; denn sie ist Autorität. Ihre Füße sind Bärenfüße; denn sie ist grob. Zwar kann sie große Dinge reden und hat Macht über alle Sprachen, sie überwindet auch die Heiligen Gottes, aber die Zeit der Ernte reift auch für sie heran.

Das zweiköpfige Thier der Verführung ist die Religion in ihrer falschen Verbindung mit dem Königthum. Sie thut große Wunder, läßt Feuer vom Himmel regnen, ist überhaupt falscher Prophet und Herold des Aberglaubens, und die Menge gehorcht dem, der ihr solche Macht gegeben. Alles was dies zweiköpfige Thier thut, thut es des siebenköpfigen, und mittelbar des rothen Drachen wegen.

Aus allen diesen höllischen Ingredienzen mischt sich nun das Bild der großen Hure, diese ewige Antichristin, die dabei noch immer den Schein des Christenthums annimmt. Da haben wir die *heilige* Inquisition, die *heilige* Ligue, – – – – – das *göttliche* Recht.

»Ich sahe das Weib sitzen auf einem rosinfarbenden Thier, das war voll Namen der Lästerung, und hatte sieben Häupter und zehn Hörner. Und das Weib war bekleidet mit Scharlach und rosinfarb und übergoldet mit Golde, und Edelsteinen und Perlen; und hatte einen goldnen Becher in der Hand, voll Greuel und Unsauberkeit. Mit ihr haben gehuret die Könige auf Erden, und sind trunken worden von ihrem Weine.«

Pfui! diese Wirthschaft wird 1836 aufhören! Dann wird der Sitz dieses Weibes, Babylon, zerstört werden. Babylon? Sie denken vielleicht an Rom, wie die meisten Ausleger. Ein verzeihlicher Irrthum! Nein, es ist Frankfurt am Main. Hören Sie nur:

»Die Könige haben mit ihr u.s.w. und ihre Kaufleute sind reich geworden von ihrer großen Wollust.«

Also doch Frankfurt?

»Und eine Stimme rief: Bezahlet ihr, wie sie euch bezahlet hat!«

Frankfurt geht an einem totalen Falliment unter.

»Und alle Schiffsherren, und der Haufe, die auf den Schiffen handthieren, und Schiffleute, die auf dem Meere handthieren (hausiren), klagten: Wehe, die grauße Stadt, in welcher sind reich geworden Alle, die da Schiffe im Meere hatten, von ihrer Waare«

Es kommt noch mehr!

»Sie spricht in ihrem Herzen: ich sitze und bin eine Königin.«

Rom hat seinen Fürsten, Frankfurt ist eine Republik, hat also keinen König. Das Ich *sitze* heißt nicht, ich bin eine Königin und dabei sitzen geblieben, es will mich Niemand ehelichen, sondern es ist kühner apokalyptischer Ausdruck für: in mir werden Sitzungen gehalten!

»Wenn sie fällt, werden die Kaufleute auf Erden weinen und Leid tragen bei sich selbst, daß ihre Waare nun Niemand mehr kaufen wird.«

Und darauf folgt ein Preiscourant der früher gangbaren, reißend abgesetzten Artikel: Gold, Edelsteine, Wein, Semmel, Wagen, Pferde, sogar Leichname und zuletzt auch Seelen. –

Dies Frankfurt wird untergehen nach der siebenten Zornschale der Plagen, wo die Pest, die Cholera herrschen wird und sich eine Insel wegbewegt, die Grahamsinsel, die Insel Fernandea. Untergehen wird es nach Eröffnung des siebenten Siegels, d.h. wenn es keine Fürsten und Diplomaten mehr gibt. Das Geheimniß des siebenten Siegels ist unstreitig Diplomatik. In ihrem 666sten Protokolle wird die Londoner Conferenz nicht nur ihren eignen Tod, sondern auch derer, die sie constituirt haben, unter Verbittung der Beileidsbezeugungen ankündigen.

Schönste, am ersten Januar 1836 besuch' ich Sie, nicht der Neujahrsvisite wegen, sondern ich erlaube mir, Ihnen meinen Arm anzubieten, um anzuhören das große Halleluja, das gesungen werden soll von allen Engeln, und das jauchzende *Te Deum laudamus*, das alle heiligen Singer anstimmen und läuten werden die Glocken im großen Weltendome.

Verwahren Sie ja diesen Brief, vielleicht kann er die Stelle eines Einlaßbillets vertreten!

Bis dahin werd' ich jeden Tag für einen 31sten December halten und jeden Abend für einen Sylvesterabend und jede Nacht für eine Weihnacht.

Leben Sie wohl, Signora!

Sieben und zwanzigter Brief

C. Junius Brutus wünscht seiner Schwester Lucretia Heil!

Trifft Dich dieser Brief vielleicht opfernd an den Altären der Götter, so umarme sie, nicht um meine glückliche Heimkehr flehend, sondern dankend für diese: denn schon bin ich nahe den Thoren der Stadt.

Der weise Spruch des delphischen Gottes hat mich zu Roms künftigem Könige bestimmt. Wer zuerst die Mutter küsse – sagte die Priesterin, – würde die Krone tragen. Ich küßte den Boden der geliebten Heimath, die Brüste meiner ewigen Mutter. Aber ich werde klüger sein als der Rath der Himmlischen. Ich achte die Krone nicht höher, als einen Stein am Wege, oder am Kleide des Bettlers einen Lumpen.

Schmerzlich fühl' ich, daß ich meine Klugheit unter dem Gewande der Thorheit verbergen muß, schmerzlicher, daß wohl gar Deine liebende Seele, Schwester, bei der allgemeinen Kunde von der Schwäche und Zerrüttung meines Geistes, zu zweifeln anfängt, und an sich selbst irr wird, da sie doch besser von dem unseligen Verhältnisse unterrichtet ist. Kann doch der Glaube einer ganzen Welt selbst einen Blinden bewegen, sich für sehend zu halten.

Um Dich an die unerschütterliche Ausdauer und Kraft meines Willens zu erinnern, eil' ich nun in Deine freundliche Nähe. Ich will Dich lehren, wie in dem Nebellande, das mich scheinbar umdämmert, noch immer die feurigste Glut der Liebe und des Hasses lodert. Je länger ich der Weisheit dieser Welt eine Torheit scheine, desto schärfer wetz' ich mein Schwert. Ich will ihr schon die neue Lehre eines Thoren einst predigen. Mit Sehnsucht erwart' ich jenen Augenblick, da ich endlich die täuschende Hülle abwerfen, und in richtenden Thaten die Größe meiner Einsicht zeigen werde.

Woher aber dies, daß mich oft eine so schmerzliche Ahnung bewegt, als müßte jener Augenblick doch auch durch *meine* Seele wie ein Dolch fahren? als müßt' ich betäubt, entsetzt vor irgend einem Anblick, mein Gesicht abwenden, und das Schwert nicht aus meiner Scheide ziehen, sondern erst aus den Händen racheforndernder Manen empfangen? Schwester, solltest Du das Opfer des Tyrannenfrevels werden? Bei jenen Tempelhöhen des capitolinischen Jupiter! ich schwöre Dir unerhörte Sühne.

Solche ahnungstrübe Gedanken engen oft hart die Straße, die ich wandle. Dann fahr' ich entsetzt wie vor Gespenstern zurück. Und über Schwäger und Vettern, die mich nur im duldenden Blödsinne zu sehen gewohnt sind, kommt ein Schauder und Schrecken, daß sie das starre Weiß in meinen Augen nicht ertragen können. Wie sehn' ich mich nach der Stunde der Erlösung!

Wer weise sein will, der werde ein Narr in dieser Welt! Ist dies die Art unseres Jahrhunderts, daß, wer sein Vaterland retten will, sich für verrückt ausgeben muß? Wie ein toller Sänger zieh' ich durchs Land, und singe Lieder mit entsetzlicher Stimme, und schlage dazu Töne, lachend bald, bald weinend. Hier lärm' und donnr' ich, rede wie in Aprilschauern dort, und dann wieder wie Frühlingsglanz und Sonnenwärme. Das Volk gafft den Gaukler an, schlägt aber immer ein Kreuz, wenn er sich naht. Oft liegt er im Staube oder Grase, und die Kinder spielen mit seinem weißen Barte; dann stürmt er aber plötzlich auf, und Alles flieht vor den Flammen seiner Blicke.

Und das Alles – fragst Du zweifelnd – um der Freiheit willen?

An den Höfen der Fürsten hab' ich mich in ein buntes Kleid gesteckt, trage eine lange, klirrende Schellenkappe und ein hölzernes Schwert. Die Prinzessinnen muß ich ins Theater führen, in den Zwischenacten ihnen Späße vormachen, die Volte schlagen, auskundschaften, wer bei ihrem Eintritt den tiefsten Bückling gemacht, und zuletzt noch das Spiel und den Dichter recensieren. Geht es zu Tische, so bin ich eine lebendige Tafelmusik, muß die Unterhaltung beleben, Dummes in kluger, Kluges in dummer Manier vortragen, die Hohen Zwerchfelle in Bewegung setzen, und darf überhaupt die Talglichter und den Lachstoff nicht ausgehen lassen. Ja, selbst dann noch, wenn die Majestäten vom Regieren ermüdet sind, wenn sie den Tag über die Last des Volkes getragen, und ihm den Schweiß von der Stirne gewischt haben, wollten sie in das Kaleidoskop meiner Gedankenwelt sehen. Nur in den wenigen Stunden des Schlafes erlaubt man mir vernünftig, meinem leidenen Volk frei zu sein.

Man rechnet mich zu den bessern Schriftstellern der Nation, dankt mir für die Unterhaltung, die ich auf Augenblicke gewähre. Der Laune des Publicums, einer verzogenen, verbildeten Dame, muß ich mich hingeben, und auf dem Sopha neben Schooßhündchen und Stickmustern prangen. Wenn die Leute schläfrig sind, muß ich ihnen die Augenwimpern aufrecht stützen: und statt daß mir eine müde Schöne erlauben sollte, ihr die Seidendecke des Auges zu küssen, wirft sie mich unwillig zur Seite, nimmt ihr Licht und geht zu Bett

Ja, Schwester, die römischen Classiker müssen als erste Opfer fallen!

Wenn die Völker dieser Zeit nur auf Trümmern und zersprengten Felsen wohnen, so sind die Schriftsteller meist nur das niedrige ärmliche Gestrüpp, das ihnen noch einigen Reiz und Lebensaussehen gibt. So grünt das modernde Moos, wenn es sich über verwitterte Steine, zwischen Tod und Leben kämpfend, zieht. Sollen wir nicht rathend, belebend, schaffend durch die Räume der Erde walten? Wir besitzen die Klarheit des Geistes, und nicht die Sitte und Gewohnheit soll herrschen, sondern der Geist, der sie prüfend verwirft oder annimmt. Gibt es unter dem Volke Unmündige, so ist das ein Zeugnis gegen uns. Die Vorurtheile sind stark, aber sie sterben aus mit denen, die sie hegen. Die Wahrheit des Geistes soll ein ewiges Erbe sein.

Die deutschen Schriftsteller Tadeln, theure Lucretia, ist nur die halbe Seite ihrer Würdigung. Noch öfter müssen wir sie bemitleiden. Ich kenne keine Literatur, die durch mildes Urteil so sehr Alles, durch strengsten Angriff so sehr Nichts ist. Fast alle großen Geister unserer Nation verschwanden, wenn man neben der Gerechtigkeit nicht mehr die Billigkeit wollte gelten lassen. Auf die leichterregte Menge haben sie gewirkt, aber keinen Stein um einen Schritt fortgerückt. Wenn sie vorgeben, zu schaffen, so bildeten sie verschüttete Dome mit neuen Steinen nach, und bauten in der Meinung, Palläste zu zaubern, Ruinen. Deren haben wir genug.

Diese Abenddämmerung verspricht aber den Anbruch eines neuen Morgens. Die Zierde des kommenden Geschlechts wird eine Fülle lebensfroher Kräfte sein. Man hat oft in der Geschichte die Erscheinung erlebt, daß ein neues, thatenkräftiges Herrscherhaus eine sieche, geschwächte Nation wieder neu beleben konnte. So wird die wahre Aristokratie künftiger Geister wie neue Keine und grüne Schößlinge aus der alternden Welt emporwachsen. Die Schuppen werden von den blöden Augen fallen, und ein lichter Tag den Sehenden entgegenscheinen.

Jetzt, meine Schwester, sind wir noch Deinem Geschlecht in das zarte Werk seiner Hände gefallen. Wie wir heute z.B. zur Ostermesse 1832 schreiben, weben wir an einem großen Vorhange, der aber einst unter den Zeichen des Himmels zerreißen wird, wenn der neue Bund mit seinem Blut den Untergang des alten besiegelt. Weil dies Weben nur eine vorübergehende Beschäftigung ist, so ist es uns auch ungewohnt: denn mit den spitzen Nadeln fahren wir und oft gar unsanft in die Hände. Aber ist der Vorhang zu Stande, so werfen wir die Nadeln weg, die neue Zeit wird uns anders beschäftigen.

Noch sind uns alle Wege zum Ziele mit schwarzen Trauerflor behangen. So viele junge Herzen, die sich entschlossen haben, auf ihr ganzes Leben den Belohnungen der Machthaber zu entsagen, wandeln diese Thränenstraße. Ueberall müssen sie sich an spitzen Dornen blutig ritzen. Kaum aus den Kreisen des häuslichen Lebens herausgetreten, mit kindlicher Hoffnung aus Liebe und Treue erwartend, werden sie schon von den rohen Schergen der Gewalt ergriffen. Ihre Hoffnung wird Mißtrauen, und dies bis zum Haß gesteigert. Wenn in die Köpfe der Deutschen während der Restauration eine wahrhafte Oede und Leere eingezogen war, so ist dies die versteckte, nur die traurigsten Erinnerungen weckende Ursach. Wenn man ein Land in Bann legt, so läuten darin keine Glocken mehr.

Der Sand auf der Uhr ist bald verronnen. Ich rufe die Römer zum Streite, zur Befreiung ihres Vaterlandes. Wer ein Schwert zu zücken versteht, wird nicht ausbleiben.

Wer hat sie gelehrt, daß ich ein Narr bin? Ich selbst werde unsterbliche Beweise für meinen Verstand führen. Wirst Du mir den Lorbeerkranz um meinen Scheitel winden? Wenn ich auf goldenen Triumphwagen durch die heilige Straße zu dem Tempel des größten und besten Jupiter ziehe, die befreiten Scharen palmengeschmückter Sieger mir zur Seite, wirst Du mir dann an den Stufen des Heiligthums aus dem Kreise der versammelten Priester entgegen treten? Werden die Jungfrauen Roms zum Danke, daß ich sie in die Brautkammer freier Männer führte, mein Gedächtniß ewig mit Lobgesängen und festlichem Umzug feiern?

Der nächste Augenblick kann der Schöpfer großer Leiden und Freuden werden. Freuden? wir werden sie genießen! Leiden? Auch aus dem Gewitter spricht ein Gott, auch finstere Wolken lieben sich, denn Blitze und Donner sind nur ihre Seufzer und Küsse.

Krieg oder Frieden! Leben oder Tod! Schüttle die Loose, ich erbleiche vor keinem!

Wenn in günstiger Richtung ein Adler an Deinem Hause vorüberfliegt, so freue Dich meiner Ankunft. Lebe wohl!

Nachwort

von Herbert Kaiser

»Die Nothwendigkeit der Politisirung unserer Literatur ist unläugbar.« (18. Brief) So lautet Karl Gutzkows Credo, dem er von den *Briefen eines Narren an eine Närrin*, seiner ersten Buchveröffentlichung im Jahre 1832, bis zu seinen späten, schon von psychischer Krankheit überschatteten Werken nahezu ein halbes Jahrhundert lang treu geblieben ist. Er war kein Poet, sondern ein homme de lettres, der die deutsche Unterscheidung zwischen hoher und Tagesliteratur, Poesie und Journalistik nicht gelten ließ. So gehört er nicht zu den großen Dichtern unserer Literatur, aber zu ihren bedeutendsten Schriftstellern. Mit jugendlicher Begeisterung für die Freiheit des Worts kämpfte er gegen die politische Reaktion, mit dem unbekümmerten Enthusiasmus eines 20jährigen gegen die Autorität des alten Goethe, um die deutsche Literatur nach dem »Ende der Kunstperiode« (Heine) wieder zu einer Angelegenheit des öffentlichen Lebens zu machen. Das ist ihm zunächst im Verein mit Wolfgang Menzel, nach dem Bruch mit diesem in gemeinsamem Bemühen mit den anderen jungdeutschen Autoren gelungen. In der Mitte der 1830er Jahre gab es in Deutschland keinen, der umtriebiger, einfallsreicher, polemischer für die Emanzipation der Literatur von staatlichen und soziokulturellen Bevormundungen gestritten hätte als er. Für die Literatur als öffentliches Medium der intellektuellen Debatte und der politischen Kritik trat er aber nicht nur in diesen heißen Jugendjahren ein, sondern sein Leben lang, auch noch in der Reaktionsphase nach 1848, selbst noch im nationalistischen Begeisterungstaumel nach der Reichsgründung. Zwar bejubelte auch Gutzkow den Sieg über Frankreich, aber nicht aus nationalistischer Borniertheit, sondern weil er ihn für einen Sieg nicht über das französische Volk, sondern über die Napoleoniden hielt; weil er glaubte, Deutschland könne, wie 1815, als »Erlöser Europas«[1] den Völkern den Frieden bringen. Das war eine eklatante Fehleinschätzung der »Realpolitik« (v. Rochow), zeigt aber gerade, daß er im machtpolitischen Sinn freier Idealist geblieben war.

Gutzkow wurde als Sohn des ersten Bereiters eines preußischen Prinzen 1811 in Berlin geboren. In seinen Jugenderinnerungen beschreibt er das eigene kleine und das große Leben am Hof aus der Froschperspektive des Kindes und Gesindes. Als hochbegabter Schüler genießt er Förderung, besucht das Gymnasium, hört an der neuen Berliner Universität Hegel und Schleiermacher. Seiner Herkunft nach zählt er zu den vielen Intellektuellen aus den armen Schichten der kleinen Leute und des geistigen Proletariats, die vor und nach 1800 eine bedeutende Rolle im geistigen Leben gespielt haben, zu Jean Paul und Fichte, Tieck und Börne, Grabbe und Hebbel. Aber es ist nicht möglich, von daher eine Theorie eines schichtenspezifischen Autor-Selbstverständnisses zu entwickeln. Vielmehr zeigt das Verhältnis zwischen Gutzkow und Hebbel, das von anfänglicher Freundschaft in offenen Haß umschlug, wie stark das Selbstverständnis des Autors im bürgerlichen Zeitalter von einer Orientierung an der prinzipiellen Alternative Kunst (Hebbel) oder soziales Leben (Gutzkow) abhängt. Gutzkow bleibt ein literarischer Kämpfer nicht nur für die Freiheit des Gedankens, sondern für die Freiheiten des konkreten Lebens: Er schreibt für die Emanzipation der Juden und der Frauen, bekämpft die Macht der Monarchie, den politischen Einfluß beider christlichen Kirchen, die Zensur und den Nationalismus.

Als Berliner war Gutzkow aber doch weit von jedem Borussianismus entfernt. Er sah im südwestdeutschen Libe-

---

[1] Karl Gutzkow: Das Duell wegen Ems. Gedanken über den Frieden, Berlin 1870; jetzt in: Karl Gutzkow, Schriften, hg. von Adrian Hummel, Frankfurt a.M. 1998, S. 492.

ralismus ein Vorbild für Deutschland und »(hielt) die Idee eines süddeutschen Staatenbundes unter dem Schutze des konstitutionellen Prinzips für weit förderlicher (...) als das Verlangen etwa nach einer preußischen Diktatur«[2], wie er 1831 schrieb. Der 20jährige hatte mit seinem *Forum der Journal-Literatur* bereits eine eigene Zeitschrift gegründet, in welcher er auch politische Themen zu behandeln suchte. Hier machte er seine ersten Erfahrungen mit der Zensur, die sein Organ nach 15 Nummern und einigen Monaten zum Erliegen brachte. Einen Beiträger mahnte er zu größerer Vorsicht: »Viel zu deutlich! Ich empfehle Ihnen das Studium eines trefflichen Holzschnittes von Gubitz. Krone, Zepter, Mantel, und unter Blumen, 1000 Blumen, eine Schlange! Anders darf man nicht schreiben!«[3]

So stand Gutzkow zur Zeit der *Briefe* also zur Zensur. Durch Vermittlung seines Förderers Menzel brachte Campe sie in seinem Hamburger Verlag anonym heraus. Menzel besprach das Buch naturgemäß positiv, aber auch Börne und Laube fanden lobende Worte dafür. Beide waren freilich schlangenkluge zeitgenössische Leser. Aber wie soll man die *Narrenbriefe* heute lesen?

Die spärliche Gutzkow-Forschung hat sie überwiegend als wirres, unverständliches Durcheinander beurteilt, neuerdings aber auch versucht, ihnen »die Strukturiertheit eines literarischen Werks« zuzubilligen.[4] Setzt man einen Werk-Charakter voraus, ergeben sich in der Tat Themen- und Motivzusammenhänge, die sich bis zu einem gewissen Grad strukturieren und interpretieren lassen. Thematisch treten in den Vordergrund: Polenbegeisterung, Kritik Preußens, Auseinandersetzung mit Hegel und Fichte, die soziale Frage und

---

2 Zit. nach Heinrich Huber Houben: Gutzkow-Funde. Beiträge zur Literatur- und Kulturgeschichte des neunzehnten Jahrhunderts, Berlin 1901, S. 14.

3 Zit. nach Houben, a.a.O., S. 9.

4 Gert Vonhoff: Vom bürgerlichen Individuum zur sozialen Frage. Romane von Karl Gutzkow, Frankfurt a.M., Berlin u.a., 1994, S. 20

das Verhältnis von Reaktion und Revolution sowie die Kritik der deutschen und europäischen Literatur, insbesondere in ihren Beziehungen zur politischen, öffentlichen Meinungsbildung. Das sind zentrale Themen der jungen Intelligenz in Deutschland nach der französischen Julirevolution von 1830, Themen auch des späteren politischen Liberalismus. Eine literarische Darstellung solcher Probleme, ihre Umsetzung in sprachlich angemessene Motive und Bildfelder ist schon schwerer auszumachen. Man könnte einen Komplex Frankfurt-Goethe-Freimaurer bilden, weitere um die Gebirgs-, die Vulkan-, oder die Telegraphenmetaphorik. Aber solche Versuche, in die Texte die ästhetische Logik eines Werks hineinzulesen, bleiben unbefriedigend, weil sie den grundsätzlichen Bruch des Gutzkowschen Schreibens mit der klassischen Werk-Vernunft verkennen. Die Briefe eines *Narren an eine Närrin* als wirres Durcheinander abzutun oder sie als Werk zu verteidigen: beides setzt, negativ oder positiv, das Werk-Kriterium voraus, welches diese Art des Schreibens weitgehend ignoriert. Dies zu konstatieren, heißt allerdings nicht, alle Eigentümlichkeiten der *Briefe* zu rechtfertigen, sondern nur, einen anderen Leseansatz zu suchen. Im übrigen bleiben bei solchen Urteilen die äußeren, nicht-ästhetischen Bedingungen des Schreibens außer Acht, vor allem die durch die Zensurbestimmungen veranlaßte Aufschwemmung des Textes über 20 Bogen oder 320 Seiten.

Welches Narrentum ist es, das sich in den Briefen artikuliert? Die reichen europäischen Traditionen der Narren-, Schwank- und Komödien-Literatur hinterlassen bei Gutzkow nur geringe Spuren. Das mag auch an Lektüreerfahrungen und Bildungseinflüssen liegen; entscheidend aber dürfte sein, daß das liberale Bewußtsein den didaktischen Anspruch einer närrischen Zeit- und Moralkritik schwer aufrechterhalten kann, weil es individuelle Lebensgestaltungen nicht mehr als Abweichungen von Sittennormen werten kann, sondern sie verteidigen muß. Zwar finden sich vereinzelte Spuren einer Narrenmotivik, aber sie sind insgesamt nicht strukturbildend. Vor allem das Vorwort ist hier zu nennen. Seine

Zuordnung zur »St. Bethlehemskirche des Bedlam in London«: zum ältesten Asyl für psychisch Kranke, dem Narrenhaus, deutet auf die englische Satire und Gesellschaftskritik des 17. Jahrhunderts (Swift, Bunyan). Wenn das Schreiber-Ich sich vom Sultan »als Redakteur des konstantinopolitanischen Moniteurs« berufen und »zur Beglückung der Menschheit (...) einem deutschen Fürsten als Janitscharenmusik (...) vermieten« (3. Brief) läßt, so klingt hier noch das Hofnarrentum an, ins Zeitgeschichtlich-Politische gewendet durch den satirischen Hinweis auf östliche Unfreiheit (in der Politik der Heiligen Allianz) und die französische Staatszeitung. Aber die »Janitscharenmusik« bleibt als Einfall, wie alle witzigen Assoziationen der *Briefe*, sporadisch, zufällig, isoliert; ihre Perspektive verstetigt sich nicht zu einer Autor-Rolle, die dem Leser, närrisch ex-negativo, eine moralisch-didaktische Orientierung bieten könnte. Im Gegenteil: Bei näherem Hinschauen läßt sich der Journalist im Osten als Spiegelung eines von Gutzkow bewunderten Schreibers im Westen erkennen: Börnes, dessen *Schilderungen* und *Briefe aus Paris* er kannte.

Wenn Gutzkows *Briefe* im wesentlichen auch nicht der klassischen Narrenliteratur zuzurechnen sind – närrisch im umgangssprachlichen Sinn sind sie aber doch: wenn nicht wirr, so doch verwirrend; wenn nicht ästhetische, so doch politische Wirkung intendierend; wenn nicht auf eine politische Revolution aus, so doch auf eine mentale. Gutzkow schreibt aus Preußen gegen die Reaktion in Preußen und im ganzen Deutschen Bund für Leser, deren selbstverständliches Vertrauen auf Monarchie, Kirche, Staatsapparat und Staatsphilosophie (Hegels) erschüttert werden soll. Die Verwirbelung der Hierarchien ist verwirrend: politisch-liberale Aufklärung als Chaosstiftung. Will man diese Strukturen literarisch auffassen, wäre eher an die romantische Ironie als an die Narrenliteratur zu denken. Aber das ist ein Aspekt, der sich, obschon letztlich naheliegend, bei heutiger Lektüre der Briefe zunächst nicht in den Vordergrund drängt, denn das Lesen sucht im Feuerwerk der satirisch-kritischen Anspielungen, witzigen Pointen, närrischen Verdrehungen eine historische Orientierung an Fakten, an außerfiktionalen Zeitbezügen, auch an literarischen Korrespondenzen und Verweisen.

Gutzkow veröffentlichte diese erste Buchpublikation in Hamburg bei Campe 1832. Auf die Ostermesse dieses Jahres nimmt er im letzten Kapitel explizit Bezug. Die *Briefe* haben ihre zeitgeschichtliche Situation zwischen der französischen Juli-Revolution 1830 und dem Vorfeld des Hambacher Festes im Mai 1832, der großen Volksversammlung der südwestdeutschen demokratisch-republikanischen Bewegung. Sie berühren Probleme europäischer Politik, soweit und sobald der liberalen Schreibintention dafür ein assoziativer Anknüpfungspunkt geeignet scheint; das betrifft, neben gelegentlichen Anspielungen auf Nordamerika und Spanien, vor allem die Themen: Polen, die reaktionäre Politik der Heiligen Allianz sowie die soziale Frage. Gutzkow stimmt kräftig in den großen, traditionsreichen Chor der deutschen literarischen Verteidiger der polnischen Freiheit ein, der schon die Teilungen Polens (1772, 1793, 1795) beklagt hatte, anläßlich des polnischen Freiheitskampfes (1830/31) sich wieder vernehmen ließ und erst nach dem Scheitern der deutschen Revolution von 1848 verstummte. Im Urteil über die Zukunft der Allianz zwischen Preußen, Österreich und Rußland schwankt er; er sieht sie im Verfall begriffen, eher ernsthaft im 2., ironisch im 7. Brief, satirisch-parodistisch im 26. Daß dabei der Wunsch zum Vater des Gedankens wird, gehört wohl bei Gutzkow zu den psychischen Gegebenheiten oppositioneller Tagesschriftstellerei; sein jugendlicher Enthusiasmus macht aber die Grenzen zwischen politischer Situationsanalyse und fiktiver Realitätsüberwindung noch fließender, als sie in jedem wirkungsorientierten Schreiben ohnehin schon sind. Die Geheim- und Kabinetts-Diplomatie, überhaupt eine Geschichte der großen Einzelnen sieht Gutzkow an ihr Ende gekommen. »Mäuse« und »Ratten«, die »kleinen Umstände«, die vielen einzelnen freiheitlichen Geister werden die Königsherrschaft unterminieren (24.

Brief). Die drei Fürsten, die in ihrer Allianz Mittel- und Osteuropa beherrschen, werden dabei nach dem Risikokalkül gefährdeten Schreibens gestuft und schlangenklug behandelt: Zar Nikolaus erntet offenen Spott und Schmähung, der preußische König (Friedrich-Wilhelm III.) wird nur marginal erwähnt, Metternich, der Herr der Zensur, aber gar nicht. Über den Deutschen Bund hinaus weisen auch die durch die industrielle Entwicklung verursachten sozialen Probleme, die in den höher entwickelten Ländern des Westens bereits die öffentlichen Debatten beherrschen. Die Lage der englischen Arbeiter in Manchester und Birmingham, der Seidenarbeiter in Lyon wird mit der der hungernden Bauern in der hessischen Rhön und der Wetterau verknüpft. Der unheimliche Reisebegleiter in der Kutschfahrt von Thüringen nach Hessen (7. Brief) ist »Samenhändler«, ein Vorläufer des *Hessischen Landboten* Büchners, der »den Samen der Unruhe und Empörung« streuen wird. Die Keimkraft des Samens liegt in seinem Argument: der »Magen, nicht die Vernunft, werde um Befriedigung schreien«. Das ist ohne alle närrischen Nebentöne gesagt, eine unmißverständliche Allegorie auf die Bedrohung nicht nur der bestehenden monarchischen, sondern auch einer möglichen künftigen liberalen Ordnung. Diese Episode erlaubt aufschlußreiche Perspektiven in die Vergangenheit und die Zukunft: Es ist gerade einmal anderthalb Jahrzehnte her, seit Goethe über diese Route an den Rhein und nach Frankfurt reiste, wobei während der Kutschfahrt einige der schönsten *Divan*-Gedichte entstanden. Welcher Kontrast zu Geist und Umständen der Reisefiktion Gutzkows! und wie nahe kommt Gutzkow, wenn er die revolutionäre Gewalt des Magens klar erkennt, nicht bereits Büchner! Allerdings dürfen die prinzipiellen Differenzen zwischen diesen beiden in ihrer literarischen Qualität und der Einschätzung der politischen Wirkungsmöglichkeiten der Literatur nicht übersehen werden. Büchner vermochte den Glauben Gutzkows und der Jungdeutschen an eine »Umgestaltung unserer religiösen und gesellschaftlichen Ideen« durch die »Tagesliteratur« nicht zu teilen. »Die Gesellschaft mittels der Idee, von der gebildeten Klasse aus (zu) reformieren«, hält er für »unmöglich«.[5]

Aber weder die europäische Politik noch die Zustände im Deutschen Bund bilden das thematische Zentrum der *Briefe*, sondern die Lage in Preußen. Gutzkow ist Berliner, mit den Reformen, den Befreiungskriegen und der Reaktion groß geworden; seine Ausblicke ins politische In- und Ausland sind gleichsam immer vom Brandenburger Tor aus genommen. Der 14. Brief entwirft eine Skizze des geistig-kulturellen Unterfutters der politischen Zustände in Preußen nach Hegels Tod (November 1831). Gutzkow schlägt die Bedeutung Fichtes für das politische Leben in Preußen höher an als die Hegels. Dessen philosophische Konstruktion des Staates sei gleichsam eine Schönwetter-Philosophie, während Fichte in den schweren Zeiten der Befreiungskriege die Interessen des Staates mit dem Lebensgefühl der Jugend verbunden habe; gerade auch in der gegenwärtigen Reaktionsepoche bleibe sein »Grundsatz der öffentlichen Erziehung richtig«. Fichte habe für den preußischen Staat »eine Welt entdeckt, die tiefer begründet sein will, als die gemeine Wirklichkeit, aber auch höher liegen soll, als die Gesetze der Vernunft«. Diese gegen den platten Altberliner Rationalismus und gegen Hegel gerichtete Wendung darf aber nicht formelhaft-wörtlich genommen, sondern muß im Erläuterungszusammenhang erwogen werden. Gutzkow erkennt die Gefahren, die für seinen »radikalen« Liberalismus von Arndt und der sentimentalen Verklärung der Befreiungskriege ausgehen, von der Kirche und den geognostisch-pietistischen Spekulationen eines Henrik Steffens, aber auch von den liberalen Anhängern Hegels sowie den Lesern: denen Heines, Börnes und der explizit erwähnten *Briefe eines Narren an eine Närrin*, welche »nicht (den) Inhalt, sondern nur die Form beachtenswert« finden. Man darf das Bekenntnis des Schreiber-Ichs, das in plötzlicher Einsicht sich von Steffens abwandte, autobiographisch auffassen: »Seither waren wir geschworene Republikaner«.

[5] Brief Büchners vom 1. Januar 1836.

Zu den historischen Inhalten, die einer Lektüre der Briefe ersten, notwendigen Halt und Orientierung geben, gehört neben den politischen Ereignissen und den mentalitätsgeschichtlichen Strömungen die literaturgeschichtliche Selbstverortung des Ichs-Autors, den man in dieser Hinsicht getrost mit Gutzkow identifizieren darf. Je mehr es um die Sache der Literatur selbst geht, desto unwichtiger wird die Rollenfiktion des Narren. Gutzkow steht hier noch unter dem Einfluß von Wolfgang Menzel, über dessen zu Cottas *Morgenblatt für gebildete Stände* gehörendem *Literaturblatt* ihm während der Arbeit an den *Briefen* als Rezensent der Einstieg ins öffentliche Literaturleben Deutschlands gelang. Mit Menzel wendet sich Gutzkow (hier noch) gegen Goethe; in einem den noch Lebenden mit dem bourgeoisen Geist Frankfurts gleichsetzenden Bild distanziert er sich vom »Haus Goethe«, das »längst fallirt haben muß« (5. Brief). Darin drückt sich eine grundsätzliche Abwehrhaltung gegen die Klassik aus, deren Anspruch auf überzeitliche Geltung der Jugendliche zurückweisen muß, um im Literarischen selbst zu freiem Atem zu kommen. Es ist nicht schwer, Gutzkow mit diesem Argument in Widerspruch zu sich selbst zu bringen; Überzeitlichkeit der Poesie spricht er den Alten ab, für sich und die Poesie der Jugend nimmt er sie aber, mit Börne, unbefangen in Anspruch. Das burschenschaftlich-nationalistische Vorurteil Menzels gegen Goethe teilt Gutzkow jedoch nicht, seine Schriften sind und bleiben von jeder Franzosenfresserei (Börne über Menzel) frei.

Sein Verhältnis zur Romantik bestimmt Gutzkow nicht in einer Auseinandersetzung mit den deutschen Romantikern selbst, sondern über Scott, Heine und Byron (8. Brief). Der historische Sinn, die Burgenbegeisterung des Schotten zerfließt ihm in seiner Ablehnung mit der Wiederentdeckung des Mittelalters in der deutschen Romantik, während ihm Heine und Byron als enge Verwandte erscheinen, mit dem Unterschied, daß Byron, früh gestorben, nicht »abtrünnig« werden konnte wie Heine, der sein Jacobinertum an den Royalismus verraten habe. – Man kann aus den verstreuten

Namen und Anspielungen eine Situationsskizze der literarischen Rezeption und Literatur um 1830 rekonstruieren. Die antiken Autoren dienen als satirische Folie für eine Kritik des reaktionären Staatsverständnisses in Preußen (Platon: *Der Staat*), eine Kritik der politischen Lethargie in der deutschen Literatur (Livius), während eine Parodie auf die Apokalypse-Auslegung des Theologen Bengel (1740), der den Weltuntergang für 1836 ausgerechnet hatte, auf die klerikale Reaktion zielt. Auffällig ist das Fehlen französischer Autoren, mit Ausnahme Rousseaus und der allgemeinen Verweise auf den St. Simonismus, während die beiden Engländer und natürlich Shakespeare von größerer Bedeutung sind. Neben Goethe, Heine, Börne und Menzel werden aus der deutschen Literatur Schiller, Uhland, Alexis, Immermann, Platen u.a. genannt, aber der wirklich prägende literarische Einfluß kommt von Jean Paul. Da lassen sich viele indirekte und direkte Textbezüge, vor allem jedoch enge Verwandtschaften in Grundüberzeugungen ausmachen. Wesentlich ist zunächst eine gleiche Auffassung vom öffentlichen, politischen Amt des Schriftstellers. Wenn das närrische Rollen-Ich Gutzkows sich als »Erzschelm von Republikaner« (11. Brief) bezeichnet, dann verknüpft sich hier der satirisch-didaktische, politische Schreibimpuls Jean Pauls mit einer Republik-Idee, die viel eher literarisches Zitat dieses Vorbildes und Erbe des republikanischen Enthusiasmus des ausgehenden 18. Jahrhunderts ist als ein konkreter politischer Gegenentwurf der 1830er Jahre. Jean Pauls Versuche, Kants Konzept eines »ewigen Friedens« literarisch zu vermitteln, führen zu einer Literatur, die sich politisch an einer universalen Republik orientiert und rezeptionsästhetisch alles auf die Aktivierung der Leserphantasie ausrichtet: die Befähigung des Lesers zu einem selbständigen Urteil mit Herz und Kopf in menschlichen und öffentlichen Angelegenheiten. Jean Paul war als fiktionaler Autor immer Satiriker, Pädagoge und politischer Zeitkritiker. Deshalb spielte ihn die junge Literatur, vor allem Börne und mit ihm dann Gutzkow, gegen die Objektivität des Olympiers Goethe aus. Im 18. Brief bezieht sich Gutzkow offensichtlich auf die Gedenkrede Börnes zum Tode Jean Pauls (1825). »Wer da weiß, was er sagt, wenn er Ich sagt, ist ein neuer Heiland der Welt.« Der Schriftsteller hat die Aufgabe, seine Leser zum freien, verantwortlichen Ich zu ermutigen: Darin stimmen Jean Paul, Börne und Gutzkow überein. Dieses Ich ist die Keimzelle der Republik; es ist, von den folgenden Freiheitskämpfen her gesehen, noch eher literarisch-anthropologisch, im allgemeinen Sinne republikanisch, als bereits im engeren Sinne politisch, aber von seinen Gegnern doch schon so mit Argwohn verfolgt, daß die jungdeutsche Literatur, die sich von Börne und Gutzkow aus entwickelte, wenige Jahre später im Deutschen Bund verboten wurde (1835). Die Wandlungen des Autor-Ichs (19. Brief: Rousseau, Jean Paul, Byron) lassen sich nicht nur chronologisch als Stationen einer Vorgeschichte der jungdeutschen Literatur auffassen; die Namen bilden auch, strukturell verstanden, ein Triptychon um Jean Paul, denn er steht dem Naturrechtsdenken des Genfers ebenso nahe wie der Zerrissenheit und dem Weltschmerz des Engländers. »Weltschmerz« ist Jean Pauls Sprachschöpfung, in der Projektion auf Byron dann populär und für die ganze biedermeierliche Epoche zwischen 1815 und 1840 zu einem Kennwort geworden. Am Schluß des 13. Briefs läßt Gutzkow seinen Schreiber in die Fußstapfen einer berühmten Figur Jean Pauls treten, der Doppelfigur Leibgeber-Schoppe (aus den Romanen *Siebenkäs* und *Titan*), die als Silhouetten-Schneider durch die Welt zieht: als satirischer Kritiker, der seine Gestalten schwarz und überscharf konturiert; dessen Ideen ins Groteske, Wahnsinnige und Absurde überborden. Bei Gutzkow bleibt diese Tiefenschicht Jean Pauls aber Dekoration, Spielerei.

Die literaturgeschichtliche Situation des jungen Gutzkow läßt sich jedoch erst ganz erfassen, wenn er nicht bloß zur Vergangenheit hin mit Jean Paul, sondern auch in die Zukunft hinein mit Georg Büchner verbunden wird. Er steht exakt auf der Kippe zwischen einer Literatur, die *von innen* aus über die Einbildungskraft die Konstituierung des Ich bewirkt, und einer, die *nach außen* auf die Veränderung der politisch-sozialen Verhältnisse drängt. Diese Problemspannung ist es auch, die den epochen-prägenden Streit zwischen Börne und Heine um das rechte Literaturverständnis bestimmt. Heine will die auseinanderstrebenden Tendenzen unbedingt zusammenhalten, Börne hat sich für die äußere politische Wirkung des Schreibens entschieden.

Der Leser der *Briefe* versucht, närrisch verunsichert, zunächst eine Orientierung am Faktischen, an Verweisen auf politische, soziale, mentalitäts- und literaturgeschichtliche Sachverhalte, dann auch an rezeptionsgeschichtlichen Spuren. Ein solches Lesen ist zwar notwendig, für das Verständnis des Textes jedoch nicht hinreichend. Es vernachlässigt neben der theoretischen Hauptfrage, was das »Poetische im Liberalismus« (5. Brief) sei, vor allem die Kommunikationssituation der *Briefe*, die stets nur von einer (männlichen) Person geschrieben sind, die die Antwortbriefe der Adressatin aber gleichsam a priori schon verbrannt sein läßt (Beginn 1. Brief), um aus ihrer »epistolarischen Phönixasche (...) hoch über den Wolken die Wimpel (seiner) Gedanken lustig flaggen zu lassen«. Der Briefroman kennt durchaus diese monologische Schreibsituation, und die modernen, journalistischen *Briefe aus Paris* (Börne) sind auch nicht dialogisch. Aber einerseits schreibt Gutzkow keinen Brief-Roman, andererseits sind Börnes Briefe ohne Adressaten-Fiktion, so daß Gutzkows Text eine Zwischenposition einnimmt. Der Ich-Autor sichert sich »über den Wolken« die Freiheit seiner Einbildungskraft. Was die Adressatin »denkt, ist für (ihn) Traum«: Er schreibt an sich selbst. Gutzkow nimmt damit aber nicht das Jean Paulsche Thema der Ich-Spaltung (als Fichte-Kritik) auf, sondern entwirft eine Schreibsituation, die allegorisch zu verstehen ist: Das weibliche Du, dem der männliche Schreiber in Liebe allerorten und zu allen Zeiten verbunden ist, ist die Wahrheit oder die Vernunft, sein höchstes Wesen gleichsam, dem er »über den Wolken« nahe ist. Als ideell-immaterielle Kraft bedarf sie nicht der papiernen Botschaften an einen Autor, sondern sie sitzt ihm gleichsam immer schon in der Feder. Alle Versuche, die Beziehung zwischen Ich und Du, zwischen Schreiber und Adressatin als Fiktion einer wirklichen Kommunikation aufzufassen, müssen fehlschlagen. Die allegorische Geliebte ist ubiquitär-überzeitlich, sie kann in London und Paris gleichzeitig, deutsche »Biederfrau« oder römische Lucretia sein, Freundin, Schwester, Geliebte; kann bei ihrem »(heiligsten) Gefühle für Recht und Wahrheit« angesichts der Ungerechtigkeit als »Tochter des Hasses« (11. Brief), aber ebenso als weltflüchtige Utopistin oder als Meisterin der Dialektik erscheinen. Dennoch oder gerade deshalb bleibt die Liebe des Autor-Ichs zur Wahrheit unkorrumpierbar. An sich hat die Wahrheit auch in der Gegenwart immer noch die Tendenz zum »Erhabenen, die Richtung auf das Ewige in jeder Form« (2. Brief). Der »materiellen« Zeit gegenüber gerät sie aber in eine Position des Negativen und damit möglicher Irrtümer. Hier setzt die doppelte Aufgabe des liberalen Autors an: Er hat die Zeit im Lichte der überzeitlichen Wahrheit zu kritisieren, diese aber auch in den Verkleidungen ihrer jedesmaligen Zeiterscheinung aufzuspüren und zu verteidigen. Gutzkow erkennt in den intellektuellen Debatten seiner Umbruchepoche, der Zeit nach Hegels und Goethes unangefochtener Geltung (die *Briefe* werden in den Wochen um Goethes Tod abgeschlossen), sehr klar eine neue Zeit ohne verbindliche Autoritäten in Staat, Religion, Philosophie und Literatur. Es herrscht die individuelle Meinung, der ungeregelte Diskurs.

»Die allgemeine Verwirrung der Gegenwart läßt sich darum so leicht verstehen, weil überhaupt kein Gesetz herrscht, weil Jeder das Bedürfnis fühlt, sich verständlich zu machen. Jetzt, da kein Gedanke mehr an der Spitze steht, vor dem die Völker sich in den Staub würfen und anbeteten, hat eine jede Meinung das factische Recht ihrer Gültigkeit. Kein geheimnißvoller Spruch wird jetzt noch Tausende zu Handlungen verleiten, die sie hinterher meist immer bereut haben; und wenn es heilige Gräber wieder zu erobern gibt, so liegen sie in dem gelobten Lande der eigenen Brust. Kreuzzüge unternehmen jetzt nur Skeptiker, und selbst die sind schon aus der

Mode gekommen. In den Prozessen der Gährung und Zersetzung ist der befriedigendste Standpunkt die völlige Unbefangenheit« (1. Brief).

Der liberale Autor schwimmt im Fluß der Ereignisse, zugleich aber, da er doch als Kritiker und Aufklärer auftritt, steht er am Ufer, außerhalb oder über den Dingen. Er ist »Ideenhanswurst« (1, Brief), der die Wahrheit mit den Mitteln des Komischen verbreitet, oder »Erzschelm von Republikaner«: streitbarer Geist für eine kritische Öffentlichkeit in der Schelmenrolle, die mit ein Grund für die lockere, unverbundene Reihung der Kapitel ist, ohne daß man daraus irgendeine Gattungsverwandtschaft der *Briefe* zum Schelmenroman ableiten könnte.

Nicht nur die Wahrheit und die Idee, auch der Autor als soziale Instanz ist geschichtlich und übergeschichtlich zugleich. Janusköpfig blickt er als Greis in die Geschichte rückwärts, als Jüngling voraus in die Zukunft (3. Brief). Aber das souveräne, gesättigte Bewußtsein äußert sich im Autor als pointierter Subjektivismus. Die auktoriale Allwissenheit artikuliert sich als Beliebigkeit. »Alles (kann) den Zwecken der Wahrheit dienen, am meisten ihr eigenes Gegenteil« (16. Brief). Eine solche Maxime kann ernsthaft, aber auch scherzhaft verstanden werden. Gutzkow bemüht sich nicht um Trennung; er läßt die Assoziation Hegelianischer Dialektik zu, aber eben auch die des Potpourris. Sein Liberalismus schwankt zwischen Engagement und »Indifferentismus« (18. Brief); das Autor-Ich streitet für bürgerliche Freiheiten, auch für soziale Gerechtigkeit, aber seine Mixtur der Themen, Motive und Stilmittel ist bisweilen so verwirrend, daß die Wahrheit, seine Adressatin, »heute (seine) Bilder gar nicht verstehen (will)« (17. Brief). Der liberale Geist bringt »Turbatverse« (14. Brief) hervor, verrätselte, ge- und verstörte Erkenntnisse. Es ist im einzelnen kaum möglich zu entscheiden, ob und wie weit die Turbulenzen der *Briefe* sekundär sind, durch Zensurrücksichten veranlaßt, oder ob sie nicht letztlich doch der liberalen Freiheit als »über den Wolken« schwebender Indifferenz geschuldet sind;

ob das Narrentum akzidentiell oder essentiell ist. Viele Briefe lassen beide Vermutungen zu. Oft beginnen sie dunkel, scheinbar willkürlich, um in der Mitte ganz unverschnörkelten Klartext zu bieten. Vergleichbar ist die insgesamt abnehmende Dichte der so oder so bedingten Lesewiderstände: Die *Briefe* maskieren sich gleichsam mit dem Vorwort, einer melancholisch-weltschmerzlichen Mischung aus Jean Paul, Bonaventura und Shakespeare; sie präsentieren sich als verstaubte, abseitige Romantik, während sie zum Schluß hin in der Vulkan-Metaphorik eine vorrevolutionäre Situation aufbauen, die aber weniger programmatisch als vielmehr liberal-indifferent-närrisch ist: Denn für den liberalen Autor ist die Revolution keine Hoffnung, sondern ein Schrecken. Der Ich-Autor überspringt den Krater! Der 24. Brief bringt die für eine politische Interpretation entscheidenden Passagen: die bürgerliche Vernunft siedelt sich zwischen den »Tyrannen« und dem »Ungestüm der wilden Menge« an. Sie entschärft die revolutionären Potentiale beider Seiten durch eine Politik der »kleinen Umstände«: durch beharrlichen Fortschritt in den Wissenschaften, durch Reformen, durch Vertrauen auf eine wunderbare Durchsetzungskraft der Wahrheit (so in der Familienzusammenführung 25. Brief). Man könnte versucht sein, dabei an Stifters »sanftes Gesetz« zu denken.

Gutzkows liberale Poesie der Revolutionsvermeidung etabliert sich in der Mitte zwischen den Herrschenden und den neuen Schichten der Besitz- und Rechtlosen. Das ist im Prinzip bereits die spätere politische Position seines monumentalen Zeitromans *Die Ritter vom Geiste* (1850/51). Überhaupt sind bei dem Zwanzigjährigen schon eine ganze Reihe zentraler Themen und Ideen, aber auch Darstellungskonzepte vorhanden, die sein späteres Werk bestimmen. Dazu zählen z. B. sein Eintreten für den *»Autorberuf der Frauen«* (Titel einer Miszelle von 1842); sein Glaube an die eine, zeit- und kulturübergreifende Vernunft, in deren Dienst der Autor, einem »Telegraphen« vergleichbar, seine Botschaften über alle Grenzen hinweg verbreitet, weshalb »der Ideenschmuggel die Poesie des Lebens werden (wird)« (16. Brief). Die aus der Not der Zensur entstandene Schmuggelstrategie verfolgt Gutzkow weiter; auch Büchner versucht er, dazu zu überreden (Brief vom 17. März 1835). Bemerkenswert ist besonders, daß die *Briefe* bereits das Konzept des epischen »Nebeneinander« enthalten, das Gutzkow erst im Zusammenhang mit den *Rittern vom Geist* als eigene Romantheorie ausarbeiten und legitimieren wird. In der Urform wird es sogar deutlicher als 20 Jahre später: Der »Telegraph« als Zeit und Raum relativierendes Medium macht eine Verteidigung der »Synchronistik« gegen die rein historische Geschichtsbetrachtung notwendig: »Ich sage, die Gleichzeitigkeit, das Nebeneinander muß das Hauptziel der Darstellung bleiben« (16. Brief). Die modernen Konsequenzen daraus, die Zerschlagung der »Geschichte« im Erzählen, hat Gutzkow weder geahnt noch selbst in seinem großen Zeitroman intendiert; aber man könnte vielleicht sagen, er hat in den *Briefen* als Folge seiner idealistischen Auffassung von Vernunft und des liberalen »Indifferentismus« doch Formen der »Synchronistik« und des »Nebeneinander« entwickelt, die ihm als närrische Tarnung seines Schreibens geeignet schienen.

Gutzkows Autor-Ich schreibt über »das Poetische im Liberalismus«. In einer Wettermetapher ließe es sich als bewölkter Frühlingstag vorstellen. Eine Wahrheits-Sonne scheint nach wie vor, und der Glaube an ihre wachsende Kraft ist noch nicht erloschen. Sie dringt aber nicht mehr direkt ins Leben durch, und von unten her verhindern die grauen Schleier der Zeit den freien Blick ins Licht. Diese Beziehung zwischen Licht und Materie, Absolutem und Kontingentem ist, schematisch aufgefaßt, durchaus vertraut – sie entspricht der Struktur der romantischen Ironie, wie sie von Friedrich Schlegel bestimmt worden ist: als »Gefühl von dem unauflöslichen Widerstreit des Unbedingten und des Bedingten, der Unmöglichkeit und Notwendigkeit einer vollständigen Mitteilung« (Lyceums-Fragment 108). Der Ich-Autor erörtert im Blick auf seine Adressatin, die Wahrheit, das Verhältnis von »Gemüt und Verstand«, welche den beiden kreuzweise zugeordnet sind, aber nie harmonieren. »Unsere Ansichten divergieren noch immer. Gemüt und Verstand teilen sich in Regimente der Welt. Beide Elemente ironisieren sich wechselseitig« (13. Brief). Bezieht das Gemüt seine Tiefe aus dem Unbedingten, so erweist der Verstand seine Schärfe am Bedingten. Ihren Widerstreit und die Unmöglichkeit einer befriedigenden »Mitteilung« führen die *Briefe* mit wechselnden Rollen zwischen Ich und Du vor.

Ironie bleibt für die Literatur des Jungen Deutschland und des späteren Realismus ein zentrales Problem. Heine bewahrt die poetische Ironie der Romantik als literarisches Verfahren, um sie sowohl gegen die politische Romantik der Reaktion als auch gegen den liberalen Zeitgeist auszuspielen. Börnes Ironie bleibt dagegen rhetorisch, ein stilistisches Mittel zur Weckung und Lenkung des Leserinteresses; er stellt die liberale Vernunft nicht in Frage. Beim jungen Gutzkow geht das alles durcheinander. Aber er hat ein sehr genaues Gespür für die Widersprüche seiner Zeit und die Gefährdung der liberalen Kunst in ihr: »Die Fabrikarbeiter werden das Königthum anschreien: gib uns unser täglich Brot! Wer kann diese Bitte erhören, solange das Königthum die andere Bitte an Leute wie Rothschild: vergib uns unsere Schuld! nicht erfüllt hält« (7. Brief). Gutzkow scheint zu ahnen, daß die Möglichkeit einer Poesie des Liberalismus von der Überwindung der Gegensätze zwischen Arbeit und Kapital abhängt. (Daß er im Königtum noch eine Schlichterinstanz sieht, zeugt bei allem demokratischen Eifer noch von einem romantischen Verständnis der Monarchie). Es ist nicht abwegig, von solchen Stellen der *Briefe* aus auf Heines Vorwort zur *Lutetia* (1855) vorauszublicken, in welchem das vage Gefühl Gutzkows zum schärfsten Gegensatz zugespitzt ist: »Eine unsägliche Betrübnis ergreift mich, wenn ich an den Untergang denke, womit das siegreiche Proletariat meine Gedichte bedroht, die mit der ganzen alten romantischen Weltordnung vergehen werden«. Aber »zwei Stimmen« in ihm sprechen dennoch für diesen Untergang: die der »Logik« und die des »Hasses«. Die Rufe der Arbeiter werden nicht mehr zu unterdrücken sein, weil aus ihnen die »Logik« der allgemeinen Menschenrechte spricht; diese Logik ist liberal, auch Gutzkow streitet für sie. Aber Heine geht darüber hinaus: »Die zweite der beiden zwingenden Stimmen [...] ist die des Hasses, den ich [...] der Partei der sogenannten Vertreter der Nationalität in Deutschland (widme)«. Gutzkows Narrentum, der »Indifferentismus« seiner Poesie des Liberalismus, wird unter dem Druck der Realitäten des Kapitalismus und Nationalismus zerrieben. Sein liberales Jungdeutschtum, das die Wahrheit noch als poetische Allegorie darstellen konnte, begann bereits Ende der 1830er Jahre seinen zeitkritischen Biß zu verlieren.